昌寰嵩口古镇

中共永泰县嵩口镇委员会
永泰县嵩口镇人民政府 编

邵永裕 主编

海峡出版发行集团
海峡文艺出版社

图书在版编目(CIP)数据

寻美嵩口古镇/中共永泰县嵩口镇委员会,永泰县嵩口镇人民政府编;邵永裕主编.--福州:海峡文艺出版社,2020.10
 ISBN 978-7-5550-2380-7

Ⅰ.①寻… Ⅱ.①中…②永…③邵… Ⅲ.①散文集－中国－当代 Ⅳ.①I267

中国版本图书馆CIP数据核字(2020)第171119号

寻美嵩口古镇

中共永泰县嵩口镇委员会　永泰县嵩口镇人民政府　编
邵永裕　主编

责任编辑	余明建
出版发行	海峡文艺出版社
经　　销	福建新华发行(集团)有限责任公司
社　　址	福州市东水路76号14层　　邮编　350001
发行部	0591－87536797
印　　刷	福州麟造印刷有限公司　　邮编　350011
厂　　址	福州市晋安区福兴投资区福兴大道17－2a
开　　本	787毫米×1092毫米　1/16
字　　数	180千字
印　　张	17.25
版　　次	2020年10月第1版
印　　次	2020年10月第1次印刷
书　　号	ISBN 978-7-5550-2380-7
定　　价	53.00元

如发现印装质量问题,请寄承印厂调换

1 古镇印象

3/ 历史文化名镇——嵩口　　　　　　　　　　张卫忠

15/ 商埠烟云　　　　　　　　　　　　　　　邵永裕

19/ 恍若时光倒流　　　　　　　　　　　　　许文华

26/ 古镇走马　　　　　　　　　　　　　　　王　翀

30/ 再别嵩口　　　　　　　　　　　　　　　陈方舟

34/ 嵩口：文化新视阈下的千年诗意古镇　　　檀遵群

2 人家史话

45/ 千年古镇始于杨家　　　　　　　　　　　张建设

58/ 嵩阳林氏俊贤多　　　　　　　　　　　　陈肖波

66/ 嵩口霞坂厝主人陈用坦的故事　　　　　　张厚林

74/ 嵩口张氏家族史话　　　　　　　　　　　张厚林

87/ 明朝《永福县志》编纂者张仕泾的轶事逸闻　张厚林

93/ 善庆堂：一曲传承百年的家风颂歌　　　　张百灵

目　录
contents

contents 目 录

3 码头水韵

101/ 民间信仰：抚慰心灵一帖药　　　　　　郭永仙
110/ 嵩口的水上保护神是林姓男神　　　　　张建设
115/ 千帆竞发非传说　百舸争流待后生　　　林　敏
121/ 永禁溺女碑的历史内涵　　　　　　　　方元茂

4 街市印痕

127/ 嵩口古镇觅食　　　　　　　　　　　　何彩云
133/ 水晶饼，古镇美食文化符号　　　　　　郑钟健
138/ 美人糕点美仁心　　　　　　　　　　　郑钟健
143/ 春　墙　　　　　　　　　　　　　　　许鸿松
149/ 时光深巷觅跫音　　　　　　　　　　　程作邻
155/ 嵩口中山打猎队的"约法三章"　　　　张华灿
161/ 逢　生　　　　　　　　　　　　　　　黄卓伟

5 古厝星辉

175/ 古厝啊，古厝　　　　　　　　　　　　许文华
182/ 儒洋染西霞　　　　　　　　　　　　　方元茂
189/ 玉湖金丰恭恩厝　　　　　　　　　　　张忠梅

6 洲头月上

195/ 灵椿月洲秀　　　　　　　　　　　　　邵永裕
200/ 半月居里识高风　　　　　　　　　　　张建设
206/ 宁远庄　　　　　　　　　　　　　　　张卫忠
211/ 威严而慈祥，宁静以致远——宁远庄导游词要点　　张建设
221/ 宁远庄名句解读　　　　　　　　　　　方元茂

目　录
contents

contents
目 录

7 山乡风情

229/ 湖光山色喜相逢　　　　　　　　　　邵永裕

234/ 山穷水尽便里洋　　　　　　　　　　邵永裕

239/ 千嶂里，一川奇石枕赤水　　　　　　张玉琳

248/ 农神圣君赤水纪　　　　　　　　　　张玉琳

254/ 村庄在水之上　　　　　　　　　　　赖　华

261/ 诗词十二首　　　　　　　　　　　　许鸿松

序言

迎接高速新时代，嵩口整装再出发

2008年，嵩口镇获评中国历史文化名镇。十多年来，全镇上下积极实施古镇振兴发展战略，镇村面貌发生了巨大的变化。2016年，嵩口又获得首批中国特色小镇荣誉称号。一个名不见经传的古镇，逐渐蜕变为闻名遐迩的文化名镇。

嵩口，兴也交通，衰也交通。在交通普遍落后的旧时代，依托大樟溪发达的水路交通，嵩口曾经繁华成"深山灯港，千年墟市"。但在水路交通不再具有优势之后，滞后的陆路交通，使得嵩口经济渐趋式微。近年来，随着福永高速公路的开通和202省道的改造提升，交通条件不断得到改善，嵩口渐渐寻回了曾经失落的辉煌。2020年，莆炎高速公路开通，嵩口将彻底打破交通瓶颈，迎来高速发展的新时代。这千年的期盼，即将变成现实，我们该以何种姿态把握机遇？又该以何种面貌展现嵩口千年古镇风采？这是摆在我们面前亟待回答的问题。

2014年起，嵩口开始全面实施古镇复兴计划，政府百姓齐心绘蓝图，聘请了台湾打开联合文化创意有限公司，为古镇复兴把脉开方，提出了"一核五

嵩口古镇高速

片"旅游总体规划，确定了以"一核"带动"五片"，以"五片"补给"一核"的发展思路：古镇核心区，打造"一街一市一环两片"的布局；辐射带动月洲溪口、大喜里洋、三峰东坡、龙湘梧埕及赤水等五个各具特色片区的发展。近年来，嵩口镇采取齐头并进发展思路，通过对古镇街区街容街貌的整治，美丽乡村的提升，精品旅游示范点的创建，传统村落的打造，镇村面貌在保护和传承中焕然一新。以全域旅游为抓手，以休闲旅游特色小镇为方向，引进鹩来谷（福建）文化发展有限公司，建设陈坑野生动植物摄影基地，着力发展文化产业；发展大喜养蜂业，蓄养大喜高山羊，种植万亩油茶，开发旅游伴手礼；举办李果采摘节，推进农业与旅游、教育、文化、健康养老等产业深度融合。

几年下来，嵩口成功打造出全国人居环境整治示范村、第一批国家森林村庄、福建省最美休闲乡村、福州市乡村旅游精品示范点等品牌。嵩口镇获评"2018年度四星级乡村旅游休闲集镇""2019年度福建省乡村振兴重点特色乡镇"。月洲村获评第二批"全国乡村旅游重点村""2018年度四星级乡村旅游村"。独具特色的旅游资源，不断提升的品牌知名度，为嵩口旅游发展嵌入了强劲的助推器，迎来又一个发展新时代。嵩口的美好与厚重，如芝麻开花般节节绽现，宜居、宜游、宜业的嵩口形象正在成型。

聚焦文明风尚，文化尽显特色。近年来，嵩口镇大力弘扬廉政文化、红色文化、嵩口家风等优秀传统文化，以嵩口民俗博物馆、嵩口故事会、垄口书屋等为载体，广泛开展"嵩口好人好事记""最美媳妇""最美奶奶"等评选活动，发挥嵩口社区公益图书馆、廉政文化步道、赤水红色革命基地、大喜生态警示教育基地、月洲传统文化党性教育基地的作用，引领乡风文明不断向上向好发展。挖掘"两张文化"，弘扬嵩口司"铁印直行"的美德，不断提升嵩口的文化软实力，为嵩口旅游发展注入新活力。

旅游打造，使得嵩口渐显魅力，而面对高速路开通的新契机，县委领导对嵩口党政新班子提出了"嵩口再出发"的工作新要求，希望嵩口全镇上下同心协力，抢抓机遇，把嵩口打造成永泰全域旅游的一张新名片，使之成为永泰乃至福建最佳旅游目的。如何打造？如何提升？又是摆在全镇干群面前的一道新考题。

2019年7月，嵩口镇党委、政府，联合永泰县文学艺术界联合会举办了"寻美嵩口古镇"大型采风活动。县作家协会、摄影协会的艺术家们,以"扎根人民,深入基层"精神为指导,用手中的笔和镜头,创作了许多有温度、有亮度的文艺作品,生动地呈现了嵩口的风景之美、人文之美以及乡村建设之美,展现了古镇人民憧憬的"人居环境美起来、乡风民风美起来、文化生活美起来"的乡村振兴新蓝图。

  本次采风活动,采写、收编文稿37篇,摄影图片近500幅。内容涉及古镇风情、乡村庄寨、民俗信仰、楹联解读等,现结集成《寻美嵩口古镇》一书。该书凝结着作家和摄影家们的创作心血,他们深入街道社区、进村入户采访,挖掘许多鲜为人知的文化内涵,为嵩口古镇繁荣,助力旅游发展,注入不可或缺的文化灵魂。我们以此图文并茂的书册诚飨关心嵩口发展的朋友们,并期待一起为"嵩口再出发"缔造新辉煌助力。

  是为序。

中共永泰县嵩口镇委员会书记　张承煜
永泰县嵩口镇人民政府镇长　汤炎灯

2020年5月3日

〔古镇印象〕

嵩阳古镇，四面环山。发源于东海之滨第一山脉——戴云山的大樟溪，浩浩荡荡在永阳大地莽莽苍苍的崇山峻岭间曲折蜿蜒，携山野精华流经这里，与纤巧秀气的下漈溪交汇，蕴育出一片幽古神奇的山间小盆地。这里土地肥沃、灌溉方便，千百年来，耕作其间的故乡先民们，上演着一代又一代悲欢离合的故事，诉说着一个又一个浮沉幻灭的梦想与渴望。盈盈山水间，至今仍留存文化的痕迹和历史的回声，传承着古韵悠长的魅力。

历史悠久的文化古镇嵩口，新石器时代就有古越先民在这里繁衍生息。据考古，永泰县发现的23处新石器遗址，就有7处在嵩口。站在出土的古陶片前，一种沉重的历史感扑面而来，我的内心深处不禁涌动关于时间与文明、历史和生命的思考……

古榕树下

历史文化名镇——嵩口

□张卫忠

一

故乡嵩口,雅称嵩阳,位于福建省永泰县西南山区,是全省第三批历史文化名镇。全镇总面积257.66平方公里,人口3.29万人。

嵩阳古镇,四面环山。发源于东海之滨第一山脉——戴云山的大樟溪,浩浩荡荡在永阳大地莽莽苍苍的崇山峻岭间曲折蜿蜒,携山野精华流经这里,与纤巧秀气的下漈溪交汇,蕴育出一片幽古神奇的山间小盆地。这里土地肥沃、灌溉方便,千百年来,耕作其间的故乡先民们,上演着一代又一代悲欢离合的故事,诉说着一个又一个浮沉幻灭的梦想与渴望。盈盈山水间,至今仍留存文化的痕迹和历史的回声，传承着古韵悠长的魅力。

历史悠久的文化古镇嵩口，新石器时代就有古越先民在这里繁衍生息。据考古，永泰县发现的23处新石器遗址，就有7处在嵩口。站在出土的古陶片前，一种沉重的历史感扑面而来，我的内心深处不禁涌动关于时间与文明、历史和生命的思考……

嵩口镇所辖区域，宋时属和平乡英达里，元时分属29都、33都、34都，明、清时分属中和乡感应里与和平乡英达里。元至正年间设漈门巡检署，明初治所移至嵩口（俗称嵩口司），"嵩口司铁印直行"的传说，至今人们仍津津乐道。民国二十七年设嵩口镇。这里是永泰的南大门，地扼通往四市（福州、泉州、三明、莆田）五县（永泰、闽清、德化、尤溪、仙游）的咽喉要道，自古有"小荆州"之称，历来为兵家必争之地。北伐时，蒋介石率领的粤军曾在这里大败直系孙传芳部，并拟经此进攻福州，蒋曾在嵩口道南书院扎营三天；红军第5次反"围剿"失利后，闽赣省委撤离宁化，部队在永泰洑口紫山被围，省委书记兼省军区政委钟循仁、省苏维埃主席杨道明率残部突围到嵩口玉湖大山上，而后各自隐蔽而去，钟循仁、杨道明隐姓埋名，几经辗转到闇亭寺出家，演绎了一段荡气回肠的人生传奇；1949年8月2日，南下的中国人民解放军即由这里挥师东进，解放永泰县城，挺进省城福州。

二

嵩口盛产木材、李干、茶油、笋干、花生等土特产品，又地处四市五县水陆交通要冲，早在南宋时期就已发展小集市，元、明时商业活动渐为繁荣，并逐步形成赶墟习俗。到清末，镇区已形成东西横直两条街，呈丁字形，街道以条石和鹅卵石铺成，屋舍商店多为土木结构，有商店及摊点百余家。民国五年，这里成立了全省首家乡级商会，嵩口商贸重镇的地位得到确立。民国十五年，嵩口还自行发行纸币，设税卡和鸦片专卖局。随着市场的繁荣，赶墟日逐渐固定在农历每月的初一、十五。每逢赶墟日，邻县及周边乡镇的商贩和群众纷纷前来，街市熙熙攘攘，摩肩接踵，热闹非常，嵩口镇成了远近闻名的客流、货流、物流集散地。据载，镇区坤门兜楼下潭码头停泊的木帆船，鼎盛时期多达数十艘，从码头沿溪边一字排开，桅杆林立，桨橹交错，绵延数千米。这些木帆船把本地的土特产品运往福州，又从福州运回货物，保证了周边山区各县群众的生活之需。为了祈求行船的平安，人们请来了海上保护神——天后娘娘，在古码头旁建起了妈祖庙，从此香火旺盛，香客盈门。

坐在古码头已斑驳数百年的石阶上，抚摸古人们的匆匆脚步踏出的油亮的历史印迹，凝眸不远处波光粼粼的东逝流水，我的眼前不断幻化出楼下潭曾经停泊的点点白帆……

嵩口镇区至今保留相对完整的古街巷。在坤门兜和关帝庙街，两边是老式的木结构或砖木结构的两层房屋。底层临街是店铺，大部分仍保留着木板墙，有的木板已微微倾斜，挤挤挨挨，相互之间支撑着，给人欲倒非倒的感觉；二层多是住房，有的还向街心挑出一部分，形成一个小骑楼。店铺一间挨着一间，可以想象当年的繁华景象。如今，只零零落落遗留几家理发、裁缝、香烛、钟表修理等老店面。这些店面门楣上懒散地搭着破旧的遮阳篷，和白发苍苍的店主们略微佝偻的懒散的身影，勾勒出古街的悠闲与宁静，宁静中又浸透着几分沧桑与茫然。在古街另一头的新街上，钟表店里的钟表款式常变、花样常新，我不知道在古街孑然独坐的修表人，还能执着地坚守到何时？他何时才愿意无奈地脱下套在单眼眶上只能看近看小却不能看远看大的放大镜？

鹅卵石铺成的古巷道，或长或短，或宽或窄，在镇区间纵横交错，曲折蜿延。巷道间分布的是鳞次栉比的古民居，高宅深院，万丈豪门，透着神奇与神秘。在这块古老的土地上，保留完好的古民居竟多达100余座！这些古民居多为明清风格，又带有浓郁的地方特色，多为二进或三进的四合院，二层木结构，飞檐翘角、青瓦如鳞，天井回廊、厅堂厢房，设计科学、布局合理，具有较为完善的防匪、防盗、防火和排水设施。每一座古民居，都曾演绎不同家族各自的荣辱兴衰史；每一座古民居，都是一座各具特色的砖雕、木雕、石雕、泥塑的艺术宝库。雕刻在窗棂、屏风、柱础、梁托上的花鸟虫鱼、人物故事、鹤鹿龟麟等，无不活灵活现，栩栩如生，于古朴中透着典雅，于庄重中透着通灵。

防火墙、门楼上的彩色绘饰,历经数百年的风雨侵袭,依然鲜艳如新。令人惊讶的是,在用金厝通往左厢房的过子旁,曾经有一面壁画,画上的建筑竟是西域风格的,圆形的屋顶,弧形的门洞;画中人身着阿拉伯长衫,留着虬曲的络腮胡。令人不禁猜想,这家的主人,莫非曾经到过中东国家从事过贸易?可惜这面壁画已于前年毁于风雨。这些古民居,最具代表性的有用坦厝、用金厝、述善堂、下新厝、下车碓厝、协和厝、协庆厝等,堪称古民居的瑰宝。电视剧《聊斋》中"狐仙"一集,就在下新厝拍摄而成。用坦厝的木雕,据说为长乐木雕艺人祖孙三代用时24年接替刻成,正厅的围屏,为4幅木雕,雕刻于清嘉庆年间(1796—1820年),木雕一色镏金,景物纵深5个层次,人物繁多,体态各异,栩栩如生,甚为精美;还有一套十二扇的镏金寿屏,融书法与雕刻于一体,书法精美,雕工精细,展开时金光闪闪,富丽华贵,令人赞叹。

走进这些古民居,我们可以感受到,在历史的灰尘覆盖下的门楼、挑檐,依然是那样的气势恢宏、威严自豪,雕刻精美的窗棂、屏风、柱础和金碧辉煌的雕梁画栋,依然顽强地焕发着民间建筑艺术不朽的生命力。

三

钟灵毓秀的嵩口山水,蕴育了一道一佛两位颇有影响的宗教神人——张圣君和卢公祖师。

张圣君,或称张圣者,又称张法主公,宋天圣二年(1024年)出生于月洲村。他是华南地区及东南亚一带华人最重要的道教信仰人物之一。张圣君四岁丧父,家境贫寒,以上山砍木卖锄柄和为富人家放牛为生。后来随母亲江氏改嫁到本县盘谷乡连厝林里连姓人家,长大后到方壶岩修炼道法,并在德化县石牛山显法,最后在闽清县金沙堂得道成仙。圣君进山放牛观看仙人对弈,仙人赠桃悟道的故事,在南宋洪迈的《夷坚志》和张世南的《游宦纪闻》中均有详细记载,有关他的神话传说广为流传。月洲村中至今留有圣君出生地"圣君坪"及许多与其传说有关的遗址,如大战五通鬼的鬼坑口、悬崖犁田的九十九丘等。

每年正月闹元宵,村里都要抬着张圣君神像和坐在刀轿上的神汉巡游全村,

嵩口古街

古镇印象

祈求一年的平安。游神的盛况我在小时有幸见过几次。闹元宵当日，全村彩旗招展、锣鼓喧天，很是热闹。只听一阵急促的铜锣声，全村人的神情都肃穆起来，一个汉子赤膊光脚就跳起神来，先用双股宝剑舞上一通，而后蹲上刀轿端坐其上游遍全村。据说这跳神的人是张圣君附体。让人诧异的是，数九寒天他赤膊光脚却不觉得冷，未到刀轿前奔走如飞。记得小时桃花溪拱桥未建成，过溪靠的是长长窄窄的杉木桥，人过时稍动就上下抖动，胆小的人往往要急忙蹲下，待桥静止时再小心而过。有一年，一位60多岁的老汉跳起神来，平时举止沉稳的他，此时却身轻如燕飞奔而过，让人惊讶不止。更让人诧异的是，跳神人用锋利的宝剑在胸背上轮番砍斫，只见刀落处肌肉泛白，刀起时却毫发无损；而他坐的刀轿，脚踏、臀坐、背靠的都是三把刀，双手又各扶两把刀，刀口雪白刀刃向上。这些刀为先父打造。先父是方圆数十里有名的铁匠，打出来的农具、刀具样样好使，众口交赞。听先父讲，那些刀是用当时能找到的最好的钢打造的，刀刃之锋利，不敢说削铁如泥、吹发即断，至少说剃腿毛如割韭菜，齐刷刷纷纷而下。刀磨好后先父试过锋，我也像磨刀人一样亲手触摸过那刀口，刮起来唰唰脆响。当年我就感到十分疑惑，人坐在刀轿上，翻山越岭上下颠簸，怎么就没事呢？真是张圣君的法力所致吗？长大后看到电视里苗族人上刀梯的表演，又想到家乡坐刀轿的镜头，心中疑惑始终未消，这个谜还保留到今天。

当然，月洲还有其他的谜。比如，林子伯起兵打天下的传说，村里仍有演兵场遗址，但是在元末还是明末呢？可惜史书、县志或族谱没留下片纸只言。又比如，张炳见乾隆帝的传说。张炳，字聿明，号星舫，乾隆三十年（1765年）王国鉴榜举人。据说他中举后上京赶考，在苏杭一带游玩时，两次面见南巡的乾隆，还对了两个对子。乾隆口赞"果然状元之才"，并问过籍贯姓名，回京后命人在举子中遍查此人无果。张炳也因此错过钦点状元的良机。而张炳为什么留连苏杭不上京应考呢？后来又去了哪里呢？至今也还是个谜。

卢公祖师，俗名卢尔诚，清顺治十二年（1655年）出生于卢洋村卢厝寨，32岁削发为僧，在闇亭寺修道6年，辟谷不食，41岁时圆寂，乡人塑其骨于座像中，供奉于闇亭寺。关于他的神异传说至今盛传，信众遍布八闽大地。附近各县每年都有人到此"请香"，一路举旗、敲锣，焚香而归，以求保境安民。闇亭寺至今仍香火旺盛。

四

在长期的生活中，嵩口人形成特有的民俗风情和饮食文化。婚嫁、乔迁、生诞、丧葬、节令等都体现出浓郁的地域特色。

嵩口著名的小吃有蛋燕、扁肉、撞丸、清汤面、美人糕、九重粿、满洲糕、绿豆糕等，其中尤以月朗扁肉最为有名。月朗是饮食店老板的名字。他的扁肉皮薄馅鲜，用的汤不是普通的清汤，而是精选猪筒骨熬成的高汤，端出时雪白的汤面漂着金黄的油星和翠绿的葱花，色彩诱人，香气扑鼻。当年赶墟鼎盛时期，月朗扁肉香飘满街，许多人到嵩口赶墟甚至是以吃上一碗月朗扁肉为最终目的。其他如阿桂婆九重粿、清华美人糕、庄家里满洲糕、撞丸等至今仍有盛名。

嵩口的饮食文化，最有特色的当数"转鸡头"。"转鸡头"的习俗，源于镇区间流传数百年的"张林世交"传说，体现了嵩口人待人谦虚、互相尊重、和睦共处的邻里文化。据传，清康熙年间，张一坤和林师孟自幼交谊、过往密切，结下深厚友谊。两家之间是个园子，种满李果和桂花树。因经常往来，园子里就被踏出一条小路，两人美称其为"桂花弄"。据说有一次，张一坤到林师孟家玩，不觉聊到深夜，一坤要回家，师孟就送他回去。两人谈兴未消，一路聊来，到一坤家后，一坤又返送师孟回去，如此二人就在"桂花弄"上一来二往送来送去，竟然送到天亮。

在镇区大樟溪对面有一龙形山脉向溪边延伸时，分出两脉，按地理风水说，叫"一龙双穴"。林师孟通晓堪舆之学，与张一坤死后二人就分别葬在这两穴，几乎并肩而坐。生前，他们嘱咐子孙，今后两家应同时到山上扫墓、祭拜。这一习俗沿袭至今，每年的冬至日，张、林两姓后人扫墓的鞭炮声几乎同时响起，在山谷深处久久回荡。

他俩还嘱咐子孙，今后对方家办喜丧事，都要派人去祝贺或吊丧；办喜丧事的那家，在宴席上都要尊对方来客坐首席首位。两姓后人至今仍庄重而虔诚地传承着这一习俗。也因此时常在席间上演互相谦让的戏剧性场面。

嵩口酒席上有一道菜，叫白斩鸡，这道菜端上桌后，鸡头一定要朝向桌上最尊贵的客人。因张、林两家世交，首席首位必定是对方姓氏的人。而桌上同姓的人因为有辈分之别，他们之间又要互相谦让一番。被推坐首位的人，为表示对他人的尊重，在白斩鸡上桌后，他往往会喝干一杯酒，把鸡头转向同桌的异姓客人。异姓客人谦让后，喝干不少于一杯的酒，又转向其他客人。这样，后一个人要喝掉比前一个人更多的酒后,再把鸡头转向下一个人。等桌上所有的客人都转到后,鸡头又回到首位。这时坐首位的人要减半喝掉最后转的客人所喝酒的杯数后,用筷子谦逊地把鸡头翻过来,于是大家才动筷子吃鸡肉。"转鸡头"也就演变成嵩口酒席上的习俗,一直传到现在,形成颇具地方特色的饮食文化。

五

嵩口镇的文物古迹众多,有古墓葬、古井、鱼缸、进士匾、石槽等。古墓葬以宋代张膺、张赓墓为代表。石槽仅半蓝寺(院里寺)就有6个,其中2个为南宋绍兴二十六年(1156年)打制,至今已近千年。还有古寨堡,如卢洋寨、畲寨、宁远庄等。

宁远庄为清乾隆年间月洲人张谦所建。张谦,字运,号牧堂,例授文林郎,曾为乾隆戊辰版《永泰县志》同校订。张谦乐善好施,秉性忠直,曾经乐捐整修过县治明伦堂、文庙等,还建过蜚英石拱桥。他经常铺路济穷、施茶赈粥,深为乡邻拥戴。他们都说:"宁为张公所短,勿为刑罚所加。"据说当年他本计划在洲前翻盖祖屋。一天,木匠在烘干木板时,不慎把建房木料烧个精光,自感罪责难卸,想一逃了之。逃到嵩口隔凉亭,刚好遇到会友回来的张谦。问明原由后,张谦大度地说:"没关系,烧了木料,我们回去盖寨堡。"好言把木匠劝回了月洲。其宽宏大量由此可见。

宁远庄围墙高且厚,上筑有内通廊,下辟有四个大门,其中东正门装有两重木门,门口尚留古石马槽。站在门口,居高临下整个村庄尽收眼底。庄中原有楹联曰:"楼槛凭乡井,眺月瞻星,且作升平守望;垣墉面祖祠,捍风障雨,聊成族姓藩篱。"是寨堡地势及作用的真实写照。庄内建筑依山势三进递升而建,从正门进去穿过小厅,迎面是一排石阶,尽头又是一重门,仰望门两边墙上砖雕间尚留有"傲不可长""欲不可纵""志不可满""乐不可极"的墨迹。拾级而上跨门而入,又是一排石阶扑面而来,才到达正厅。厅上为民居少见的"四梁扛井式"结构,传为朝廷特许所建。"文革"前,正厅尚存楹联:"溪畔泛桃花，五十里潆洄，风恬浪静；月中培桂树，千百年长养，蒂固根蕃。""地以人灵，非数百载树人而文笔金钗，岂能长发；福田善庆，乃六十年积善其竹苞松茂，堪足贻谋。"前者为福州人孟超然为月洲形胜撰句，后者为张谦六秩寿庆贺联。正门小厅和正厅两边墙上，贴满的是各级的"捷报"，如今字迹斑驳，尚依稀可辨，数量之多，令人惊叹。面对这些历经沧桑的"捷报"，你可以真切地感受到浓重的历史气息和已然逝去的繁华。

遥想当年，喧嚣的报捷锣声，曾经多少次打破乡间古道的宁静？漫长苍苔的石阶，曾经踏过多少忙碌的靴痕？

六

提到宁远庄，不能不提嵩口镇蕴涵丰富的人文宝库——月洲村。月洲村距镇区五公里，是南宋爱国词人张元幹的故乡。走进月洲村，翻阅残旧的《张氏家谱》，聆听老人声音略带颤抖却充满自信、自豪的话语，这片土地的神奇，这片神奇的土地上文化积淀的厚重令你诧异。

月洲张氏始祖唐末梁国公张睦，是闽王王审知的榷务使，主管商务贸易，为福建省的经贸发展做出过突出贡献。他的次子张膺（官御史中丞）、三子张赓（官殿前都指挥使），在王审知去世后，感于战火连绵、世乱难为，毅然辞官归隐，从福州溯大樟溪而上，逆桃花溪而入，来到月洲安居乐业、繁衍生息，而后子孙绵延四方。月洲因此成为福建、广东、台湾及东南亚一带张氏华人的重要发源地之一。至今，每年农历八月初十，各地张氏宗亲仍派代表回月洲拜祭祖先，这一传统成为每年村中的盛事。

月洲美称"月渚"，清乾隆三十年（1765年）举人张炳有签诗："武当发迹显威灵，月渚千秋祀事明。"福州人孟超然赠月洲宁远庄主人张谦六十寿辰匾额曰："月渚菁英。"宁远庄曾有楹联云："赤松子未授丹经，依然佐汉；绛桃花仍开月渚，不是避秦。"张元幹《贺新郎·寄李伯纪丞相》上阕开首也写道："曳杖危楼去，斗垂天，沧波万顷，月流烟渚……"元幹祖居前洲中水尾一带遍长芦苇，春夏时，苇丛青青，宛若青纱帐；秋冬时，苇花如雪如云，

宁远庄内景

飘飘洒洒，一片茫茫，号称"芦川"，张元幹《芦川词》及《芦川归来集》即由此得名。元幹在《渔家傲》词中写道："短梦今宵还到否？苇村四望知何处。"流露出浓烈的思乡情愁。

七

作为月洲张氏后裔，回想 1000 多年前，二世祖张膺、张赓为躲开政治漩涡，逃避战火肆虐，毅然辞官归隐山林，来到这深山荒野，披荆斩棘、刀耕火种，我每每不禁唏嘘，感慨万分。是啊，当年先祖们从福州繁华的都市，躲避到这偏僻的小山村，他们庆幸连绵的群山、宽宽的大樟溪，阻隔了城市的喧嚣、官场的险恶、战火的纷乱，使得官宦之家终于也能像普通百姓一样，靠着刀耕火种过起轻松自如、与世无争的世外桃源似的自由生活，这是何等的幸福啊！桃花溪的命名或许就是先祖们的由衷祈愿吧？

直到宋天圣二年（1024年），这个小山村里走出了永泰县第一个进士张沃（官至饶州都曹）。这时，月洲已过去整整六代人，山村从此引起世人的关注。从这时起，隐居数代的村民们才敢瞪着仍然惊恐的眼睛审视祖辈们曾经走过的路，内心里有了向往外面世界的冲动。（月洲村至今盛传的张圣君赶石头变月洲为福州的传说，其大胆浪漫的想法，可能也是从这时起吧。大约是有人开始怀念祖辈们在福州时曾有的荣华？）他们压抑不住内心的激动，让人在村口路边的岩石上兴奋地镌刻下"龙门"两个大字，作为对这一盛事的纪念。也是从这时起，月洲张氏走出了48位进士（其中有1位尚书：工部尚书张劝），使月洲成为名喧八闽的进士村。正如张沃诗云："蛰龙潭里蛰，潭上风波急。一旦飞上天，鱼虾不相及。"

宋皇祐五年（1053年），月洲张氏第7代孙张肩孟高中郑獬榜进士。由此演绎了一个父子六人六进士、五子同朝、祖孙三代十八条官带的科举辉煌。张肩孟，历官知府、刺史、朝散郎，后以子贵赠少师，谥文靖。肩孟生有五子，俱登进士第，长子劢，官至中奉大夫；次子勔，官至朝散郎；三子勋，官至太学博士；四子劝，官至工部尚书；五子动，官至金紫大夫、直龙图阁。当时朝野轰动，人们赞美说："灵椿一株秀，丹桂五枝芳。"肩孟有孙12人，除2人不仕外，其余皆宦于时，加上2名侄孙为官，刚好祖孙三代十八条官带。其中张动之子张元幹（朝奉郎、将作少监，赠正议大夫充抚谕使），曾为南宋主战派代表李纲的属官，是著名的爱国词人。

张元幹（1091—1161年），字仲宗，号芦川老隐。作为词人，张元幹最大的贡献在于继承了苏东坡词的豪放风格，把爱国主义的内容融进词中，开创了南宋爱国词派的先河，直接影响到后来辛弃疾、陆游的词创作，在中国词发展史上具有里程碑的意义。他是对豪放词的继承和发展，以词来抒发爱国激情、爱国思想的第一人，从而奠定了他在中国文学史尤其是词发展史上不可磨灭的地位。作为政治家，他最值得称颂的是他投身抗金斗争和"不屑与奸佞同朝"、敢跟秦桧等权奸公开对抗的反侵略的爱国主义精神和刚直不阿、爱憎分明的高贵品质。他的爱国词，足以让同乡后辈感到自豪；他的高贵品质，更让今人引以为骄傲。他通过词的形式表达出来的爱国主义精神，在瀚若烟海、古往今来的史料中闪烁着永恒的光芒！

清乾隆年间御编的《四库全书》辑有张元幹的《芦川归来集》十卷。《芦川词》以两首《贺新郎》为压卷之作，词风豪放、慷慨激昂、千古传诵。毛泽东、周恩来对张元幹的为人和词作都赞誉有加。红军时期，周恩来曾号召学习张元幹。毛泽东对张词特别钟爱，翻开毛泽东阅读过的《词综》影印本，他对上述《贺新郎》词全文作了圈点，并对一些词句另外画线表示着重，对《石州慢》《点绛唇》等词中喜爱的词句也作了小圈点或画了竖曲线。1975年4月董必武去世，毛泽东一天不吃东西，也不说话，只是把《贺新郎·送胡邦衡待制谪新州》反反复复听了一整天。

八

嵩阳古镇，古韵悠长。印满青苔的古驿道，写满沧桑的古民居，神秘莫测的古院落，喧嚣充耳的古码头，无不令人浮想联翩。每一次回乡，在寂寞的黄昏里，在破败的断垣边，我总是独自默默地阅读着，带着伤感在欣赏，带着自豪在品读。是啊，多少倾圮的繁华，已随岁月之河流成人们心中的回想；多少辉煌的岁月，已被历史雄风吹成远古的绝唱。但她所积淀的历史沧桑，镌刻下的远古印记，将永远作为一段历史见证，作为一份珍贵的历史文化遗产，随着岁月的流逝而日益闪烁出荣耀和光芒！

商埠烟云

□邵永裕

古镇印象

  每个人，都有一个属于自己最早记忆的街镇，无论那个街镇是曾经生活的家园，还是曾经随长辈旅居的人生驿站。只要某些深刻的画面开始镂进记忆，脑海里属于它的繁华、显赫，都会成为一片风景，停留一生。

  嵩口，是一个曾经的通衢商埠，宋元时期就纳入了行政管辖。千年流转，这里荟萃着古老民居建筑，拥有着璀璨夺目的文物瑰宝，又珍藏着受人景仰的人文故事。嵩口，也许不是你命定的故园，但一定是所有来过的人不能遗忘的地方。

  来到古镇，淡雅的山水、浓郁的风俗、丰厚的底蕴，在过客的生命里渐次舒展开来。

  行走在石板路与青砖的街巷，路面微扬的尘埃，都似乎有着一种风情。站在古码头，凝视大樟溪上的卧石和不再深涵的水道，画面静得有些苍凉；回眸身后，当年旺盛的妈祖庙香火静寂了，当年热闹的天主教堂沉寂了。品读沉落水中的千年沧桑，人们只能从传说中的只言片语，去感受过往的烟云。

  溪面晨风微漾，有人在荡舟撒网，这画面让人仿佛看到曾经的嵩口渡头：吱吱呀呀的摇橹声中，一天的生活开始了，一根根长长的竹篙撑着木船，从三面而来；船帆相连，摇橹号荡，水面一派繁忙。

俯瞰古镇一瞥

"重整义渡碑""永禁溺女碑"静默无语地站立着,它们和古码头一起静静地送走春秋,又匆匆地迎来冬夏。它们看那花开到花落,悟那缘起与缘灭;它们对这里曾经的繁华缄默不语。光阴流走的是往事,不变的是史实。那些被河水浸润过的人生,带着深山古埠、千年墟市的风韵,在迷离的岁月里做一次千帆过尽的怀想。嵩口依旧、码头依旧,待到春风如梦,明月入怀,谁还会在远方彷徨?

穿行在素淡又含蓄的风景里,在诗意中感受时间的恍惚,温暖的阳光印证了生命的真实。从古码头转身,拾级而上到鹅卵石古道。这被雨雾擦亮、被脚印磨光的古道卵石,恍惚着曾经摩肩接踵的繁荣。楼牌上"群贤毕至"四个大字,像是一位藏聚过往烟霞的老者,得意中带着自信,炫耀着这里曾经的显赫与荣光。

旁侧的"嵩口民俗博物馆"犹如饱藏记忆的大脑,600多件民俗文物,收存了许多年轻的惆怅,也珍藏着无数被岁月磨淡的印迹。从生产到生活,从文书到契约,看时代变迁,阅斗转星移,知精神轨迹。璀璨的农耕文化像是被吹散的历史云烟，重新在这里凝聚，化成一片片触手可摸的史迹，让我们反复诵读着古镇华年的雅韵。

有古旧的气息从枯朽的门板上，从斑驳的墙粉中，从青石的缝隙里漫溢出来，牵引着无数路人纯粹的向往。仿佛只要一不小心，就会跌进某段熟悉情境里，又让你久久不能走出。横街、直街还是米粉街，无不可以激发你无限的想象：曾经密布码头的酒肆、鸦片馆、当铺、银行、货店和税局，曾经如何地人来人往？昨日可追忆，明日可念想：你可以走进"时光邮局"，把今天寄给明天，感受"天若有情天亦老"的嗟叹！

沧桑的古街，见证着浸染过时光的往事。解放初期的"人民法庭"，捡拾起古镇繁华与法治文明的因缘关系；从元代设立的嵩口巡检司，再到"铁印直行"的故事传说，寄托着民众的希望，也铭刻着为官者的美德。从吏治文明出发，古镇不断演绎着行政管辖和古镇繁荣的一路风景。

徜徉在嵩口自然天成的风景里，任何一个不经意的瞬间都会让你跌进遥远的记忆里。用坦厝建造耗时27年，长乐艺人躬谨木雕，祖孙三代勤镂不辍。不管是十二屏风的精美，还是四幅镏金人像的绝伦，雇主的力量与功德，都在经年的往事和怀旧的情感中沉浸。

古厝是有记忆的，它记得曾经有着怎样的拥有，又有着怎样美丽的落寂。它把记忆静静地搁置在流水上，等待着有缘人乘风而来，再把故事抖落一地，让人听取。精美的木雕门窗，让我们感叹工匠的鬼斧神工。而用金厝和西霞厝书斋屋挡水墙上的航海壁画，历百年风雨，依然鲜艳美丽。那以红黄黑白蓝颜色来描绘的航船、礼塔、长袍、胡人，尽显异国风情，宣示着主人曾经的见识与胸臆，让人讶叹于这深山海丝的印迹。

悠长的小巷在烟雾中慢语轻诉。在嵩口，每座民居都有自己的故事，每个故事都演绎着美丽的传奇。龙口厝以鹤形路和龙口书斋创意妙想，让堪舆地理、风水学说的神奇悄然潜入你的心底。而"乌鸦飞不过"的大厝中，有一落叫和也厝的老厝，那厅下两侧装有张圣君长工生涯挑走粮仓的故事的方形粮仓，把得意时须淡然的良训，用陈年古物与不老传说让你刻骨铭心。"松口气"客栈，用生产队仓库改造的民宿,让过往行人松一口气,抖落一身疲惫,送走夕阳,迎来曙光。因为名人的钟情,这里成了网红打卡点。

　　站在古巷的路口,望着远方恍惚的青烟,那光洁的石板不知经过多少脚印的打磨,才有这般的温润。这就像是一条轮回巷,穿过去可以找到前世,而走出来,又可以寻回今生。耀秋厝前,有白底红字"练武卫国当英雄,改造自然当尖兵,劳武结合满堂红,亩产万斤上北京"说着"三面红旗"的故事;周边的"郭家墙",以凝固的形象,叙说着郭、郑、刘、卓商旅立足的艰辛。嵩口的前世今生被许多人不知疲倦地追寻着,他们带着各自欢欣或心酸的故事从这里走向未来,留下了散落在古镇的165座古民居。从镇中心往卢洋、东坡走向,有万安堡、下新厝、龙口厝、耀秋厝、芦洋寨、下坂厝、用金厝和西霞厝等。

　　我同所有的过客一样,带着陌生的熟悉走进嵩口,去寻找缔造了繁华的过往,去寻觅行政管辖的历史。嵩口属永泰县最早的建制镇,南宋时期就已形成小集市。明清时,随着物产丰富,经济繁荣,文化发达,逐步形成了赶圩习俗。每逢农历初一与十五,周边四府五县民众水路、陆路并至,盛大场面可比繁华的清明上河图。墟市传统一直延续至今。

　　每一种乡土饮食都交织着某种难以言传的情结,这情结在你远行千里之时,就流淌成母亲的乳汁。风味小吃蛋燕、滑肉汤、九重粿、水晶饼、美人糕,是古镇的味蕾记忆。三出宴的习俗,则让古镇风物、风俗浓缩成了舌尖上的味道。那宴会中的"转鸡头"风俗历久弥新,转出了待人之道、人情世故,也转出悠悠乡愁……

　　嵩口,我每一次来,都有一番感动。我努力地珍藏着属于自己心头的感动,但那久远与厚实的华年,却无论如何都难以用文字来酣畅表达……

恍若时光倒流

□许文华

再回嵩口。

从某种意义上说,嵩口已不复当年模样,国家级历史文化名镇等光环的环绕,海峡彼岸文创团队的经年入驻,中央电视台等权威媒体的频繁报道,早已让它声名远扬,访者如潮。

但对于我来说,与嵩口的再次相遇,只是与它千百次相见的一次。年少求学,青春初嫁,生养女儿,侍奉公婆,乃至同学相聚,走亲访友,嵩口是我40多年生活的一个场所,一种见证。与它的缘分,不止于过去,不止于现在,还有同样遥远,不,或许是更加遥远的未来。

走在这里,小巷幽深,青石路逶迤。古渡斜阳,长郊漫漫。青山亘亘,白云悠悠。时光从深处从远处席卷而来,岁月轻轻如许,恍若倒流无际。

一、清·静

从镇区出发,走省道,爬县道。陡陡的坡上,李果累累;高高的坡下,雉鸟低飞。10公里处,一个叫大喜的村庄映入眼帘。

这是一块圆润清幽的翡翠啊。美丽古朴的大喜村,浸在一片偌大的水库里。水尤清冽,上有古桥凌空,苔意深深。水中长着雨后天空,清凉,又深邃。

　　水边散布着百来户人家,皆背山面水,风水长宜;皆黛瓦粉墙,洁净安详。房屋之间,是列祖列宗传下的菜园果园。菜并不葳蕤,但离家外出的人们故土难舍,果园仍时不时得到打理。空隙处,皆种花栽柳,有花有叶有果,慰主人的付出,也洗外人的眼眸。

　　屋后山山皆翠,此处森林覆盖率达到百分之九十几。立之良久,心肺开阔,

依山傍水的大喜村

微微的喜悦顺丹田攀援而上，直贯头顶。

遥远的鸡鸣狗吠传来，被透明空气滤过了，似有若无，尾音颤颤着，天籁一般。我们沿溪边栈道慢行。"长尾鸽"拖着斑斓的尾羽飞过，乖巧的喜鹊也凑热闹似的停上枝头，矮小的蜂鸟，在摇曳的芦苇杆上跳跃不休。这些精灵，是山神出行的前阵吧？山之深处，应该有豪华的仪仗队，珍奇异兽已整装待发吧？

如此一想，期待的心不由雀跃起来，欢欣！大喜！

从大喜出发往更深处，在福州第一高峰东湖尖的山腰，近千米海拔的地方，坐落着一个更小的村庄，叫里洋。

密林深处，野树巍巍。山径之畔，山花伴着芦苇，风中招展。山岗之上，小渠之畔，二十余座青砖红砖的二层民房，依山就势，叠叠而上。全村只长住着不到10个的人口，一片空寂。政府早些年在此投入部分资金，修了栈道、停车场，种了大片梯田花海、良种果树，还修了民房，以及生活设施。人少，年深，疏于管理，它们皆半隐在野树野草中。

我们来的这次，不是周末，所以哪怕是在嵩口镇区，也只见原住民们按既定的生活轨迹，从容延续生活的模样，劳作、买卖、闲逛、清聊。半新半旧的

古镇印象

街区，在夏的烈日之下，半梦半醒。

时光停驻，恍然如昨。

二、深·远

嵩口离县城50余公里，离省城100余公里。俗语说山高皇帝远，在战乱频繁的旧时代，这里是平安宁静的桃源之地。桃花源人自云："先世避秦时乱，率妻子邑人来此绝境，不复出焉，遂与外人间隔。"借用此句，把"秦"字换成"唐"字，便可解释嵩口张、林、陈数大姓的来处了。先祖从中原地带辗转来此，见山川秀美，土地肥沃，森林翁郁，百鸟齐鸣，便觉是找到了人间福地，遂家于此。经过数十代人筚路蓝缕创业维艰的努力，终于把这片异乡打造成美好的家园。宋代以来，以嵩口镇区为中心，以周边村落为辐射，人口快速增长，经济日益繁荣。到了明清时期，嵩口的横街、直街商肆林立，酒旗招展，烟柳画桥，风帘翠幕，盛极一时。

因地处闽清、德化、尤溪、永泰、仙游五县交界处，嵩口占尽天时地利。其时交通发达，陆地有乡道通往县衙省城。宽阔平缓的大樟溪水道，更是为大山内外的物质交流提供了得天独厚的条件。精壮彪悍的当地放排夫，穿着草鞋，大步跨过古街的鹅卵石路面，通过"群贤毕至"的牌坊，穿过德星楼，来到妈祖庙。妈祖娘娘慈目低垂，嘴角微微上翘，把排夫的祈愿接纳并付诸真实。悲悯众生的水神娘娘的庇护，永保航运平安，商情无虞。嵩口岁月，如袅袅炊烟一样舒缓安详。

高踞山顶的古寨堡，果真堡垒森严，易守难攻。建筑之乡的奇思妙想，笃定地保护了家园的安宁，也把每一个聚族而居的家族，自然地与外界相隔。

这样的山川家园，亦舒亦敛，亦放亦收。嵩口一带的人文精神，烙上了时光深深的印记。

月洲溪畔，张家的科举奇观，英雄传奇，犹余音袅袅不绝如缕；下坂厝中，陈家的用坦先公已带上家人，携600两白银向着县城出发，去为县令重修文庙的大视野郑重声援。鹤形路上，林姓族长风雅持重，诗书不绝。明清时代氛围

小巷悠悠

里的嵩口古镇,亦耕亦读,亦商亦工,风雅康庄。

解放之初到世纪之末,镇区的永泰嵩口中学(后更名为永泰二中)不断发展,英才辈出,每年的考生成绩令人瞩目。

嵩口有八景,"孤山梅树""星楼晚渡""阁板春耕""寿春钟鼓""天马观灯""官塘采莲""钟潭映月""钟山远眺",每一景都有声有色,都如诗似梦,都是视野与心灵的双重愉悦。

在这样的地方生活,人们染上了山川的秀气,诗书的清雅。步子,自然缓慢下来,心灵,自然沉静下来。

不疾不徐，一路随着时光慢慢前行，岂不是神仙世界？

果然有神。闾山派道教之神张圣君斩蛇除妖，保境安民，名扬四海。佛教亲民神卢公法师呼风唤雨，造就风调雨顺，五谷丰登。或道或佛，原身皆为嵩口当地普通农民。当今，钟灵毓秀的嵩口街上亦有外来基督教的活动。人神共居，天地和融。

无论是朝霞成雾时，或是清风明月夜，嵩口老镇，幽深高远，如一坛青红，经过时光的珍藏，愈益醇厚甜美。

三、亲·近

我是嵩口临镇人，却把最美的年少求学时光留在嵩口。从初一到初三，岁月清寒读书苦，但苦到尽头便是甜。同学、老师、校园，是一辈子的惦念和感恩。青春正好时，我和来自嵩口下坂厝的他相逢相知相托一生。自行车，电影院。古厝前，水渠悠悠；不远处，樟溪奔流。抬头，有山，有浩远的星空；侧耳，有水，有不息的蛙鸣。再后来，在古镇深深天地清朗处，我诞下了今生唯一的爱女，她的血脉，是悠远绵长的亲善亲仁。

下坂厝的时光并非尽善尽美，但年岁渐长，我只记下了回报和感恩。

每一次风尘仆仆的归乡，总有欣喜的问候。嵩口的媳妇，对这一片土地，有多少亲近的情愫啊！

镇区和郊村有七大姑八大姨，平时甚少相见。但无论相隔多久，一见面，便有说不完的话，道不尽的亲近。血脉相承是一件多么神奇的事啊！公公婆婆酿的青红酒所剩不多了，但源远流长的转鸡头、三出头饮食习惯登堂入室，煌煌然融入骚人笔墨，被冠以"文化"美誉。不由莞尔。

同样亲近的，是同窗之谊。那一届同学优秀者众，五行八作，各展神通。不定期的相聚免不了寒暄调侃，谈笑风生。乌泱泱的冲往某个同学的小山村，摘走他的满枝头李果，吃完他一大桌农家宴，酒酣面热，挥手作别。别前，不忘把一个大大的红包塞给他孜孜求学的三个儿女，叮嘱他们勤奋向学，希望他家早奔富裕。也不忘里洋村孤身一人的陈同学，大伙共同看望他，安慰，鼓励，叮嘱。30年旧时光,让我们对他多了些如兄弟姊妹般的牵挂。此次再访嵩口,我见到陈同学,知悉镇里遵循政策把他列为五保户,暖心之余又感慨唏嘘。在微信里告知当时的几位班委,均欣慰释然。

  我古稀之年的老爸此次以市作协会员的身份,应县文联之邀和我们重返嵩口。他是文革前的二中初中毕业生,考上高中却被命运斩断学业。此行,他说了许多当时的学习生活趣事。近半世纪的时光并未湮灭青春往事,相反,蓬勃的生命激情却日益清晰饱满,以至于满头白发熠熠生辉,沧桑面容热情洋溢。

  在嵩口的旧百货店旁,修理手表的张伯守着狭隘却整洁的小店,竹编老手艺人林叔的小店似乎又多了一些花样。他们是我爸爸的老同学。老街、老人、老营生。三个老人把手话旧,那生动无比的三张面容啊,恍若时光倒流。

  老爸老派持重,求学时,作为班主席的他,很少与班上的女同学互动。今天,在镇政府门前,一位坐在墙角与邻居拉呱的胖老太太,蓦然牵住了爸爸的目光。几乎同时,老太太站起,手指迟疑地指向我老爸,"你是……""你是……"准确地叫出半个世纪前同窗的姓名,两个人乐得孩童一般。欢声笑语吸引了屋中的男主人,出来一见,居然是隔壁班的,这下可热闹了。他们站在民宿前,古墙下,谈笑风生,话题绵绵。

  我静静地走向远处,回眸,隔着稀疏的树影,绽放的花朵,举起手机,定格下这美好的画面。

  几十年漫长的时光,是电影中的长镜头,慢镜头,悠缓,聚焦。

  时光啊,时光,无声地,却又哗哗喧响着,倒流,无际。

古镇走马

□王 翀

  嵩口古镇，美丽而古雅，纯朴而宁静。翻开古镇的历史扉页，唐风孑遗，宋水依依，至今依然在诉说着千年的沧桑和浓郁的乡愁。

  那年八月，无惧夏之暑高，又一次怀着诗情亲近了她。多情的季节让如注的夏雨一路款待，蒙雨的车窗外，大樟溪与我们逆行奔流着，澎湃无阻。对岸的桉树群，近似菜冠，远如蛙卵，依山负势，绿白流动。过了梧桐界，竟然未见一丝雨点，我们的车畅快地抵达嵩口古镇。

  古镇不大，却韵色丰裕。古镇大门，气势轩昂，大门后一片空旷。缓缓入镇区，一条老街笔直悠长，旧式民宅鳞次栉比，粉墙灰瓦错落有致，满眼的古色古香。

  歇车驻足古镇码头。这里水流平缓，岸势斜顺，空旷豁然。古码头安然敞怀，接纳着不息之东川。千百年来栉雨沐风，饱经风霜，历尽春秋冬夏的变迁与更迭，见证宋元明清多少的世间百态。岁月留痕，又沉淀出多少动人故事。码头东侧那棵古榕，盘根如爪，错节成纹，擎开一面雄翠老伞，坚毅而热情，招迎着千帆百客，守护着古镇百年的繁华。挑眉凝视，恍惚间已然穿越千年，指尖悠然划过一缕青烟。

  镇南宋时期，陆路未迹，嵩口就已渐渐形成一个繁荣的小集市；元代置镇后，这里人口密集，货船如梭，商埠兴隆，是贯穿东南西北的交通枢纽。古渡

古厝墙语

口有"严禁溺女碑"和"重整义渡碑",碑文渐趋模糊,但人性化的典故却代代流传。

　　回首,飞阁耸天,吊脚楼凌空。我们沿着楼底,顺着墙门,踏上几级鹅卵石阶,就到了坤门兜。沿街有古色古香的"台湾咖啡屋",有本乡本土的特产小店,有手工精细的小作坊。右侧是引人注目的"嵩口镇民俗博物馆"。穿过博物馆大厅,步入后院,院里青藤绿树掩映,零散排放着石磨、古井、马槽和几块文碑。古亭下摆着踏碓、土砻、扬谷风扇车、石饼等传统农具。旋梯而上,二楼和三楼展厅呈回形格局,中心与四周满满当当排放着古物展件:耕田的犁耙草锲,木工的刨锤锥尺,厨间的锅碗瓢盆,闺室的床椅台妆;烟筒油灯、锡壶瓷罐、竹篮木桶、布品纸件等。这里展出的生产农具和生活用具有一百多种,共上千件。穿行其中,沉浸在原始的灰褐世界里,仿佛跟在先民的身后,见到他们在原野上的刀耕火种。

　　离开展厅,走出博物馆,回味着先人留下的气息,我不禁惊叹于他们的勤

燕尾脊防火墙

劳和奇巧,更对他们为后人开辟了一条源远流长的生活之路而深深躬谢!

我们沿幽幽的古镇小巷轻松漫步,游历了天后宫、嵩阳古街、龙口厝、下坂厝、安前宫等。一路上,巷连巷,门对门,墙挨墙,瓦接瓦。古厝门墙斑驳,屋瓦淡古。民居内外,布满了木雕、石雕、砖雕、泥塑、壁画、墨迹,它们铭绘着千百年来的民俗文化。上世纪50年代的商铺、民居呈现着古镇的旧日时光。脚底的鹅卵石无声安卧,它们收藏了乡亲们踩过的漫长岁月;墙头树枝寂寞高展,它们颤颤地诉说古镇千年的故事。徜徉其中,犹如行走在泛黄的老照片中,神思恍惚而又回味无穷。

镇里古民居的路巷都极具特色,鹤形路是其中的榜首。鹤形路又名圣公路,它始修于宋朝,是龙口郑氏族群的古民居入厝通道。路全长150米,两旁墙基由均匀的握拳般的鹅卵石砌成,路面中间为土层,寓意鹤食管;从高处俯瞰,整条路形似鹤项。穿梭于鹤形弄巷之中,虽不辨方向却乐此不疲。

鹤巷深处的宅间小巷,呈网络式棋盘格局般散开,有着几分神秘,如五指般交叉相连,又如迷宫般四通八达。穿行于这些幽弄深巷,别有一番情趣。古厝民居里的住民，恬然地看着我们穿过；古厝里晾晒着花衣青裤；古厝四周，青青的菜园横排竖列，这样的日子仍然散发着淡淡的古韵。走马式匆匆穿行其中，心中却也油然而获几分淡定与从容，忽然觉得此次再行嵩口，风景有着几分别样的曼妙与厚重。

悠闲自得踱步于这窄小的街巷，看这明清的古建筑旧楼阁，脱落的灰墙上，幽幽的爬山虎绕上了墙头，时有秋千荡于门前，时有灯笼高挂厅头。窄窄的弄巷，黑褐的古宅，徜徉其中，虽步履短暂却意味幽长。

微雨稍歇的天空尽显奢华的湛蓝，我们觅一处洁净的民俗茶居，拂尘落座。在徐徐的清风中，品一盏岁月中斑驳的茶香，看岁月在古韵中静静流淌；听大樟溪水，热情澎湃，气势昂然；想着那在不停轮转的四季中流走的时光。这样的时刻，我们能够挽留的，只有光阴的只言片语。

微微细雨中，我们匆忙地结束了古镇小巷之旅，旋回街道，目极之处正紧张地修缮。不久的将来，嵩口这深富文化底蕴的永泰西南小镇，一定会以它那饱实的内涵和惊艳的娇姿更令世人瞩目。

古韵老声犹长存，青山绿水永不改。

老宅·珍藏·情怀

再别嵩口
□陈方舟

嵩口镇位于永泰县西南部,东邻闽清,北接尤溪,西毗德化,南依仙游,环嵩皆山也。嵩口集日月之精华,孕育出无数在中国历史上熠熠闪光的骚人英豪,是永泰历代重要的交通枢纽、文化中心。

古镇嵩口,是福州市唯一的"中国历史文化名镇",它在时间的长河中被尽情雕琢,一度繁华、一度没落……如今,几经沉浮的嵩口浴火重生、涅槃归来,光华胜昔。

从小,"嵩口"这个名字就是我生活中重要的组成部分。因为爸爸是嵩口人,所以我的老家就是嵩口。虽是跟着外公外婆长大,对嵩口的印象并不深刻,但因为是爷爷奶奶生活的地方,是爸爸长大、我出生的地方,所以逢年过节也常探访嵩口。

记忆中的嵩口总是灰蒙蒙的模样,可供汽车走的大路只有一条,其他地方都是乡间黄色的小道,一下雨便是一路泥泞;道路两旁都是低矮的房屋。商店是零星开着的,都开在住家一层,东西少、灰尘多。乡镇中穿行的车辆少,回趟老家总是要挤着上车的,车上有时连过道也会站满了人。印象更深的是,老家这一路上或田地里大都是两鬓微斑的老人,偶尔才能碰上几个孩童。总之,那时的街巷村庄都比较凋敝。

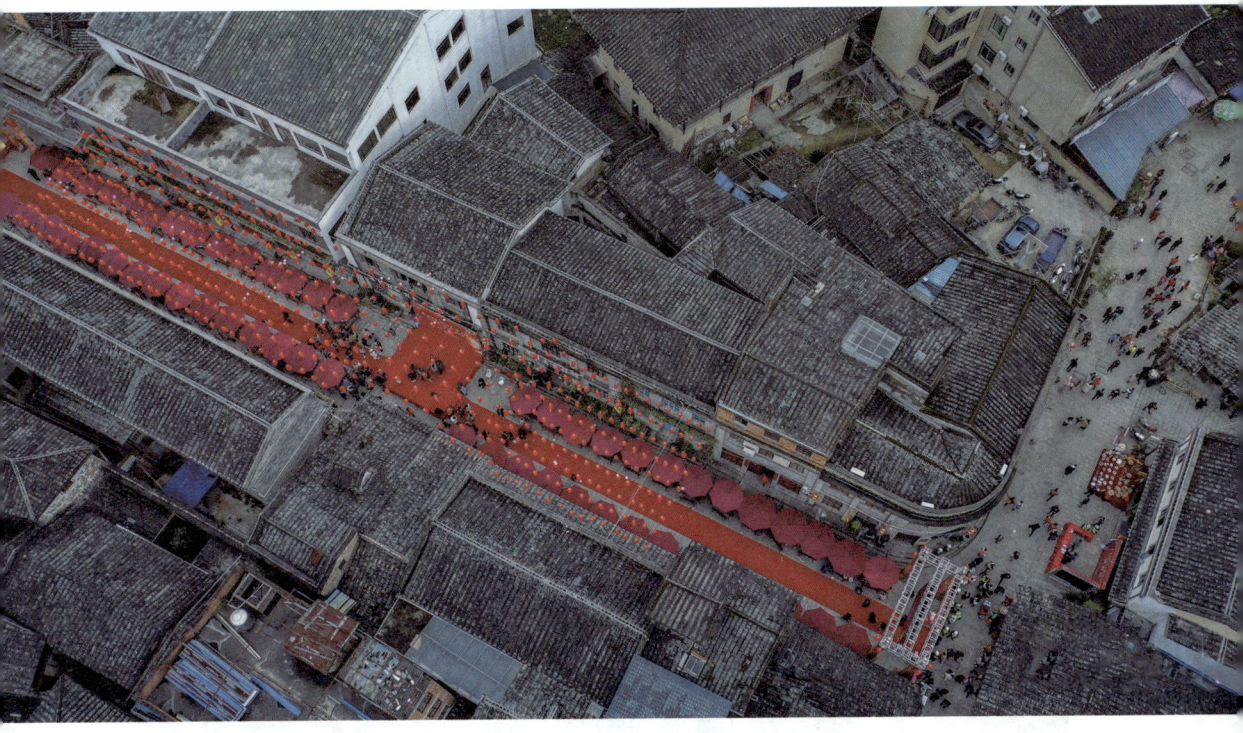

古街古巷

  在我小时的记忆里,"嵩口"这个名词所代表的意义,只是老家那座古老的屋厝。大抵是因为每次回嵩口,总不会在街上逗留,而是径直回到古厝的缘故吧。小时候的"嵩口",就是一幅"一个老厝,围着四四方方的院墙,门前有田,屋后有井"的画面。风景虽好,却也无聊。

  等大一些了,妈妈开始带我上街,从老宅到街面,要走半个小时。可嵩口街也是无趣,稀稀拉拉的几家小店;卖菜的摊车很多,但东家卖的、西家贩的却大都一样,仿佛是同一个小摊,只是突然换了老板。

  镇里景色倒是不错,但路很是难走。古渡口门前的鹅卵石让人一步一滑,渡口无人,静悄悄的,让人想起花妖狐鬼的故事。果真是有故事的!不知第几版的《聊斋》曾在横街直街上拍过,被老人们的嘴巴一渲染,就有一种阴森森的感觉,让人不敢驻足。

  唯一慰藉我的就是赶集的日子,周边村镇的人纷纷赶来,把小小的街面围得水泄不通。鲜香的小笼包、爽口的绿豆糕、软糯的九层粿、甜蜜的甘蔗汁……

直街仿古灯笼

这时候的嵩口，满是美食的味道。

时光推着我慢慢往前走。我慢慢长大，而嵩口却仿佛停滞不前。年轻人来了又走了，只有越来越多的白发老人守着静默的街道……

时光荏苒。等我上了大学再回嵩口，才发现这里竟然已在不知不觉中有了变化：平坦的水泥路直通老厝门口；道路两旁多了种类繁多的店铺；楼房也是整修过了的，统一了色彩、款式，挂上了仿古的灯笼；镇中心的三岔路口竖起了张元幹的塑像，纪念这位生于嵩口的南宋爱国词人；小摊依旧在，却有了规划后的齐整。

走街串巷，发现变化可不止这些：古渡口被修整一新，杂草尽除；一座座老厝里原本废弃的大水缸有了新用处，变为一个个素雅的花盆，满目绿意。连溪边的大榕树也换上了新装。古朴与新生，在这里融合。

横街和直街没有太大变化，只是多了几家店铺，但这店铺可不普通，它的前身可都是故事：嵩口供销新社、存储时光的咖啡吧、时光邮局……这些脱胎于上个世纪老店的新店们，它们的主理人都是年轻的80后90后，都是在看到古镇发展的现状之后返乡的青年，都是嵩口人。曾经走出了大山的少年，被故乡的线牵引着回来了，回来改变故乡来了。他们把带回的大都市的新鲜、创意，和古镇的风骨、习俗相融汇，在古老中创造出新奇，于是这小镇缓慢流动的血管有了新鲜的动力，原本衰颓的古镇终于重新鲜活、悦动起来！

不只年轻人，扎根嵩口的老人们也有了变化：姓林姓方的竹编师傅把竹编做成了工艺品，竹编灯罩、竹编手包、竹编小篮……花样百出；拉线面的老师傅，把面团抖成了花，把脚步踏成了舞，每次出门晒面都有大批游客闻风而来，"长枪短炮"一齐对准他。闪光灯中，他俨然一派大家风范，高人风骨，旁若无人，气定神闲。空守老屋的老人们不再寂寞，陆陆续续开起了乡村民宿，卖起了乡土美食。看那匆匆的步履，仿佛年轻了不少呢！

坐落于古巷鹤形路旁的"松口气"客栈，原身是中山村村部。曾经破败的老屋被粉刷一新，盛开的绣球和玫瑰弯腰迎客。大门古色古香，厚重的木板经历时间的打磨显示出别具一格的魅力。门前的小路是用乡村常见的石子和瓦片打造的，颇具韵味……越来越多的游子回到嵩口，带回越来越多的游客。古镇重新喧嚣起来，在兼收并蓄中欢快地成长。于是，我与嵩口的每次再见，每次都有新意，每次都有欣喜。

这些变化，得益于嵩口自身丰厚的自然、人文资源，也离不开近些年来政府的不断支持和投入。特别是2014年，台湾"打开联合"文化创意有限公司应邀正式入驻，他们用台湾乡村活化的优秀经验，运营着嵩口，让古镇焕然一新。

千年的岁月，早已给了嵩口厚重的历史博大的胸怀。时光深处，蕴藉无限。如今的嵩口，站在新的历史起点之上，新与旧碰撞，却又巧妙地合而为一。

再回嵩口，惊鸿一瞥，但这一瞥却已足够让人惊艳！

再别嵩口，徜徉流连，离去的脚步却已无法迈开！

嵩口：文化新视阈下的千年诗意古镇

□檀遵群

嵩口古镇位于永泰县的西南部，是福州市目前唯一、福建省第三座中国历史文化名镇。古镇是南宋爱国主义豪放派词人张元幹的故乡，东南亚最大农业神张圣君的诞生地。镇区有 60 多座保存完好的大型明清时期古民居，历史街巷数十条。如果包括外围的村居，嵩口保存完好的明清古民居超过百座以上。

嵩口位于闽中四府五县之间，地理位置冲要优越。自隋唐以来，为躲避战乱，一些中原仕宦家族迁居择居于此，建村落户。宋代，嵩口就设立墟市。地理上，嵩口历来为闽中通衢之地。

科举时代，嵩口科举成就辉煌。"耕为本务，读可荣身"。据载，宋天圣二年（1024 年），嵩口月洲村走出永泰县第一个进士张沃，此后共有 48 位张姓士子高中进士，月洲成了名喧八闽的科举村。古镇的古建筑有繁荣的科举文化折射：风格简朴天然，翘檐青瓦、雕栏画壁中蕴含着文人所特有的恬静淡雅的趣味、浪漫飘逸的风度。散落在青山秀水间的古民居，形成了文质彬彬又富有田园野趣的村落景象。

一、嵩口历史的三次机遇

嵩口历来是福州市镇体系中重要的一员。纵观历史，嵩口有过三次大的发展机遇：明代永乐三年（1405年）起郑和下西洋，清朝乾隆时期闽台对渡，19世纪鸦片战争后福州开埠。嵩口抓住了这三次机遇，使整体商贸经济甚至社会人口都得到快速发展，还沉淀下各地商贾停驻、往来的资金。

嵩口历史发展的最大优势是坐拥闽江下游最大支流——大樟溪的黄金水道。闽中、闽北各地的木材，经由大樟溪水道运到福州的上杭或南台。在悠悠岁月里，曾经的大樟溪碧澄的水上都是桨声舟影不断。大樟溪上的木帆船当时被称为"南港船"，极盛时期大约有木帆船一千艘，船工五千多人。这数据可想象嵩口码头繁盛忙碌之景象。

为佑商旅舟楫平安，古码头建有天后宫。这座天后宫正是嵩口水运昌盛的见证。而这天后宫也是"兴安会馆"——经营木材的莆田商人在嵩口的同乡会所，这是当时商旅摩肩的缩影了。

陆路上，嵩口与八闽古驿道中通往闽北的福瓯、福延两条古道相连相通。嵩口也是闽南通往福州的便捷要道之一。1918年12月上旬，蒋介石率领粤军从广东过来攻打福州军阀李厚基，便是通过嵩口陆路沿溪而下。

有了三次历史性的机遇，嵩口繁荣了千年。岁月变迁，现代公路崛起后，水路运输没落了。加上改革开放四十年，城镇化成了潮流，古镇人口不断流失，年轻人几乎都出外谋生，导致故土冷落、田园凋敝。

二、"嵩口模式"理论与实践

2008年嵩口被评上"中国历史文化名镇"，命运的号角又一次吹响了，嵩口又一次抓住了机会：古镇改造成功，诞生总结了宝贵"嵩口模式"的乡建经验。

"嵩口模式"所坚持的理念、方法、创意，较好解决了偏远山区在城镇化发展中常出现的"村落空壳化、产业空心化、资源闲置化"问题。"嵩口模式"最重要的经验就是着眼于活态传承、行稳致远，注重保护和传承传统民间手工艺以及非物质文化遗产，做37度的古镇，不追求短期的急剧效益，不进行竭泽而渔式的发展。

激发古镇活力是嵩口活化的关健，通过文创设计进行产业升级，引导本地居民、返乡青年和外来创客来古镇安家创业；在古镇传承传统文化的保护理念，以及古民居管理机制、创新创业等方面大胆创新，积极探索出一条城镇化建设与古镇保护、现代化生活与古民居保存和谐共生的小镇开发新路子。

因为快节奏生活而神经紧绷的现代人，都在寻找放松身心甚至皈依心灵之所。"千年古韵不散"的嵩口古镇，具备"嵩口慢慢走"深入体验式的基因。

嵩口现在应该用"历史街区再利用"的理念进行保护与开发，打造现代人"进则江湖，退则田园"理想家园。要打造休闲度假旅游小镇，让远客能深入古镇慢慢行走，嵩口不仅要进行建筑格局外观物质性的改造，复原千年古镇，还必须去除农耕文明固有的沉重黯淡之外壳，使古镇的古建、室间、庭院等呈现出优雅、明丽的气息格调，留住诗意时光。

三、千年文脉　闽学遗存

从宋代至清末民初，因地利之便，又受邻近尤溪、将乐等地闽学的影响，嵩口成了宋明理学重要传承地，典型遗存众多。

嵩口述善堂保留北宋张载理学（横渠关学）雕刻集句："心欲小，志欲大；智欲圆，行欲方；能欲多，事欲鲜；言有教，动有法；昼有为，宵有得；息有养，瞬有存。"

下坂厝的墙上也有类似对句："希贤希圣希天此等地位岂让他人做去，立言立功立德这般事业还须自己担当。"

宋朝福建尤溪人杨时到河南拜师理学家程颢，南归时老师说了句："吾道南矣！"一句"吾道南矣"是理学重镇通过杨时从中国北方移至南方的标志，杨时传之于李侗，李侗传至朱熹，乃成宋明理学蔚然大观。嵩口历史上曾有"道南书院"，"道南"二字就包含理学正统传承的意味。

除了"道南书院"外，嵩口镇区还有这个理学典故命名的"道南村"。道南村中张氏祖宅"铭铭居"，也正是以理学名篇《东铭》《西铭》（宋朝理学家张载著）二字来命名。月洲村也有座张氏宅子叫"双铭居"。

从遗留的书院名、村名、甚至老宅名来看，作为商贸重镇的嵩口不仅累积了财富，同样遗留有深远的儒学或理学文化影响。

站在21世纪工业化、信息化的今天回眸，我们不能让传统文化消失在历史长河，我们要争取保存嵩口作为理学文化遗存地这样的千年文脉，恢复重建"道南书院"，兴建"宋明嵩口理学展览馆"。

嵩口还有近现代文化遗迹。蒋介石1918年12月上旬到达嵩口赤水村时，在山洞壁上题诗一首："吾领粤军南入闽，中华山川人未醒。日照卧石暖枕眠，月旰杲星旷路行。"

1918年12月3日到5日，蒋介石讨伐福州军阀李厚基途径嵩口，因病在道南书院驻扎三天。12月上旬一晚，蒋介石从嵩口道南书院信步走到古码头集贤坊下，此时的蒋介石，年仅三十岁左右，第一次独立带兵出征打仗。他伫立嵩口码头，看着一片舟辑往来、商旅频繁景象，肯定意气风发、踌躇满志。但是没有想到，一周后蒋介石部队到永泰县城，遭北洋军阀李厚基突然袭击而溃败，他仅带几个随从从县城出逃，取道嵩口经德化退回闽南。

千年的古码头文化需要再现还原，为了彰显其深厚人文底蕴，可以规划在古码头设立一个名人诗词墙，将一些与嵩口有关的经典诗句刻于其上，比如张沃七岁言志诗、张元幹诗词、古民居中著名家训、蒋介石的诗等。

四、考究的传统建筑　瑰丽之人文精神

古建筑是地方历史文化的无声代言，嵩口目前遗存的一百多座明清古建筑，是嵩口丰厚文化遗产。百分之九十古民居位于核心区内，保存完好的古民居有65座。著名的古民居有蕉林居、下坂厝、下车碓厝、青年会、下新厝、耀秋厝、恭恩厝等，嵩口古民居构造十分精致，具备地域文化特色，更具高超的建筑艺术水平。嵩口这类明清古民居恢弘大气，多为黛瓦灰墙、飞檐翘角，屋顶穿斗式木构架，屋脊两边的"龙舌燕尾翘"造型别致。造屋用料考究，结构严整。嵩口前人多因商致富，反映在建筑中则极尽装饰之能事：古民居大量使用木雕、灰塑、彩绘、石雕等装饰，其中尤以木雕和彩绘见长。

嵩口传统建筑风格也是不断演进的。明以及清早期的建筑显得厚重简朴，基本不施或很少施以木雕，木构件大都采用老油杉，不施油漆，保持原木本色，凸显高品质的木材色泽及天然纹理，随着岁月的沉淀，愈发古香古色。清代中晚期的民居，木雕逐渐增加，并向繁琐、细密、华丽的方向发展，主要应用在建筑的小门楼、下堂与正堂卷棚轩廊等部位的木构件，以及天井四周的隔扇上。

嵩口民居建造主要按夏季气候条件设计，格局为护厝式多进四合院结构。正堂明间高大宽阔，是商议家族大事、婚丧嫁娶、节庆祝寿的空间；左右两房是官房，厅上太师壁的神龛是祭祀祖先的地方，大厅前厅上都用朱红添丁梁和一斗三升补间铺作，庄严肃穆；廊庑、厢房、正堂等古色古香，踏跺、台明等多为大青石精雕细砌，用料考究，宽大精美。

嵩口现已经成功地开启了民居在地化的发展经验模式。2013年，嵩口古镇被列为闽台乡村游试验基地，引入了台湾"打开联合"团队为嵩口镇做旅游规划和景观提升设计。在政府的引导下，"打开联合"团队引入了过去20年台湾"社区营造"的理念，建立民居活化营生的样本，并以点带面，推广保存利用在地资源，增加解决问题的可能。"松口气"客栈就是一例，它的成功经营让嵩口人看到了传统民居的宝贵价值。

但是，镇区几十座的古民居维护活化还未达到应有的程度。嵩口本地的居民思想认识不足，维护修缮古厝的积极性不高。究其原因，首先是思想意识的偏差，许多嵩口人认为土木结构的建筑是贫穷落后的象征，只有"没本事的人"才居住其中。其次，传统民居内卫生、排污等基础设施不足，难以满足现代化生活方式的需求。雨季时积水严重，卫生状况较差。再次，传统民居发展至今，人口众多，产权复杂，每个家庭的人均使用面积不足；而且民居建筑的材质特点，使得生活的私密性不够，邻里之间容易相互干扰。最后，传统民居年久破败，维修成本相对较高。

嵩口村镇应逐渐改变人们将传统民居与贫穷落后画等号的意识，进一步加强引导与宣传，从而树立传统民居再利用的信心，让传统民居成为有原住民居住的充满活力的文化景观。

事实上，嵩口古民居古韵幽幽、精美阔大，而且多数古建筑背后都有一些个性斐然、让人津津乐道的故事，具有独特的人文精神。古民居还集萃人文故事中的向善向上的精神，比如张氏、林氏两姓间流传的"张林世交"的故事，就是许多脍炙人口的传说中一个。现略举几座古民居加以介绍。

青年会

19世纪40年代鸦片战争后，西方文化教育趁势渗入和影响了嵩口百姓生活，嵩口至今仍有多位老人还能掌握娴熟英语。在嵩口古码头，遗留有清末美国传教士伊廷芳建"基督教堂"和"格致小学"等两处建筑。"格致小学"青年会建筑被改造成了嵩口公益图书馆。

美国公理会传教士伊廷芳，原名爱德华·汉林顿·史密斯，在光绪二十四年（1898年）来到中国，又乘帆船到永泰，直至1951年中美交恶才离开中国。伊廷芳长期传教办学，上世纪创办了永泰格致中学（永泰一中的前身）、嵩口格致小学等学校；伊廷芳在永泰期间拍摄一百多幅老照片，他逝世后将照片捐给美国耶鲁大学，前几年，相关人士已辗转将这些老照片捐赠永泰。

下新厝

下新厝又称述善堂，坐落在永泰县嵩口镇月阙村，清道光十三年(1833年)由林天培所建。林天培字贤书，号植庭，曾履职山东济南府布政司理问。1985年，电视剧《聊斋》中的《狐仙》一集在此宅拍摄。

述善堂建筑高大完整，可将其打造成嵩口著名"张林世交"典故的场地，场景化讲述"张林世交"，塑造林师孟和张一坤这对忘年之交室内对饮蜡像。

耀秋厝

耀秋厝坐落于永泰县嵩口中山村，又称"乐善堂"，建于清光绪十五年（1889年）。这个深深庭院中，居住着乡绅林耀秋这样的风雅之士。

耀秋厝有座"注月楼",它实际上是一座碉楼,外观是防御性的工事,墙体上有斗形窗、竹制枪孔。但有别于一般乡间铳楼——它原来内有主人书房的。"注月楼"之"注月",取名缘于楼旁的两口饮用水井,在有月之夜,可见透进天井的月亮映照入水井。"注月楼"名字诗情画意,对主人而言,水井既是防御救命的必备设施,还是天、地、人对话的文化之井。

作为中国历史文化名镇的嵩口,以及作为中国全域旅游试点县的永泰,要突出传统民居特色,尽量融入永泰本地元素,要将永泰传统建筑精华元素运用到嵩口乃至永泰全域建筑改造上。永泰嵩口民居与永泰庄寨,建筑文化都十分精彩,外观宏伟,内部建筑部件自成风格。以此为基础,融合现代建筑理念,拟出永泰新建筑风格,并形成典型化的建筑符号,凸显我们建筑之乡的县域特色。

五、运用文化IP视阈 打造古镇世纪新产业

嵩口千年文化有着连续不断的故事,这是一个完整的"文化IP"。创造和运营"文化IP"能创造更大的附加价值。

从"文化IP"视阈来看,如果嵩口在下一阶段打造休闲度假旅游小镇完毕,塑造"文化IP"任务就算完成,但从运营文化IP角度而言,才刚刚开始。

浙江乌镇就是放大运营文化IP大胆创新的一例。这个江南小镇已举办了六届"乌镇戏剧节"。而其实乌镇戏剧节的灵感发端处仅仅是一个清代戏台和一位戏剧家。运营之后,街巷、石桥、摇橹船,小镇随处都成为戏剧舞台,这成为吸引年轻人的重要源泉。乌镇还举办过六届世界互联网大会。除了乌镇,古北水镇也是运营文化IP成功例子。其附近的司马台村,有八成村民回乡从事民宿等乡村旅游事业。

永泰也有可以产生新创意的地方。一个人工智能为主的智慧小镇在永泰已诞生,整个福州的大数据和人工智能产业正蓬勃发展。在强国产业战略背景下,永泰赶上时代步伐,具备了大数据和人工智能创新性条件。如果完成了第二阶段休闲度假小镇改造,申办这种新经济的论坛小镇也是可能路径之一。

当然，嵩口运营文化 IP，达到拟定的第三阶段论坛产业，首先要经过第二阶段充分发展：打造有魅力的度假休闲小镇，具备有"闽中秘境"特点古民居特色的民宿、旅馆。

嵩口如果也找到了会展经济的新增长点，那么它也将成为运营文化 IP 下一个成功的范例。这就可能让嵩口成为地区性的乃至国家级别的大数据和人工智能最有影响力的展示区，成为招商引资的甄选区。

今天嵩口已迎来历史发展的大机遇。宋、元、明、清朝代，嵩口是闽中水路、陆路交通枢纽，而今莆炎高速公路通车在即，嵩口即将纳入福州一小时经济圈。规划建设的福莆宁同城化高速与即将开通的莆炎高速，在镇区形成南北两互通。以嵩口镇区为中心，福州市、泉州市、三明市、宁德市进入一小时经济圈，并能辐射广东、台湾、江浙一带。在这样的历史交汇点上，嵩口又恢复了历史曾有的地理交通的优势，这是嵩口又一次历史大发展的机遇！

"一轮弦月落芦川，长伴桃溪碧水潺。"嵩口蕴藏千年文化，地处深山，芬芳初绽。嵩口新一阶段的发展，需要的是一个新视角、一种新方法和一次新机会，文化 IP 正给嵩口一次新的关照，来续写"嵩口模式"的新内涵，来实现"文化 IP 嵩口"的整体价值。

后记：本文参照了《文化自觉视域下的历史文化名镇保护研究》（作者柯秀华）、《被遗落山间的百年大宅》（《中华民居》，作者李然）等多篇文章，在此致以谢忱！

【人家史话】

从嵩口古镇码头沿直街南行,越过樟梅公路后,进入网红打卡点鹤形路入口前,左手边有一座门头不甚大的古建筑。基础为河卵石去边成菱形干砌,规整平齐;中间大门,门前三步如意踏跺,朴实大方;门框为整石架设而成,结实厚重。门楣上镶嵌有块石匾额,上书「杨氏宗祠」,左右小门,门扇仍然双开,楣书「入孝」「出悌」。

祠堂正面高墙紧邻路边,一般游客不会注意到高墙后的翘脊飞檐,且对宗祠类建筑有所忌讳,所以少有人进入观瞻。其实,这是一座体现嵩口古镇历史、人文特色的重要建筑,实在不应该轻易错过。

千年古镇始于杨家

□张建设

从嵩口古镇码头沿直街南行,越过樟梅公路后,进入网红打卡点鹤形路入口前,左手边有一座门头不甚大的古建筑。基础为河卵石去边成菱形干砌,规整平齐;中间大门,门前三步如意踏跺,朴实大方;门框为整石架设而成,结实厚重。门楣上镶嵌有块石匾额,上书"杨氏宗祠",左右小门,门扇仍然双开,楣书"入孝""出悌"。

祠堂正面高墙紧邻路边,一般游客不会注意到高墙后的翘脊飞檐,且对宗祠类建筑有所忌讳,所以少有人进入观瞻。其实,这是一座体现嵩口古镇历史、人文特色的重要建筑,实在不应该轻易错过。

一、极富特色的精美建筑

按照宗祠规矩,中间的大门,假如没有宗族大事和重要客人,日常是不开的;就是打开了,迎面也是一扇屏门,以防大厅的元气直接外泄;且此宗祠建筑据称因奉有圣旨恩准,得以模仿皇宫规格,不设厅前中部踏跺,所有人员都必须经两侧廊庑才能登堂。我们在宗祠管理人员杨老先生的带领下,从左边小门进入。

小门里,抬头就是轩廊式穹顶。我们欣喜地看到,其穹顶竟然是等级最高

杨家祠堂

的双菱轩，且轩梁之下均设有雕刻精美的垂花柱，花型为盛开的莲花。而正堂前的垂花柱则是更高等级的四面立体透雕，主体是八仙群像。正厅的轩廊穹顶拱板则均为镂空雕，花型抽象简单而整齐划一，颇有规模，显示出一种整体美、阵势美。

来到正堂之上，迎面先见到的是太师壁两边屏柱顶端的雕刻———一对粉彩鲜艳、展翅欲飞的凤凰，形象饱满，栩栩如生。凤凰之间，是一轮蒸蒸欲上、气势磅礴的红日。仰望屋顶梁架，为四梁扛井结构，似为旧物，而梁柱之间的牛腿斜撑造型却显得十分简约，只有一些抽象的花卉，这或许是原件被盗后补做的。在正堂轩廊的月梁童柱上，其雕刻图像也很有意思，童柱下部为两只憨态可掬的欢喜狮子，月梁上的雕刻，左为文士，右为武将。

从正堂向两厢回望，可以见到两厢回廊上部的构造很奇特，县内罕见：双层屋檐，双层女儿墙（又称雨埂墙、防溅墙）双檐间，似有一层楼阁，实为山墙。二重檐内有龙草花造型的灰塑彩绘，线条流畅。在女儿墙的垛口，上部绘有自鸣钟，应为当年最先进的西洋机巧之物，钟面指针指向吉时良辰，并墨书"湖光山色映楼台""西园翰墨""东壁图书"等文字，下层的垛口彩绘为"竹鹿""松鹤"等，均是品行高洁之物。双层檐之上，则是高高昂起的马头墙，也是双层错落有致，均在如意墙头又延展出龙舌燕尾翘，线条舒缓大气，映衬着蓝天，勾勒出两道优美的天际线。

这些建筑形制，与嵩口古镇里的其他古建相比独具特色。杨老师告诉我们，太师壁上高悬红日，既是寓意杨家历史上曾经出过"天子"，更是教育子孙后代处世为人必须光明正大，胸怀坦荡；凤凰的雕饰寓意杨家曾经出过多位皇后，也体现家族里对女性的尊重。但是，宗祠里的最大特色是体现了杨家的清白家风，不论是大门口的楹联"身无三惑名扬远，官畏四知世泽长"，还是内部垂花柱的莲花，以及灰塑彩绘里的"竹鹿、松鹤"、两厢悬挂的悬鱼摆饰等，无一不在体现清廉、高洁。所谓"无三惑"就是不被"财、色、酒"所惑，所谓"畏四知"就是在为官一任时，要时时想到，你所做的一切都是"天知、地知、你知、我知"的，要守规矩，要慎独！

二、悠远厚重的家族历史

嵩阳现存有乾隆二十六年（1761年）编纂的杨姓族谱，其序言是乾隆版县志"同分纂"柯玠写的。柯玠是县城人，为乾隆初贡生，曾担任过漳平训导。

讲到"无三惑""畏四知"，就要讲到杨家远祖杨震的故事。翻开杨氏族谱，原来，嵩口杨家来自于弘农杨氏。弘农杨氏在东汉出了一个名臣杨震。杨震少时通晓经籍、博览群书，有"关西孔子杨伯起"之称。但不应州郡礼命数十年，至五十岁时，才开始步入仕途。举茂才，历荆州刺史、东莱太守。元初四年（117年），入朝为太仆，迁太常。永宁元年（120年），升为司徒。延光二年（123年），代刘恺为太尉。

他为官正直，清正廉洁。有一次，他前往郡里路过昌邑时，从前他推举的王密正任昌邑县长，晚上去客舍看望杨震，送金十斤。杨震说："老朋友知道你，你为什么不知道老朋友呢？"王密说："现在是深夜，没有人会知道。"杨震说："天知、地知、我知、你知，怎么说没有人知道呢。"王密惭愧地离开了。

到隋唐时代，杨氏又得到较大发展。杨震的嫡裔杨坚建立了隋朝，任命了同宗的杨濯缨为南平侯，而杨濯缨却认为隋文帝杨坚性忌而多猜疑且暴虐，故时常借故不入朝面圣。后来为了避祸，就屡屡上书。最后辞职，渡海到闽越隐居。来到福州时，最早借住越王庙，见到庙侧有一口井名钓龙井，井水清澈透底，以为与自己名号暗合，"可以濯我缨"也，遂居留下来，并将自己的支系命名为"井边杨氏"。时为隋开皇十五年即公元595年。

到了濯缨公孙子宾琦公时，他秉性疏散，长而有志于山水之间，以钓游烟波而自快。唐显庆元年（656年），偶然泛舟逆大樟溪而上，来到嵩口地界，先到月洲，见到该处山秀水清，便对童仆说：这里离州县（时尚无永泰县之名）皆远，离乱不至，足以安居。遂住了下来，亦开辟了水井——此井至今尚在。但是，杨家在此只居住了不到十年就搬到嵩口现在的镇区地方了。以致后来月洲村留下了一个"传说"：未有月洲张，先有井边梁（"梁"与杨谐音）。据杨老师说，其祖先未得到的月洲风水宝地，后来被张家得到了，张家遂得以辉煌。

杨家肇迁嵩口之后，就取了"嵩阳""大邹"等地名。该地处于永泰通往德化的交通要道上，讨生活当然比月洲容易。宾琦公仍然悠游山水，曰"山不在奇，得我来则有名矣"。这嵩阳之名起于宾琦公也，至今已1300多年了！而其第八代孙凌云公，生活在唐天宝年间，"天宝十一年（752年）举秀才"，至今也有1200多年了。

杨家肇迁嵩阳之后，出了不少人才。包括第十二代武昭公，在唐乾符五年（878年），以功封振威将军，镇守安溪，遂家焉。而其弟武仁公则留居嵩阳。到明洪武年间，作为平民的第二十六代孙杨维吉在官军抓捕歹人（匪寇）温九时，"奋勇登先，冒重伤突入阵，乃获温九，械系解藩司，境内获安"（民国版县志载）。祠堂正堂上悬挂的"武魁"匾额殊为珍贵，证明杨家在同治年间出过"武举人"。厅堂右侧的碑石则记载着杨家肇迁到嵩口之后的突出人才。一直到当代，嵩口杨家还是人才辈出。

据杨老师介绍，杨家祖厝原在邹湖，清末毁于匪寇。而宗祠所在周边土地，历史上都是杨家的。经匪难后，杨家式微，眼见余地也不断流失，族人遂在此鸠资建起宗祠。

眼前此祠堂才有114年历史，但嵩口目前还暂时找不到比杨家更早来的姓氏。

三、楹联解读

游览嵩口杨氏宗祠,也不应该放过楹联。这些楹联是后人撰写的,也集中体现了杨氏清白家风的传承。

1. 屏柱

官畏四知廉洁名扬祖国千秋颂;身无三惑清明誉满中华万代钦。

注释:

[1] 四知,指杨震暮夜却贿金,传下"天知、地知、你知、我知"的名言故事。

[2] 三惑,指酒、色、财三种惑人之物。三不惑即谓不为酒、色、财三者所迷。《后汉书·杨秉传》:"杨秉性不饮酒,又早丧夫人,遂不复娶,所在以淳白称。尝从容言曰:'我有三不惑:酒,色,财也。'"

译文:

为官要秉持"天知、地知、你知、我知"的敬畏之心,廉洁奉公,从而名扬九州,传颂千秋;

做人如能坚持三不惑,不耽于酒,不迷于色,不陷于财,也就能誉满中华,为后人所敬仰。

2. 后充柱

室内凛四知暮夜辞金怀祖训;道南传一脉熙朝讲堂仰儒宗。

注释:

[1] 暮夜辞金:《后汉书》载:(杨震)四迁荆州刺史、东莱太守。当之郡,道经昌邑,故所举荆州茂才王密为昌邑令,谒见,至夜怀金十斤以遗震。震曰:"故人知君,君不知故人,何也?"密曰:"暮夜无知者。"震曰:"天知,神知,我知,子知。何谓无知?"密愧而出。

[2] 道南一脉:北宋初期,胡瑗、周敦颐、张载、邵雍、程颢和程颐相继发展推动儒学。及至南宋,二程弟子遍及天下,其中一派从杨时传罗从彦、李侗平,四传朱熹,称为"道南学派"。杨时,字中立,世称龟山先生,将乐人,多活动在闽地,后人称此一门学术为"倡道东南"。又据《宋史》及《宋元学案》记载,程颢目送杨时有"吾道南矣"之叹,故自杨时至李侗之间的思想传承,后世学者称为"道南一脉"。

杨氏家训

匾额

译文：

要牢记这点祖训：哪怕是暗夜、或者室内，都必须怀有"四知"的敬畏之心，坚辞不义之财。

开辟了光明的、道南一脉的儒学讲堂，世代因此都会崇拜杨时宗师。

3. 正柱：

源溯晋武三千载诗书继世人文辈出；支分闽将数百年礼义传家忠厚蝉联。

注释：

[1]晋武，周宣王之子尚父，被封于杨国，是最初以杨为姓的人。春秋时，晋国灭杨。杨成为晋武公孙子突的封地。突被称为羊舌大夫。突的孙子肸，以封邑作为自己的姓氏。春秋周敬王匄六年（前514年），晋灭羊舌氏，其后逃往华山仙谷，遂居华阴（今陕西省），称为杨氏，史称杨氏正宗。

[2]支分闽将，说的是杨氏入闽支流：（1）隋开皇十五年（595年），弘农杨氏杨震的第九代孙杨濯缨封为南平侯。他由陕西华阴迁徙入闽，居福州南台；唐时，杨濯缨三世孙杨宾琦迁永福嵩口，后代分衍莆田、仙游等地。（2）唐总章二年（669年），河南光州固始政官任岭南行军总管，与子陈元光率兵入闽，有杨永、杨珍等军士，随陈元光定居在漳州、泉州、莆田等地。（3）唐末，王潮、王审知兄弟自河南光州固始带兵，随王绪入闽，史称"十八姓随王入闽"，队伍中也有杨盈、杨涉、杨沂等，其后子孙分布各地。

译文：

杨家从晋武得姓以来已经三千多年了，依靠诗书礼乐的教育传承，人才辈出；

我们这一支系是从入闽将军繁衍而来的，我们一直坚持礼义传家，忠厚待人，所以兴旺发达。

4. 前充柱

清白传家人人孝友天伦乐；弘农世弟代代登科地缘灵。

注释：

[1]弘农世第：弘农，郡名，西汉元鼎四年（前113年）置，是天下杨姓第一望族——弘农杨氏的策源地，许多杨姓家谱都把远祖追溯到弘农杨氏。

[2]清白家风：杨震不仅自己为官清廉，而且教育五个儿子都成为"清白吏"。杨氏后人为官，清正廉洁的不可胜数。如杨时的"不枉费公家一钱"，杨万里的"清白如莲"，辅佐了四代明代皇帝的名相杨士奇，妻子一直在老家务农等。如今，"清白堂""清风堂"也是杨氏普遍使用的堂号。

译文：

我们要秉承祖上的清白家风，人人讲孝悌，以保证长享天伦之乐（要是贪婪犯事，就享不到天伦之乐了）。作为弘农杨氏后裔，代代有登科，岂止是地灵风水好呢？（应该是清正好传家啊！）

5. 金柱

边关御敌一门忠烈为宋室；国政匡扶三宰殚精辅明朝。

注释：

[1]边关御敌，相传杨继业开始数代后人均献身宋室的边关防守御敌事业，做出了重大牺牲。

[2]匡国三宰，即明朝杨士奇、杨荣和杨溥三人。他们均历事永乐、洪熙、宣德、正统四朝，先后位至台阁重臣，以大学士辅政，人称"三杨"。他们在任辅臣期间，安定边防，整顿吏治，发展经济，使明朝的国力继续沿着鼎盛的轨道发展，并使明代阁臣的地位得到空前提高，由原来的皇帝办事员转变为具有丞相性质的辅臣，他们因此被史家视为名臣。

译文：

既要学习边关御敌为国捐躯的宋代杨家将，满门忠烈，一心报国。也要学习殚精竭虑为了国家兴旺不懈努力的明代杨氏三宰，为国家做出应有的贡献。

6. 出廊柱：

四知留典范千秋传送，立雪显虔诚永世流芳。

注释：

[1]四知，见杨震事迹。

[2]立雪，程门立雪是一个成语，旧指学生恭敬受教，现指尊敬师长，比喻求学心切和对有学问长者的尊敬。成语出自《宋史·杨时传》。杨时字中立，南剑将乐人。

幼颖异，能属文，稍长，潜心经史。熙宁九年，中进士第。时河南程颢与弟颐讲孔、孟绝学于熙、丰之际，河、洛之士翕然师之。时调官不赴，以师礼见颢于颍昌，相得甚欢。其归也，颢目送之曰："吾道南矣。"四年而颢死，时闻之，设位哭寝门，而以书赴告同学者。至是，又见程颐于洛，时盖年四十矣。一日见颐，颐偶瞑坐，时与游酢侍立不去，颐既觉，则门外雪深一尺矣。德望日重，四方之士不远千里从之游，号曰龟山先生。

7. 前左门：

耒耜勤耕承祖武，诗书苦读耀家风。

注释：

耒耜，一种古代的耕地翻土的农具。耒是耒耜的柄，耜是下端的起土部分。也作为农具总称，借指耕种。

祖武，指先人的遗迹、事业。武指步武，足迹。

整副楹联说的是"耕读传家"。

8. 前右门：

孝悌传家铭祖训，忠心爱国绍宗风。

注释：

孝悌，指孝敬父母，敬爱兄长。绍：继承。

四、嵩口家风家训的集中展示

一是堂上的挂轴书卷，分别写着"傲不可长、欲不可纵，志不可满、乐不可极"，"敬恭为祖国、居家必正廉"，"孝、廉"，"以善为宝，述善必信"，"述善必行，述善必果"，"欲高门第须为善，要好儿孙在读书"等。

这些格言分别来自月洲宁远庄张家、嵩口述善堂林家。

二是两厢的挂件和展板。

第一部分是木雕挂件"水纹双鱼"。

典出《后汉书·羊续传》："府丞尝献其生鱼，续受而悬于庭；丞后又进之，续乃出前所悬者以杜其意！"讲的是东汉时期，羊续任太守时，有府丞为

杨家祠堂一角

了与他联络感情,送给他一条名贵的大鱼。羊续十分为难,他想,如果不收,有可能扫了府丞的面子,况且人家也是一片好意;如果收下呢,又怕别人知道后也来效仿。于是他灵机一动,将鱼收下,但是他不吃也不送人,而是将那条鱼"悬于庭"。果然,府丞认为羊续收下了那条鱼,不久,又送鱼来。羊续便将上次悬挂于庭院中的那条鱼指给府丞看,以此谢绝。郡中官吏惊奇震恐,都被他所慑服，再也不敢来送礼。从此羊续就有了"悬鱼太守"的雅号，"悬鱼"便成了为官清廉的典故，常被征引。

后来，官宦之家建房子时，都在房屋的正脊两端的博风板中间，垂以悬鱼雕饰，以示清廉。

第二部分，杨家历史的展板。包括表彰杨家入闽始祖濯缨公、入嵩始祖宾琦公的清廉风骨，表述杨震的清廉事迹和清白家风。

第三部分，"嵩口司"的故事。表达了老百姓对清官的尊崇。

第四部分，嵩口清末民初乡贤林耀秋事迹。该先贤热心公益，改善社会风气、维护社会和谐。

品读这些文字、展件，可以认识到，嵩口镇作为历史上的一个商业重镇，不止有勇于拼搏的人民，更有着代代弘扬的正气传统。嵩口的先贤，令人肃然起敬！

五、几件历史相关事件的知识

考究、链接一些掌故，以助各位看官更进一步感受杨氏祠堂悠远深厚的文化底蕴。

1. 濯缨公的"濯缨"

其名号来自《沧浪歌》。收录于《楚辞》，全文如下："沧浪之水清兮，可以濯我缨；沧浪之水浊兮，可以濯我足。"意思是：沧浪之水清的时候就洗我的冠发，沧浪之水浊的时候就洗我的脚。《沧浪歌》早在春秋时期已经传唱，孔子孟子都曾经提到它。孟子曰："有孺子歌曰：'沧浪之水清兮，可以濯我缨；沧浪之水浊兮，可以濯我足。'孔子曰：'小子听之！清斯濯缨，浊斯濯足矣，自取之也。'"

2. 堂上匾额的落款

该匾额文字内容是"兵部侍郎兼都察院右副都御史巡抚福建等处地方提督军徐宗幹为武魁同治壬戌恩科补行辛酉正科中式举人杨步青立"。

徐宗幹（1796—1866年），字伯桢，又字树人。江苏通州人。嘉庆二十五年（1820年）进士，累官福建巡抚、闽浙总督。

巡抚加提督衔的省武将最高品级是总兵，提督掌管一省军务；巡抚掌管一省政务，互不统属。清朝到了中后期凡是总督加兵部右尚书衔和都察院右都御史衔从一品，凡是巡抚加兵部右侍郎衔和右副都御史衔正二品。徐宗幹时为正二品。

清代的乡试每三年举行一次，在子、卯、午、酉这四个年中的八月举行。参加乡试的是秀才，但是秀才在参加乡试之前先要通过本省学政巡回举行的科考，成绩优良的才能选送参加乡试。乡试考中了以后就称为举人，举人实际上是候补官员，有资格做官了。

壬戌年的前一年是辛酉年（1861年），这一年咸丰在热河病故，6岁载淳即位，年号为祺祥。从8月底到11月初，慈禧密谋发动政变直至成功，废除了"祺祥"年号，改为"同治"。辛酉年因此未举行乡试，所以次年要"补行辛酉正科"；同时，为庆贺新皇帝同治即位，就开了"恩科"。

3. 嵩口司故事

嵩口司是巡检司。永泰县设巡检自元代始，初设辜岭寨巡检。明代则设漈门巡检，清代时将漈门巡检司移设嵩口，至民国始裁减。在朝官系列里，巡检属于武备。"自守关隘、捕盗贼。凡要害去处，置巡检司。"

嵩口司铁印直行的故事应该是综合了历代巡检司的故事升华之后的结果，最早见于莆仙戏剧本。但也不是空穴来风，而是有所根据。故事里讲到周姓巡检接待过"正德皇帝"还吃过"番薯"以及用"番薯粉"加鸭蛋制作的"蛋燕"。查相关史料，正德皇帝生于1491年，薨于1521年，而番薯则是在1593年才引进我国的。

按理说，巡检的职位低于县令，其品级也应该低于县令的七品。其公文上报当然必须经过县、府、省各级呈报。可是，在嵩口码头边矗立的《重整义渡碑》，立碑人竟是"钦加五品衔署理永福县漈门分司加五级记录记大功五次王懋功"！历史上，曾经有嵩口司的巡检大人的品级竟然远远高于县令。可见这个巡检不简单，他的政绩很突出，受到了朝廷的重用。

　　从碑文也可以看出，此巡检司为民革除积弊、采取措施建立新规都是既可行又得人心的。那么，也有可能前代有更多的爱民好官、清官，被老百姓歌颂、赞扬就不足为奇了。

嵩阳林氏俊贤多

□陈肖波

嵩山凝秀色,樟水毓精英。

从高空俯瞰嵩口大地,大樟溪宛如母亲的臂弯将她怀抱。澄澈的溪水就像那甘甜的乳汁哺育着这方沃土上的黎民百姓,也催生出许多兴盛的族姓。嵩阳林氏就是其中的望族。

嵩阳林氏派衍于闽林九牧。其始祖宝公于北宋初年迁嵩,居石濑(今嵩口镇龙湘村半山)。宝公子洁累公因舍石濑地建资国寺,再迁梨岭(今嵩口镇月阙村梨头),并建造"蕉林居"。由此繁衍生息,绵绵瓜瓞,先后分出前亭、前局、梨头、月洲、福斗、前头、官塘和大埕八大房,现有六千余人,创下"同庆十代"的佳话,可谓根固枝蕃,源远泽长。

至今,林氏祖厝"蕉林居"仍留有一口宋代古井。相传,此井每六十年会变红一次。这似乎昭示着林氏的族业兴旺、英贤辈出。纵观林氏族史,亦是如此。其子孙后代秉承祖德,忠孝廉节,志士贤人赓续迭出。

忠孝节烈垂青史

忠孝是华夏的传统美德,亦是林氏立族之本,故历代忠肝义胆之士辈出。在嵩口林氏宗祠厅堂正上方,高悬着一块匾额,上书"忠孝堂"。此匾乃林氏

林氏宗祠

家族为褒扬明清时期林居美、林师稷、林拱星和林应琦四公的感人事迹而立，铭刻着林氏家族忠烈孝悌的光荣历史。

林居美，字行安，明嘉靖年间邑庠生、贡元，授曲靖府（今云南省曲靖市）平夷卫教谕、儒林郎。嘉靖三十八年（1559年），林居美寓居永福（永泰）县城。五月五日，千余名倭寇突袭永福。作为乡宦缙绅，林居美不顾个人安危，毅然同其他乡绅一起协助知县周焕组织军民抗敌。经过数日激战，毙敌一百余名，形势稍有好转。五月十二日，由于守卫三铺的士兵私自弃城脱逃，导致倭寇从三铺破城。周焕、林居美等人率领的东南军民虽英勇抵抗，终独木难支。周焕被捕，惨遭杀害。林居美、黄楷、林大有等人与倭寇转入激烈巷战，全部壮烈牺牲。《永泰县志》载："（周）焕与乡宦黄楷、林居美，诸生林槐、林大有，义士谢介夫、黄浩、张麟皆战死。"明《永福倭变记》亦载："周令（周焕）东楼被执，至新安井支解，印失。同时死者三百余人，绅衿则林居美、林训、黄楷、黄槐、林大有；编民则黄浩、张麟等皆东南出死力，所以罹祸独惨也！"可见当时战况的惨烈。林居美舍生取义，不愧是一位铁骨铮铮的英雄。

林师稷，字克农，号植公，邑禀生。《福州府志》和《永泰县志》均载其英勇抗清的忠烈事迹。明崇祯十七年（1644年）三月，李自成起义军攻占北京，崇祯皇帝书写下《罪己诏》，自缢于煤山，大明王朝走到尽头。随后，清军击败李自成入关南下。消息传到福建，林师稷痛心疾首，悲愤难当，乃于玉融（今福清市）倡议起兵勤王。随着东南沿海抗清斗争的风起云涌，林师稷与友人钱肃乐、鄢正畿、林子墅等积极组织"南少林"等多方力量抗击清军。清顺治四年（1647年），南明鲁王朱以海在长垣（澎湖列岛）誓师亲征。林师稷与林垄、林汝翥等联合各路义军与清军展开激战，收复福清、长乐、闽清和永泰等地，东南大振。不久，清军集结重兵反扑，因强弱悬殊，林垄战死，林汝翥、林师稷等人战败被俘。面对清军诱降，林师稷不为所动，毅然绝食，自经而亡。林师稷仗节死义，正气凛然，其忠勇事迹名垂青史。

林拱星，名梓，号武成，林师稷长子。性情忠贞，孝思不匮，有乃父之风。林师稷在福清起兵抗击清军时，林拱星受父亲感召，毅然起兵，并率军奔赴福清。行至半途，林拱星得知父亲兵败殉国，悲怆欲绝。他痛感父亲气节，执念追随，遂着"斩衰"（古代"五服"中最重的丧服），北面叩首，饮药而亡。林拱星忠孝之举可感天地，泣鬼神。

林应琦，字幼玮，号斋轩，林师稷孙。《永泰县志》载："幼失母，哭屡恸，父辄多方劝止。康熙丁酉，祖祠被焚。火方炽，应琦突入祠，抱合族神主以出，置于己之居室。火将及，复负主走，他皆不顾。天忽反风，私居获保，人谓孝感所致。"年幼的林应琦在祖祠遭焚之危难关头，不顾个人安危，冒死抢救祖先牌位。此等孝行，堪垂范后人。乾隆丙辰年（1736年），知县冯绍立为其立旌曰："孝纯寿永"。

仁义贤俊传美名

除忠烈之士外，林氏家族亦多俊雅贤才。他们或急公慕义，或敦亲睦邻，或廉洁奉公，或超凡脱俗。他们的精神与事迹皆成为嵩口古镇之宝贵财富。

林仕映，字国辉，号带溪，邑庠生，貤赠奉政大夫。带溪公一生急公慕义，造福乡梓。他早年前往江西赣州学习地理知识，故精通堪舆，曾参与改造县治城垣，倡建德星楼、林氏宗祠和嵩口古街，并亲自遴选建造地址，同时沿溪栽种榕树，荫护乡梓。他不仅肇建规模宏大的前亭祖厝，还带领族人修造祖墓，并亲自择选寿山。乡人为缅怀他的事迹，在林氏宗祠对面建造福德祠，塑带溪公坐像，挂"山映围屏溪映带，神称福德里称仁"楹联，每逢节日，祠内香火萦绕，热闹非凡。

林鹏，字万里，号仰山，邑庠生，入太学，授广东永安知县、惠州府分府，诰授谏政大夫，工诗文，著有《咏怀诸集》。仰山公知书达理，热心公益，亦是明代嵩口家喻户晓的人物。他协同带溪公为德星楼、林氏宗祠的建设遴址，还肇建园林式大宅第——六庄（俗称"下塘厝"），族谱载其："构大厦于官塘，凿大池以蓄地脉。"其子子春公（字震卿，号二水，岁贡生，任沙县教谕）继承父志，续建六庄，且尤为尊师重教，族谱载其："大宏堂构，凿池于左，建达观楼、冰壶亭，课子其中。"

林师孟，字克浩，其曾祖即带溪公。克浩公敦厚仁义，热心公益，复建前亭祖祠，倡修嵩阳族谱，在乡间享有崇高威望。嵩口民间流传的"张林世交"典故，即源于他与邑庠生张一坤（字仲广，号太生）结为忘年莫逆，张林两姓永世交好的故事。《永泰县志》还载其一段感人事迹："康熙甲寅（1664年），邻寇窜入，蹂躏井里，子、侄俱被掳，索赎千金。师孟鬻业，仅得半数，即以赎侄。或问之，孟曰：'吾兄克迖仕粤，卒于官，唯留此子，若不赎之，兄嗣断矣。我尚存，子即不赎，犹冀再生！'未几，其子竟死于匪。孟后连举四子。寿八十六。"寥寥数语，却已可见克浩公仁善无私的高贵品质。清康熙己巳年（1689年），邑侯旌奖其"望著儁仪"匾额和耆宾顶戴。

林天培，字贤书，号植庭，贡生，山东济南府布政司理问。贤书公一生慷慨大义，乐善好施，曾捐资修建寿春寺、文昌阁、县治文庙和黄熊隔憩亭等。他尤为重视读书，总是无私资助求学者。《永泰县志》有载："性慷慨，尤隆斯文。戚党读书，有熟一经，成一艺，束修膏伙诸费，以身肩之无难色。"他特别尊重儒生，"客或冠儒冠来者，虽未谋面，辄下榻以待。酒肴丰腆，咄嗟立办，终其身如一日。"他建造的述善堂（下新厝）宏大精美，格局完善，是嵩口古民居的典范之一。

林清瑞，字学才，号鹤括，清道光戊子科优贡，敕授文林郎，诰封奉政大夫，历任莆田县学训导、汀州府学训导、台湾嘉义、凤山教谕和海东、崇文两书院监院。清瑞公廉洁奉公，且乐于施济。《永泰县志》载其任职台湾期间，革除贪腐，捐俸助学；回福州时，正遇饥荒，清瑞公倾尽积蓄，克服重重困难，从永泰购粮赈灾，救活无数灾民。清瑞公温文尔雅，教子有方，五子皆具功名，其中两进士、一举人、两秀才，实属罕有，梓里称荣。

林星煌，字兴荣，号耀秋，邑庠生，自号"半园半读轩主人"。他饱读诗书，热心公益，倡修族谱，重修寿春寺、德星楼，重建道南书院、集贤元社，襄理去毒社，赞修《永泰县志》等，为地方事业倾尽心力，为人景仰。他勤俭持家，善于经营，于清光绪十四年（1888年）建造美轮美奂的乐善堂（即耀秋厝），同时修建了家族藏书楼——注月楼，极尽风雅。

蟾宫折桂显风流

林氏家族诗礼传家，崇学向仁，科甲功名，代有人出。有清一代，更是人文蔚起，英贤辈出。

林起岩，字济叔（族谱载为"若济"），南宋淳祐四年（1244年）进士及第，成为林氏家族的首位进士，历任兴化县知县、邵武府通判，诰封通直郎。

林上砥，字吉士，号梦石，清道光辛巳年（1821年）举人，道光癸巳年（1833年）进士，钦点即用知县，授山东东昌府清平县知县，钦加知州陞衔，并历任乙亥、庚子、甲辰三科山东省乡试同考试官，诰授奉直大夫，著有《梦石时文》《敦复堂文稿》。族谱载其："洁己奉公，实心行政，倡捐廉俸，修书建考棚，阖邑绅耆以重士恤民为之额。道光丙午夏，告养回籍，启行之日，遮道攀辕，留靴志爱，其舆情感戴，自不能已者有如此。"

林步瀛,字德敏,号研斋,清同治七年(1868年)进士,签分云南即用知县,改任浙江省庆元县知县,署知遂昌县,调补平湖县知县,同治庚午科浙江省乡试同考试官,钦加同知衔,诰授奉政大夫,晋封中宪大夫。

林懋祉,字德均,号位南,清同治七年(1868年)进士,钦点翰林院庶吉士,户部陕西司主事加一级,诰授奉政大夫。

值得一提的是,林步瀛、林懋祉二公为同胞兄弟,同年进士,创造了兄弟"同宴琼林"的科举奇迹。前亭祖厝的大门上曾悬挂着"忠臣第"匾额,大门两旁矗立着多块进士和举人的旗杆碣,厅堂上高悬着"进士""同宴琼林"和"忠孝堂"等牌匾,无不彰显着科举的荣耀。

鲲鹏继起振家声

时至当代,林氏家族更是涌现出抗日将军林尔根、医学家林必锦、水彩画家林有光、文史专家林爱枝和科学家林民等众多栋梁之才,可谓人文迭起,才薮尤兴。

林尔根(1904—1982年),字惠民,号国梁,先后毕业于嵩口格致小学、福州协和师范学校和南京中央军校(即黄埔第六期),历任青岛胶济铁路局员工军训处总教官、军政部第二厅军训科长、军政部第18补训处中校主任、上校团长、上校参谋主任等职。抗战期间,林尔根率部固守黄河南岸,转战河南洛阳、陕西汉中等地,为抗战贡献力量。解放战争时期,林尔根任国军第15兵团110军111师副师长、代理师长等职。解放后,曾参与建设新中国第一条电气化铁路——宝成铁路,晚年归居故里。

林必锦(1911—1996年),著名的耳鼻咽喉头颈外科专家,先后就读于嵩口格致小学、永泰同仁初中。1928年以优异成绩考入福建协和大学,获理学士;1935年又以优异成绩考入北京协和医学院,获医学博士。历任北平中央医院耳鼻喉科主任、天津恩光医院医师、天津市第一中心医院耳鼻喉科首任科主任和天津市耳鼻咽喉科研究所首任所长。他毕生从事耳鼻喉科临床、教学和科研工作,对耳科及肿瘤专业有深厚造诣,编著有《耳鼻喉科全书》和《耳

林氏传世家训

鼻咽喉肿瘤》，是我国耳鼻喉医学的创始人之一。

林有光，1938年生，著名艺术家、美术家和教育家，曾任福建省美协常务理事、福州市美协副主席、福建省美协水彩画画会会长，现为福建省美协水彩画艺委会顾问、福州市美协顾问、福州书画研究会研究员、中国水彩画家学会理事。他在水彩画领域具有极高造诣，作品多次入选全国美展并获佳作奖、金马奖等。作为教育家，他成功培养了包括中国美术学院院长、副院长在内的大批美术人才。他的师德赢得众多美术界精英的尊敬。

林爱枝，女，1940年生，毕业于北京大学中文系，曾任《福建日报》社总编辑助理、记者处处长、编委，撰写通讯、报告文学、文艺评论等作品30多万字。1989至1995年任中共福州市市委常委、宣传部长，主持扩版《福州晚报》，创建福州有线电视台和电视艺术中心，创办《文化生活报》《福州宣传》等刊物，筹建福州电视中心大楼，组织摄制电视连续剧《蜡烛刚刚点燃》和《马江之战》等，为福州市宣传文化事业做出贡献。1995年后先后担任福建省新闻出版局局长、局党组书记、版权局局长、出版总社社长、省政协常委、省政协文史委员会主任等职，编审近两百万字的文史资料。著有纪实文学《山川行旅》。

林民，1956年生，中石化北京石油化工科学研究院教授级高级工程师，中国石化学术技术带头人，中国工程院院士候选人。他先后获得华东石油学院

（现中国石油大学）炼制系学士、华东石油学院北京研究生部应用化学系硕士、天津轻工业学院（现天津科技大学）化学工程系博士、中国石化北京石油化工科学研究院化学工程与工业化学博士后。他主要从事石油化工产品清洁高效生产技术开发、催化氧化新材料和催化剂研究，获中国发明专利授权282项，获美国、日本和欧洲等国外发明专利授权30项，发表科技论文20多篇，参与编写专著4部。他两次获得国家技术发明二等奖，两次获得中国专利优秀奖，三次获得省部级技术发明一等奖，分别一次获得省部级科技进步一等奖和二等奖，2012年6月，获第九届光华工程科技奖"工程奖"；2013年1月，获中石化"科技创新功勋奖"，率领的课题组2017年3月获中国石化"优秀创新团队"；2017年5月，获全国创新争先奖。

"九牧家声远，八闽世泽长。"嵩阳林氏忠孝廉节、诗礼传家、俊贤辈出、源远流长，不愧是中国历史文化名镇嵩口之"名门望族"。有诗赞曰："宗承石濑盛嵩阳，代出英贤姓氏香。四五百年扬祖泽，钟山樟水永流芳。"

嵩口霞坂厝主人陈用坦的故事

□张厚林

走进明清时代四府五县边陲的商贸集市，走进当年闽中山区交通、物流与文化的中心，走进福建历史文化名镇——永泰嵩口，这个戴云山东麓、大樟溪畔的山乡千年古镇，乌黑的瓦顶与灰白的围墙交相辉映；飞翘的屋檐与弯曲的墙脊纵横交错。历经几百年风雨洗礼、至今仍然保留完好的五六十座明清时代宅居寨堡，沉实而厚重地连缀在嵩阳的"八卦宝地"与十里陈埔的"巨牛"沃土上。

成片错落有致的古民居，那气势恢宏的厅堂院落、别具一格的木刻石雕、出神入化的彩绘泥塑……依稀传递着古镇昔日的富庶、奢华与繁荣，也仿佛印记着豪宅主人一幕幕远去的故事。现在，让我们把目光聚焦在这个古镇最具典型的传统民居霞坂（下坂）厝吧。

霞坂厝位于嵩口镇下坂村，占地5080平方米。偌大的古厝，那一落一落相互连属的庭院，百年来安详地横亘在缓缓的马胭山下，面朝翠绿的锦屏山，门前百亩良田层层相递，清澈渠水潺潺绕过，既藏风聚水，又视野开阔。这是清朝乾隆年间当地富翁陈上珍（用坦）所建的一座土木结构八扇大厝。庭院深深、屋檐叠叠，有正大厅、下厅、横厝、横厅、书斋、门楼、内埕、外埕、雨水井、后花园及200多个房间，每扇夹墙都用土墙相隔，以避火灾。正大厅神

霞坂厝风韵

龛前四扇门窗精雕细刻着三国人物故事,其亭台楼阁,人物神情姿态惟妙惟肖,且一色镏金、熠熠生辉;全厝廊柱、础石、门窗、屋脊、房檐,刻有字画、绘有图纹,造型和谐、工艺精湛,令人叹为观止。

霞坂厝建造者陈上珍(1758—1833年),字用坦,是清朝乾隆、嘉庆、道光三个时代在四府五县边陲地区颇有声望的大富翁,一生勤劳而智慧、朴素而奢华、节俭而慷慨。其逸闻趣事,至今还在嵩阳的古街巷道、陈埔的老厝厅堂悄然相传。

勤俭持家 经营有道

这是一个流传了整整二百五十年的陈用坦降生时瑞的传说。清朝乾隆廿三年(1758年)腊月的一个漆黑寒夜,永福县东坡(陈埔)村一个普通农家的木屋里,伴随着一阵婴儿出生的急促啼哭声,农家木屋的廊道、厅堂,光芒四射、亮如白昼。这个男孩出世以后,乖巧伶俐、活泼可爱。农闲时节,其父亲特别喜欢抱上他到左邻右舍搓几回麻将。在噼里啪啦的麻将声中,小孩似乎特别有灵性,"和了!和了!"之类的咿呀学语,总给大人们带来快乐,更给父亲带来好运。为此,乡亲都说这个小孩命带富贵、财神常随。

读完了三年的私塾,陈用坦开始帮助父亲开荒、种田,农闲时节也常到嵩口德星楼街市做点小本买卖。德星楼街市是四府五县边陲地区最为繁华的集市,永福、尤溪、德化山区的大米、茶油、笋干等农副产品汇集在楼下潭码头运销福州三保街、茶亭街,福州地区的日用百货也由这里分销到山区各地。因此,

龙舌燕尾脊

这里商贾云集、客流不断。市井街面的种种商机,时时给这位爱动脑筋的小后生以灵感与启发:农闲小本生意,费时间、赚钱少;福州船运买卖,成本高、风险大;还有其他的发财途径吗?对了,横街德源米号的两个来自尤溪的伙计不是说要回家吗,说是老家那边新垦的大片田地耕种已忙不过来了;米粉街必传粉干店,帮手太多又太杂,从兴化那边过来的劳力绰绰有余了。何不在尤溪等边远的地方购置廉价的田产,再雇请兴化那边的无业佃农,驻扎山间耕种,每年定期收租,这样既可长置家业、又能永获租利,何乐而不为?

于是陈用坦带着多年小本生意的积蓄以及部分的借贷,顶烈日、沐风雨、冒寒暑,跑遍了与永福交界的尤溪、德化、闽清的偏远山乡以及临近嵩口的盖洋、长庆、洑口的僻陋村庄,几年间购置了一片又一片已开垦或可开垦的田园、山地。又从仙游、莆田等地雇佣了一批又一批居无定所的无业佃农,长年累月在山间搭棚筑屋、开垦耕作。每到收成时节,便派人到各地催收田租。多年的苦心经营,随着田产规模的不断扩大,陈用坦获得了意想不到的丰厚利润与滚滚不断的财源，最多一年收到的佃谷达8000担！渐渐地，陈用坦成了富甲一方的大财主。

发了财的陈用坦，一直不忘"勤俭为本、耕读传家"的祖训。他开办私塾、聘请名儒，训导子孙饱读经书、传承礼乐，并划出一片旱涝保收的良田，设立"书灯租"，以每年上百担的田租收入褒奖给后代求学上进的子孙。

三十五岁那年，有了丰厚而固定收入的陈用坦决定建造一座规模相当、工艺精美的私家住宅，于是延请了赣州堪舆名家，几经沙里淘金，终于择定了那块马胆山下风水宝地——每当夕阳西下，霞光四射，露红烟绿、景色迷人的霞坂。同时重金聘请西山土木名匠构图施工、长乐雕凿名师镂花刻木……一个浩大而繁杂的建设工程开始有条不紊地运转开来了。

日进斗金的陈用坦在治家置业的同时，仍然固守着勤劳俭朴的习性，时常身穿补丁，头顶青笠，肩挎粪筐，手持小锄，辗转于田间地头，看护着庄稼的长成。一天晌午，日头正中，衣衫褴褛、背着满筐牛粪、已是满身疲惫的陈用坦，遇着一位肩挑鱼干、操着浓重兴化口音、边溜达边叫卖的鱼贩仔。陈用坦问道："哥仔，鱼干货色挺不错的，怎么卖？"鱼贩仔瞥了陈用坦一眼，心想，这位褐衣不完、芒鞋竹笠的穷鬼，你问得这么多，你买得起一斤半两吗？呸！鱼贩仔随口便答："一斤十二文，你买得起一斤，我全担奉送！"陈用坦不愠不火地应道："哥仔，你挑担来跟我走，到我家来给你买了。"穿出羊肠小道，走进了山坳间的一幢普通农家，陈用坦从自家库房里双手掬出了满满一土箕的白花花的银圆放在鱼贩仔的眼前，鱼贩仔顿时吓得目瞪口呆、汗流满面，赶忙下跪，连连赔不是。陈用坦语重心长地说："哥仔，世道多变，玄机无限，切不可以貌取人哪！这一担鱼干如数如价全买了！"吩咐家人："过秤！""付钱！""送客！"

好善乐施 济人利物

陈用坦天性善良、极重情义，他孝敬父母、友爱兄弟、和睦邻里、善待他人，始终把祖上长仁公千里送米，赈济仙游灾民的义举作为楷模，济困扶贫、乐施好善，修桥铺路、造福乡间。其一生握准商机、获取无数的财富，而捐献行善亦无以数计。

陈氏从元朝顺帝年间迁入东坡已有数百年，当年东坡陈氏始祖鸭姆公幸得武夷山李仙客"群山朝牛腹，一宅对龙门"的指点，亦蒙郭氏的随意赠地，披荆斩棘搭建草棚，休养生息繁衍子孙。就在这个陈氏宗族发祥地遗址上建造的陈氏祠堂，三遭火焚，残垣断壁、岌岌可危。而陈氏家谱，重修补修、断断续续，宗支源流脉络，多处无从考稽。陈用坦是陈氏家族的名人、能人、有钱人。他召集乡贤议事，带头募捐行善；率领族人整废墟、兴土木、建祠堂、查史籍、寻踪迹、修族谱……早出晚归、周全谋划，出钱出力、无怨无悔，深得乡里族亲的拥戴。

陈氏入迁东坡之时，境内已有郭、李、朱、谢、康等十七姓氏居住，至明末清初这十七姓氏非绝则徙，陈氏已占住了东坡全境。修完祖祠、编好族谱，陈用坦与族亲深感世事沧桑、玄道莫测，当年郭氏大姓，今无后嗣相承，而其先人对陈氏宗祖有"随汝择地"的馈赠之恩，于是陈用坦当即斥资破土，在郭家旧址上建造一祠，名曰"郭厝祠"，并定于每年"三元"佳节，祀以香火，以慰亡灵。

经过一拨一拨能工巧匠十几年的精心打磨，陈用坦倾心建造的霞坂厝之正座已经落成，并合家喜迁新居，远近的亲友投来了多少歆羡的目光。陈用坦的族弟陈用金、陈用藻特别仰慕，他们多么希望能在用坦兄的指点帮助下，也有霞坂厝那样的杰作。在陈用坦慷慨无私的协助筹划下，陈用金的香峰宅、陈用藻的西霞居也模仿霞坂厝的布局与结构，破土动工了……

东坡的文昌阁、安前宫、锦屏寺，嵩口的观音亭、寿春寺、奶妈宫，通往县邑的月洲凉亭、大喜坑桥、丘演渡……都留下了陈用坦慷慨捐献的芳名。难能可贵的是道光年间，永福知县包干臣倡议重修县邑文庙，陈用坦不顾年事已高、路程遥远，协同嵩口张家好友在轼弟，跋山涉水、三进县衙与包知县共议文庙重修之事，并捐银六百两（《县志》载，为捐献最多者）。当时知县公牍称，陈元封、郑汝霖、陈上珍、谢丹诏、张在轼、陈宗贵为重修文庙最有功者。

霞坂厝外景

霞坂厝十二屏风

花甲寿诞 群英荟萃

嘉庆二十二年（1817年），陈用坦岁居六十，他用大半生心血精心打造的霞坂厝经过二十多年的精雕细琢终于全面竣工了。正厅神龛前四扇雕刻镏金的门窗,用尽了长乐工匠祖孙三代二十四年的心血,三国人物故事的雕刻终得功告圆满;儿子永璞、永雅、永施、永恒之贡生、监生的名号,年前均已考取或捐纳。如此诸多的好事喜事,真是花团锦簇、锦上添花,一生"齐家"的愿望终于圆梦了。陈用坦决定大开场面,操办酒席,广宴亲友,欢庆寿诞。

寿诞之日,十里陈埔,祥云缭绕。东坡全境、鼓乐齐鸣,上百只陈氏各家各户自制的纸狮活灵活现地齐聚在霞坂厝前的外埕上,戏彩、抢珠、杂耍,尽情地表达着陈氏乡亲对用坦前辈的祝福与对美好生活的祈盼。

东坡十里平洋,红男绿女、熙熙攘攘,冠盖如云、车水马龙,欢笑声、歌乐声、鞭炮声此起彼伏,祝寿场面热闹无比。永福知县在嵩口司巡检及县衙文吏武卒簇拥下,送上了闪闪金光的祝寿牌匾。赶来祝寿的还有告假返乡的时任山东济南府布政司理问林天培、时任台湾府凤山县训导郑大如;嵩口乡绅张在轼、月州乡绅张谦。时任翰林院编修、陈用坦的汀洲好友廖鸿于旬前抵达,其洋洋洒洒的千字祝寿贺词,用典精美、文辞高雅,以金粉调胶代墨书写在特制的大红宫廷宣纸上,挂贴在刻有"福禄寿喜桃熟李丰筹添捌百"的十二屏风上,为祝寿场面增添了"惊艳"的一幕。

斗转星移、沧海桑田,睹物思人、触景生情,掀开一段尘封的历史,让人凭吊,让人联想,让人回味。从霞坂厝及主人陈用坦的一生,也许会得到更多的启迪……

附记:本文根据《永泰县志》(民国版)、《古灵陈埔族谱》(二〇〇一年编)及陈氏族人口述综合整理。

嵩口张氏家族史话

□张厚林

嵩口——苍茫戴云山东麓一隅、古时四府五县接壤地，悠悠大樟溪在这里绕了一个偌大的弯。上天赋予它独特的地理位置、独特的山水风情，又赐予她三百多平方公里的绿色沃野，以养育一方勤劳而勇敢、朴实而倔强的黎民百姓。一千多年来，先后定居于此的多个姓氏民众和谐相处，共同创造了古镇千年灿烂的文明史，张姓是其中的一支望族。

嵩口张姓家族，从定居、生息于此的始祖张福公起，至今繁衍有三十一代。饱经了近九百年的风雨历程，沧海桑田，张氏耕读传家、忠孝节义的家风，依然代代延绵在嵩阳大地上。

一个传说 一则遗训
宋元三百年：
筚路蓝缕 志坚行苦立家训

月洲，福建闽中山区一个山川秀丽的"桃花源"，自张氏唐末避乱定居以来，经过几代人的努力，这里已然是经济繁荣、文风鼎盛的福壤宝地。这里乡民里人，特别是张家的后生，个个胸蕴天下，卓荦不凡。

八百多年前的某一天，一个上山打柴的小伙子登上了村边陡峭、高耸的青坑岭，站在山顶向北眺望，顿觉豁然开朗：湛蓝的天空云落云起，群山怀抱中的连片沃野，草木茂盛，曲水萦绕，祥云映水。这不正是我梦寐以求的拓荒之地吗？这位英姿焕发的年轻人，正是月洲张氏的第十代裔孙、嵩口张氏开山始祖张福。

决意已定，义无反顾，宋绍兴三年（1133年），山花烂漫、莺飞草长的时节，张福携同爱妻赵氏，背着襁褓中的幼子光祖，带上简单的家当，翻过高山，越过峻岭，渡过滔滔大樟溪，来到了当年茅草丛生、禽兽出没的嵩阳圳上。他们搭草棚、开荒地、种粮食、养鸡鸭，开始了"日出而作、日落而息"的拓荒创业生涯。农闲之余，他们也教子识字、书写，读经、诵文，吟诗、作对，知书、达礼。

童年时代的光祖公，皓齿明眸，聪明伶俐，特别有灵性、悟性，经文诵读往往过目不忘。课余，他常常帮助父母养鸡放鸭，还在奔流的大樟溪里练就了一身游泳本领，某个春夏时节，樟溪洪水爆发，光祖公凭着好水性救起个落水的拾荒人。

当年嵩阳圳还是一片荒滩野岭，草深林密蛙叫鸟鸣。陆续迁徙而来的毛、郑、杨、林、丁、尤等诸姓散居在樟水两岸。张福夫人赵氏仁慈贤惠、古道热肠，很得邻里敬重。曾经避雨张家，得到赵氏盛情款待的武夷山道人，秘授张福公："总是生双黄蛋的那个鸭棚，是你们夫妇的百年归所；待百年之后，张家必定宗祧绵绵，长发其祥！"

后来张福公独子光祖公勤奋读书、应试举官，为官一任造福一方，其清廉、正直、有为，深得地方百姓的拥戴。《嵩口张氏族谱·二郎公合传》云："公讳福，字正叟，号乔嵩，梁国公十世孙也。宋绍兴三年间，迁居嵩阳圳上，号乔嵩，名实相副，诚无憾矣；嗣而有子，讳光祖，字耀卿，号振阳，官右迪郎也。公赠迪功公郎，故子孙传为二郎公云。"嵩口古称"嵩阳""嵩阳圳"，"嵩阳"之谓，是否各取其父子二人之号，此一说有待进一步考据。

二郎公家道稍有充裕、事业稍有成就，他们注重优良家风的建设与传承，共同撰拟了《张氏家训》，从此开创了嵩阳张氏耕读、忠孝的家风。

《张氏家训》曰:"治家之道,曰勤曰俭;裋身之法,惟谨惟信。宜先孝悌,莫做非为;须存忠厚,毋生邪心。耕以敦本,学则扬名;居仁由义,积善成德。"

张福公夫妇相继辞世后,光祖公依父母的遗愿,将鸭棚地改为坟地,作为

月洲张元幹故居（半月居）

先父母的百年安身之所。此周边园地，后俗称为"墓头园"。

历宋跨元两代，两百多年兵荒马乱，有对张氏家族抗金力量的围剿杀戮，更有元统治者对南方汉民族（南人）的异常苛酷的统治，再历经荒年、瘟疫、虎患、匪祸等灾虐，嵩口张氏家族在艰难困苦中，一直顽强求生存、作抗争、

张元幹雕像

谋发展。子嗣延续至第八代的二才公，仍然是独身单传。至第九代，已是明朝洪武年间，战乱稍歇，百姓稍得休养。二才公膝下才有清、沼二儿郎，可谓"筚路蓝缕，以启山林，至于今是赖也"。

艰辛的家族发展史，让后人牢记：念先祖克勤克俭茹苦含辛创业维艰，愿后昆惟耕惟读发愤图强奋斗以成。

一部家谱 一段遗风
明清五百年：
人才辈出 勤慎肃恭传家风

明、清时期，中国社会进入了相对稳定的发展期。明初，太祖彻底废除元朝的百姓等级制，在全国推广了奖励垦荒、兴修水利、减免赋税等一系列恢复农业生产的措施，极大地激发了老百姓生产热情，特别是曾被歧视的末等人"南人"，终于可以扬眉吐气，在自己的家园土地上休养生息，安居乐业！

清朝入关，全国统一；康乾盛世，更是把中国封建社会的"大治"推向了一个繁荣发展的顶峰。在鼓励、推进农业发展的同时，统治阶层注重文化教育事业建设与发展，开设各级各类学校，完善科举选拔制度，扩大取士范围、广纳天下贤才，全社会弥漫着浓郁的崇文重教氛围。

嵩口张氏族人一直遵循、践行祖先立下的家规、家训，顺应并弘扬社会逐渐形成的崇文重教的良好风气，延续着亦耕亦读、耕读并重的家风，在嵩口周边的大喜、岩富、盖洋、洑口一带，甚至外县尤溪、德化等地垦荒、种田、修水利，不断扩大农业生产，同时在家族聚居的宁远堂、铭铭居、万安堡、大夫第等处设立私塾，延请当地或外来的名儒为子弟传授课业，遴选有天赋的童生到官府学堂深造。

嵩口张氏素来家教严谨、家风朴实，后生志洁行芳、温文尔雅、知书达礼。明清两代，人才辈出，烂若繁星：为官的，体恤百姓清正廉明、造福一方政绩斐然；从戎的，勇猛刚烈视死如归、始终保持忠义气节；务农的，顺应天时四序，家道殷实，和睦邻里，与人为善，颇有乡绅气度；经商的，信义为先，公平买卖，乐善好施，成人之美。张氏家族史，是一部忠孝仁义群英谱。

第九代（月洲张第十八世）的清、沼二兄弟天资聪颖、仁慈忠孝。清公"笔扶江花，志冲虎帐"，读书、应试，选拔为福州右中军，"民食其德，兵畏其威"，育有祚、聪二子；沼公则志在乡园，以耕为本，苦心经营家业，热心为乡亲排忧解难，育有晖、皓二子。清公晚年返乡定居，明洪武十三年与沼公在南宋文林郎致中公创修族谱的基础上，共同编修了《嵩口张氏族谱》，并将祚、聪、晖、皓（月洲张第十九世）四子列为嵩口张氏孟、仲、叔、季四房分枝传世。

第十三代（月洲张第二十二世）的伯美、伯亮为祚公的曾孙，兄友弟恭，伯歌季舞。他们闭门读书笃志好学。某日，伯亮公突然领悟，对伯美兄长说："《礼记》有云，'家贫亲老，不为禄仕，一不孝也'。兄惟承欢膝下，予将致业焉。"兄弟同力协契，伯美公坚守耕读，掌管家业家务，照顾双亲。伯亮公读书入仕，出任浙江云和县典史，为官廉洁恪尽职守，后擢升为湖广襄阳县仓大使。时人称赞二兄弟"能孝能友，能睦能让，襟怀高出尘表"。

古 韵

第十四代（月洲张第二十三世）的朝宪公，玉树临风倜傥风流，"读天下奇书，友天下奇士"，才能超群有"辅弼"之才，官至光禄寺丞，诰授奉直大夫。因念亲心切，怨旷思归，"吾以微禄代养，何如菽水承欢膝下乎"，于是辞官还乡服侍双亲，以至终老田园。

第十五代（月洲张第二十四世）的仕泾公，是忠孝节义的"名宿"，忠诚、宽厚、仁慈，且满腹经纶、才气过人，参加过永泰首部县志（万历版）史料搜集与编纂。曾任漳州、龙岩训导。任职江西鄱阳县令期间，整民风、授经书、敦教化，引导当地百姓浚河道、抗洪涝、赈灾荒，"倦勤致仕、卒于署中，刻碑颂德，传之千载"，其惠政赢得民众交口称赞，一时名满天下。

第十六代（月洲张第二十五世）的可伊、可望、可圣、可悦四公，皆为仕泾公年过花甲喜得的赤子。仕泾公家教严谨，家学底蕴深厚，四公子个个英雄豪杰，皆为世人推崇、敬仰。

明亡之际世事纷扰，可圣公云："吾人当立功城中，方称奇男子，安事章句哉？"毅然投笔从戎奔赴沙场。当时贝勒王带清兵攻入福清城池，担任长福营参戎的可圣公，率领军民日夜坚守城池，终因寡不敌众城门失守，可圣公冲锋在前血肉相搏而壮烈牺牲。

跟随兄长从军执戟的可悦公，肩负兄长未竟之志，身为参赞军务不畏强敌带兵出生入死，驰骋战场"屡著奇功，口碑载道"。得胜班师，返途之处，目睹劫后余烬，遍野尸骸，他恻隐心动，"不吝捐资，以修义冢"。一种骁勇善战、大德大仁的义士风范赫然在目彪炳史册。

可圣公的堂兄弟可全公，"与父同掳于贼"，"贼欲杀其父而释全，全哀告，愿以身代"。最终"贼怜而释之，人称张孝子"。《永泰县志》寥寥数语，其孝子的形象、张氏的节义家风跃然纸上呼之欲出。

第十七代（月洲张第二十六世）的一坤、一正公，为可圣公的遗孤。兄弟手足情深，"天性孝友，质直慷慨"，共同承担起复兴家族的重任，他们苦心经营田产、山林、商铺，重建了遭遇火灾的祖屋宁远堂及二祖厝（俗称旗杆厝），遇有荒年还代为宗亲交纳赋税。一坤公与镇上旺族林家师孟公共同掌管、负责嵩口民间日常事务，两人结下莫逆之交，在嵩口大地上留下了"张林世交"真挚感人的故事，当时翟县令题赠的"风度流徽"匾额至今还悬挂在宁远堂大厅上。

第二十代（月洲张第二十九世）的兆元公，聪明伶俐敏而好学，是当时地方名儒林捷的高足。他毅然放弃功名，着意于家业家产的再扩大。凭着勤劳、智慧、远见与韧劲，他置买的田产山林已拓延至尤溪、德化一带，成为永泰南区的一个大财主。他营建了铭铭居、瑞文居；开办书斋延请名师为子弟授课，"灯光篝火东西室，书声盈耳焉"；并划出龙湘一片田产的收入作为家族"书灯祖"，鼓励子孙读书求学上进。他还热心公益，倡议出资建造奎光阁，修造大喜坑桥、黄熊隔凉亭。"睦家族，和邻里，排难解纷，不可殚述，乡人咸钦式之"，督学院授匾"福缘善庆"，诰赠奉直大夫。养育玉瑛、在轼、鸿禧、进春四子。

第二十一代（月洲张第三十世）四仲昆，凭借父辈留下的丰厚家产，以及扎实的家学功力，事业更进一竿，将忠孝仁义家风发扬光大。四子分号道、德、仁、义四支，分铭铭居为德、仁支房产，分瑞文居为道、义支房产。

《县志》载，玉瑛公"生平以财为义举"，创设梧桐尾后溪义渡，重修大喜坑拱桥，月洲隔凉亭，独修武圣庙，倡建嵩阳文昌阁，修葺寿春寺，募修县治城隍庙、天后宫、节孝祠。嵩口地处偏远的山乡，常有土匪侵扰，公还以巨资筹办民团，保卫家乡及周边乡村百姓。时任巡抚魏允烺赠匾"急公慕义"。

道光十年，县令包干臣重修文庙，敕赠承德郎的在轼公积极响应，倾囊捐赠，《县志》载："是役最出力者为张在轼……"在轼公修家谱传家风并定下二十三代（月洲张第三十二世）孙起始"十字传世"的排行，名"存心惟忠厚，华国以文章"，字"人能敦礼义，天永锡祯祥"。

鸿禧公英年早逝，其妻李氏"孀守抚孤"，礼部题请旌奖"节孝"，奉旨"建坊入祠"。

进春公平生"持己克俭克勤，待人必忠必信"，周贫济困、排忧解难，乡人"咸啧啧称羡之"。终因修谱事"劳瘁致疾"，再以建祖祠事"晋省归途感冒，遂致不起"以身殉职。

第二十二代（月洲张第三十一世）的琪年公，授浙江经历（管公文的），擢升江苏通判钦加盐运使，每遇荒年皆"运米平粜"，救人无数。

驹年公历任惠安、同安、尤溪、长泰县训导，大田县教谕，延平府训导，曾开设大田、凤山两书院，掌教延平府道南书院，在八闽大地办学、讲经，宣讲儒学弘扬忠孝仁义而名重一时。

景年公，国学生，选授江苏即用县丞，为官清正口碑载道。

明清两代，嵩口张氏家族耕读赓续、忠孝相承，家族人丁兴旺且人才济济。他们广置家业，田产山林分布在嵩口秋菊垅、大喜坑、三节岭、岩富、麻畲、梧桯、龙湘一带，并延至盖洋、洑口以及尤溪、德化等外乡外县；商铺老字号也遍布在嵩口的直街、横街、关帝庙街，以及城关的沙浮街、福州的三保街。在嵩口镇区上建起六扇、八扇的两进、三进带书院的大厝，保存至今的有宁远堂、种德堂、瑞庆堂、铭铭居、瑞文居、瑞蔼居、益金居、和益居、玉成居、旗杆厝、克对厝以及防匪的庄寨万安堡。

为了进一步凝聚家族力量，牢记祖训不忘初心，在二十三代（月洲张第三十二世）炳乾公、炳勋公等倡议下，族人共同募捐修建嵩口张氏祖祠，二十四代（月洲张第三十三世）心南公等八修族谱，拟定每年八月十六，族人共同祭扫祖坟感恩祖德。"世上几百岁旧家，无非积德；天下第一件好事，还是读书。"一个充满着家园情怀、亦耕亦读、忠孝延绵的家族，薪火相承、团结进取，不断壮大！

一组数据 一曲雄歌
近现代百余年：
开枝散叶 奋发图强振家声

明、清两代之后，结束封建帝制的中国进入了风雷激荡的革命性时代，张氏家族在嵩口这块故土上，始终牢记忠孝祖训，坚毅而隐忍地续写着家族奋进之歌。

辛亥革命之后，中国社会进入了相对民主、自由的时代，生产力得到较大的发展。地处大樟溪中上游的嵩口，依托溪流丰沛的水量，水运发达，成为周边四府五县山区的交通中枢、物资集散地。这里商贸活跃、市场繁荣，是人文鼎盛、"群贤毕集"之地。每天码头停泊的百来艘货运、客运船，以及成片相连运往福州的木排、木筏，是古镇最靓丽的风景线。直街、横街、米粉街、关帝街及大埕街，商客摩肩擦踵，熙熙攘攘，"皆为利来利往"，正是"十里长街市井连"。

张氏宗亲充分利用嵩口交通便捷、信息畅通、经贸发达的区域优势，打通了许多纳财致富渠道。务农的，不断扩大生产规模，发展多元多样的农村经济。如二十三代（月洲张第三十二世）炳乾公招募佃农、雇农开垦、种植，年租收入近千担。经商的，从街市店铺零售逐渐转向货船批量贸易。如二十三代（月洲张第三十二世）存豫公倡建嵩口商会，并出任首届会长，还尝试纸币发行流通，使得结账与交易更加便捷；办学的，也从私塾学斋走向近代学校教育。

二十三代（月洲张第三十二世）炳勋（培勋）公与林氏星煌公等地方名流、乡绅共同创办了新式学堂道南书院。之后还借鉴镇区另一所由美国传教士伊芳廷创办的格致小学之西式教育，在传统文化教育基础上注入了近代文明思想、近代文明生活方式的教育内容。读书的，张氏家族子弟励志苦读，有祖上"书灯租"为保障，青年才俊学有所成，纷纷走上政坛公务、学校教育之路。如二十五代

古厝古韵

（月洲张第三十四世）的惟祉公、惟俨公等人，他们还随国民政府东渡台湾，定居宝岛。嵩口位于四府五县交界的大山深处，匪患猖獗，尤以德化黄其澜一帮最为凶悍，曾经在嵩口制造了惨烈的"嵩阳劫火"案。二十五代（月洲张第三十四世）惟眷公带领的家丁民团并入了南区最大的地方民团林成瑚部属，共同承担起嵩口、长庆一带保境安民的职责。

1949年中华人民共和国成立，共产党领导人民翻身得解放，在广大农村地区开展了轰轰烈烈的土地改革运动。在中共永泰县委工作小组的领导下，嵩口地区随之成立了农民协会，二十五代（月洲张第三十四世）惟考公与林氏克修公出任正副会长，积极参加土改运动，将域内所有的包括原张氏族亲的土地、田园、山林按政策重新分配给普通劳动群众，实现"耕者有其田"，农民的劳动积极性空前高涨，地方经济得到新的发展。同时，国家也对工商业、手工业进行了社会主义改造，嵩口张氏族人的商铺也全部并入了供销合作社，从事商贸、手工艺的年轻人也分流到莆田地区、永泰城关的农械厂、电机厂、造纸厂、蚊香厂等从事工业、工艺劳动。获得"劳动模范""工艺能手"荣誉的，不乏其人。

随着新中国的百废待兴，张氏宗族的年轻人积极响应党和政府的号召，积极投身到鹰厦铁路、福厦公路以及闽北伐木场等国家重要项目建设、大型生产项目建设中去，把自己的青春、热情献给国家事业。随后，相当一部分族亲随迁安居于创业之地，为国家的建设、为当地的发展做出了重要的贡献。

值得一提是，为建设、扩大嵩口小学、永泰二中校园，永泰县政府及地方

人家史话

政府曾十六次无偿征用张氏家族聚居所在地，道南村的田园、山林，族亲们秉承祖宗尊师重教的传统，深明大义，始终予以支持配合，为域内两所学校的发展做出了特殊的贡献。同样，两所学校的高质量办学也为张氏家族人才的培养提供了得天独厚的便利，张氏家族有志的青年人也从此走出大山，走向国家建设、发展的更重要岗位，以回报家国、服务社会。改革开放四十年来，张氏族亲更是以前所未有的激情与勇气，弘扬祖上的拓荒精神，敢于闯荡大千世界，足迹遍布在深圳、江浙、西安等地。他们从事地产、商贸以及制造业，在行业内名声赫赫；更有一大批族亲优秀学子，在恢复高考后，勤奋努力纷纷考入大学名校，学有所成，学以致用，皆成为国家的栋梁之材。

据不完全统计，现有嵩口张氏家族，自福公迁嵩延续至今已有三十一代，现有人口近两千五百人。固守本土的，抓住了古镇旅游开发的机遇，发展嵩口地区特色农村经济，李果、油茶、柿子漫山遍野，还做文创、民宿、餐饮，讲诚信口碑好，生意火爆；读书成才的，多从事教育、医疗、电力、科技等事业，拥有众多的教授、特级高级教师、高级工程师，他们是各行业的精英，有的还是行业领军人物。现有族亲有博士十二人、硕士三十六人、本科毕业及在读近两百人，厅级干部二人、县处级六人、科级三十八人，企业家、实业家产值过亿元的十余人。他们秉承忠孝家风、弘扬耕读传统，为国家及社会做出贡献。正如祠堂联曰："祖遗世泽长新，礼乐诗书先哲燕冀须发扬光大；宗留家声勿替，衣冠文物后裔蝉联要继往开来。"

嵩口张氏家族始终与时代同呼吸、共命运，其家族史是国家、民族发展与命运的缩影。血脉延绵，忠孝为本的家国情怀代代相传，且永远积淀在族人内心深处。在中华民族伟大复兴的今天，张氏族人将满怀豪情续写着家族辉煌的新篇章！

（作者系嵩口张氏第二十七代即月洲张第三十六世裔孙）

明朝《永福县志》编纂者张仕泾的轶事逸闻

□张厚林

永泰二中校内植物园,一棵饱经四百余年风霜的古杉大树浓荫下,有一方形似莲蓬倒扣的苍苍墓园,这就是明万历四十年(1612年)始修的《永福县志》编纂者之一,曾任漳州府训导、江西鄱阳县县令,唐末中原张氏入闽第二十四代传人张仕泾之墓。

张仕泾,字达源,号鉴塘,明朝万历年间贡士,其一生传奇般的轶事逸闻至今仍在嵩口民间口口相传。

袁尹举才委重任

明朝万历年间,江西南昌举人袁世用初任永福知县时,就听闻域内有一个临近延平、泉州、兴化、福州四府交界之地的大村落嵩口,是唯一可以与县治相衡的重镇。到任不久,袁县令便轻装简从,沿大樟溪溯流而上,两岸层峦叠嶂,树木苍翠;激流险滩,汹涌澎湃,峰回溪转。两天的辛苦跋涉,几经周折,袁县令终于在双狮把口的嵩口东大门"鲤鱼目"弃船登岸。纵马踏上通往嵩口的幽幽古道。山重水复,柳暗花明。只见群峰重重拱抱、秀水缓缓缭绕;开阔的嵩口盆地,十里平畴,阡陌交通,屋舍楼台错落有致。夕阳西照,炊烟袅袅,牧童横笛,鸡犬相闻,整个村落显得闲适、安宁、悠然。古道路旁一块五丈见方的乌纱帽形状的巨石赫然屹立,袁县令急急下马,赶紧脱下顶上的七品官帽,向乌纱帽石深深地行了三个鞠躬,心里琢磨着,嵩口宝地果然名不虚传,此方龙渊虎穴之地定是群贤毕集、英才荟萃。

古道边上的那一幕一幕风景:塔坂秧田里文昌古阁的倩影、九落寿春寺悠远的钟声、双凤垱羊肠小道暮归的牧童、德星楼码头往来的渔舟、溪流对岸梅山挺拔的孤树……嵩阳八景着实让袁县令欢喜不已。行至潆门司近旁,琅琅书声打住了袁县令,他轻推书院大门,参天的古榕下,一群烂漫天真的孩童在一位身材魁梧、气宇轩昂的儒生导引下齐诵经书。读书声抑扬顿挫,此起彼伏……

袁县令与儒生几番交谈,得知他名叫张仕泾,来自嵩口当地的望族,自幼饱读经书,才华横溢,志向高远。促膝而谈,彼此感觉意气投合。两天来,张

仕泾陪同袁县令巡察嵩口各乡里地民风民俗、拜望乡间乡绅名士，晚上夜雨对床，秉烛相谈，经史子集、琴棋书画无所不包。两人心有灵犀，仿佛一见如故。几天后，缘于公务在身，袁县令在张仕泾的目送下，怀揣着他的诗抄文稿，依依惜别，解缆返城。

半年后，经袁县令的多方周旋，张仕泾终于在县治开馆设堂，讲授经书。一时间县邑名士云集，门庭若市。诗书礼仪，温良恭俭，永福的民风教化从此耳目一新，张仕泾也由此开启了他在永福的才望兼隆的历程。授课之余，袁县令也时常邀请张仕泾参与永福政务，拟公文、析疑案、恤民情、抗旱涝、赈灾荒……永福一时出现了多年未有的太平盛世景象。

接替袁世用的兴安籍唐学仁县令，有感于当时永福的政通人和，经济繁荣，

人家史话

古镇晨景

于是盛世兴文修史，召集贤达名流，开始搜集史料、编纂永福有史以来的第一部县志，张仕泾自然成为编纂者之一。始修的《永泰县志》，至今为我们留下了多少弥足珍贵的永泰历史文化资料。

年过花甲始得子

话说张仕泾多年来一直在永福县城开馆讲经教化民风，协助袁县令处理政务的同时，他苦研经易，深究学理。赴京城应对秋闱，过五关斩六将，终于高中万历癸卯科贡士，礼部授予漳州府训导之职。他任职漳州，敦教化、厚人伦、去陋俗，振兴民间读书风气，政绩斐然，几年后即擢升江西鄱阳县县令——让他去掌管一个偌大的县域政务了。

且说张仕泾六十岁那年，还在鄱阳县任职，对他有提携之恩的袁大人世用先生已离任返乡，安居在省城南昌。七十大寿之日，袁府宾朋满座，觥筹交错，席上就有这位在鄱阳任职的得意门生张仕泾。

宴席上的道喜庆贺声此起彼伏，好不热闹，袁大人只见自己最得意的门生张仕泾满怀犹豫，郁闷不乐，便轻声问道："县令老弟，人生七十古来稀，今日老夫古稀寿诞，亲友会聚满堂喜庆，老弟你为何独独不乐？"张仕泾满杯饮尽，感喟道："袁师古稀寿诞，可喜可贺；膝下子孙满堂，犹让人歆慕不已。今小弟年已花甲，孩儿尚未露面。古人云'不孝有三，无后乃大'，我才是真正的不孝之罪人啊！今日身临袁师这盛喜场面，我真是惭愧之极无地自容！"

寿宴之后，袁世用便携着家中的黄氏、江氏二位丫环，由南昌直奔鄱阳县城，对张仕泾说道："几十年的莫逆之交，我深知你老弟是位忠孝之士，敝处有两位丫环，年方二十，聪明秀丽，贤淑勤快，可娶其为妾，以传宗接代，了却老弟孝敬祖先之心。"张仕泾再三推辞，袁大人再三劝促，张仕泾推辞不过，迟疑应答："老夫年迈，不敢多误二位小姐青春，然而难却袁师一片苦心与盛情，今日委屈江氏，权且留下伴我余生，敬请黄氏另择高枝！"

张仕泾与江氏小姐完婚后，老夫少妻相敬如宾，恩爱无比，不到五年间养育了四个儿子。张仕泾临终前曾题中堂一联，云："我不欺天一片心，遑恤人

渡口古榕树

知人否；天若假我百年寿，何论子早子迟。"此四子之后，张仕泾的子孙瓜瓞绵绵，兴旺发达，延续至今已十五代人，其不含外迁的后裔，在嵩口道南村的就有一千多人。那幅中堂对联还依稀残留在张氏祖厝的厅堂上。仕泾临终前还嘱咐妻儿，今后子孙世代要铭记袁公世用大人提携、延嗣之大恩。嵩口张氏后人至今仍然保留这么一个传承三百多年的习俗：每年农历七月十五中元节祭奠祖先，总要给予张公灵位并排的袁公灵位敬献高香、焚烧纸钱，以表世代永远的感恩之情。

鄱阳惠政献终身

鄱阳县位于中国内陆大湖鄱阳湖畔，地势低洼，空气潮湿，常有水患涝灾，且虐疫肆横，百姓生活艰难困苦。张仕泾上任伊始，便率领鄱阳百姓疏浚沟渠、夯筑堤坝、整修水田、遍植水稻，拆迁低洼民居、改建圈舍茅厕、清洁饮用水源。湖上渔民上岸定居，寒暑易节，劳逸有序；遇有荒年，免征捐税，开仓赈济、抚恤灾民。倡设馆讲学，崇尚礼义，教化民风。没过几年，鄱阳县域汛季水患防而有备，治水有道，变患为利；民风纯正，礼仪隆盛。从此鄱阳成了江南的鱼米之乡，民生殷实富有。

繁琐的政务、无休止的辛劳，加上年迈体弱、思乡心切，张仕泾深感身心疲惫、体力不支，多次上书乞求告老返乡。鄱阳百姓闻讯，万人空巷，不约而同地聚集在县衙门口，许多老者长跪不已涕泗俱下，恳求张县令继续留任。

不经两年，一个寒风凛冽的冬日深夜，在鄱阳县衙那一盏油灯的摇曳微光中，疲倦不已、伏案休憩的县令张仕泾，在沉睡中走完了他人生不平凡的六十五个春秋。他，留下了嗷嗷待哺的四个幼子，留下了鄱阳百姓与永福乡亲的深情思念，留下了让后人感念不已的传奇般经历……

张仕泾去世后，明朝神宗皇帝追赠武义大夫封号。他的灵柩在鄱阳父老的护送下，跋山涉水，终于落叶归根，安葬在他孩童时代群伴嬉戏奔逐的嵩口双凤垟上。殓葬当天，群山肃立，云遮日蔽，斜风细雨；葬毕，云开日出，光阳万丈，百鸟飞翔。当时的堪舆大师曾经预言："双凤落垟地，代代中高第；子孙喜满堂，世世有福气。"四百多年来，张仕泾的后裔繁衍至今，果真人丁兴旺，家业繁荣，且人才辈出。张仕泾的后人们牢记祖训，热心服务社会，努力让一方百姓幸福安祥地生活。

时光流逝，沧海桑田，近四百年的历史云烟飘然而过。嵩口双凤垟张仕泾墓园上的古老巨杉，仿佛还在轻轻诉说墓主人生前的轶事逸闻，让后人感慨这位嵩阳历史传奇人物的人生厚度。

永泰二中与张氏族人达成协议，保留、修葺位于校园内的植物园与田径场之间张仕泾墓园。张仕泾墓还被永泰县人民政府列为保护文物，也将被列为德育教育基地。这位嵩阳张氏先祖将得到更多后人的铭记和传颂。

善庆堂：一曲传承百年的家风颂歌

□张百灵

在永泰嵩口这个千年古镇里，有一座雅号"善庆堂"的灵动秀丽的古宅。善庆堂之名源于《周易》名句"积善之家，必有余庆"。永泰古庄寨、古名居声名鹊起，善庆堂也走出了乡野，走进世人的视线。这座保存完好的百年老建筑，蕴千年古镇之灵气，传百年老屋之善德家风。

百年老宅：久远的历史和精致的传统文化

善庆堂与万安堡为邻，面朝隽秀的嵩阳山，后临清澈的嵩溪水，是霞拔乡上和村木匠范苍松的杰作。始建于1915年，于1921年8月完工，历时6年有余；建筑面积3000平方米，坐东北向西南；土木结构，两进两层六扇厝，后座的左右两侧各建一栋三层夯土角楼。在高度、间距上与其他民居有所不同：围墙奇高，大厅基础垫高1.5米，柱高8米。这样的建筑不仅稳重大气，还通风透气、防潮防水，且显得宽敞明亮，居住舒适。

老宅中横梁、飞檐、门窗雕琢精美灵巧，寓意如意吉祥：厅屏柱枋驼峰上的4个"宝瓶"和"凤凰"木雕装饰，蕴含四季平安、吉祥和谐；垂柱悬空处精美的莲花，寓意高洁清廉，富贵神圣；梁上的雌雄双狮，象征欢天喜地，笑迎贵客。还有设计巧妙的暗门栓、舒适暖心的美人靠……木工构造无不巧夺天工。每一块石头、每一丛青苔、每一排栅栏、每一个角落,无不诉说着家族陈年的旧梦……

古宅老主人张寿铢,从学徒、伙计到自创商号,生意从嵩口古镇码头做到了福州、香港。为纪念这位乡绅、商人、慈善家祖父,"善庆堂"继承人张福陛在角楼的二楼开设了纪念室,专门放置自己先人用过的物品。纪念室陈列有验银圆的木墩、16两的秤、石磨、蓑衣、铜锁等早已淡出历史舞台、只能在博物馆里见到的老物件。它们静静地躺在那里,不喜不悲,宛如岁月老人从容的面庞;于后人,承载了满满记忆的它们,却是在诉说着久远年代的锦绣年华。

创建人张寿铢:从学徒到生意做到香港的慈善家

张寿铢的先人,原是嵩口镇月洲村人氏,为了生计,四处谋生,落脚在永泰东洋乡秀岩村。1800年,思乡心切的张氏后裔又回到了嵩口镇。初回祖居地的张家,人丁单薄,几代单传,做挑夫营生。到了清朝光绪年间,张家后代有个14岁伶俐勤快的孩子,跟了嵩口街上的生意人当学徒。这个孩子就是后来起建善庆堂、创办"隆慎号"的张寿铢(1882年12月10日—1964年11月8日)。

清末民初的嵩口,是大樟溪畔最繁华的市镇,在码头渡口一带,民间商贸兴隆。小小年纪的张寿铢白天为老板跑腿照看生意,夜晚帮助老板带孩子。本意只为糊口的一份工,他做得人人满意——顾客赏识他的勤快忠厚,老板中意他的聪敏好学。他自己也从各种事务中耳濡目染,悟到了很多经商和处世的道理。当学徒没几年,张寿铢就独立门户,经营起自己的生意并日益壮大。1934年,他在嵩口古渡码头"群贤毕集"牌坊下开张"隆慎号"商铺。这间综合商号经营食杂、日用、布匹,包罗万象,是个微型百货店,它成为当时嵩口码头的一个地标商铺。

时光流逝,沧海桑田,古厝依然是家园,"隆慎号"却退出了历史舞台:20世纪50年代,隆慎号被改为中国人民银行的营业所。银行搬迁后,1995年成为居民住所。如今"隆慎"字号和招牌上的两只泥塑早已不见踪影,但门楣上面"中国人民银行"几个大字还依稀可辨。隆慎号门面的变迁,见证着古镇的百年历史。

张寿铢这位商界奇才,更是一位心地仁爱、品质淳厚的乡绅,他有自己为人处事的态度和行为准则。他平生三不做:不嫖、不赌、不放高利贷;他有自己的生意经:一诚信、二热情、三货真、四周到。

张寿铢的人缘极好,礼貌周到,遇人必热情问候,有人招呼必驻足回应,待乡邻十分和善周到。从善庆堂到隆慎号十分钟左右的路程,走走聊聊,他往往走上小半天。

张寿铢致富后,仍然过着俭朴的生活,不抽烟不酗酒,三餐以稀饭为主,一块豆腐或一个鸡蛋往往就是他的佐餐。自己很节俭,但对需要接济和帮助的人,他却总是出手大方。对路过的挑货郎端茶让座,以礼相待;遇上门乞食的乞丐,慷慨解囊,大方接济。对于公益,张寿铢亦十分热心。为了让上山砍柴、干农活的人有个遮风挡雨的歇脚处,他捐建了新郑渡口、月洲架、瓜树架等多座凉亭;为了防止洪涝伤民,他出资修建了沿溪的堤坝;为了方便周边居民通行,他出资铺设了石阶路。张寿铢还特别有慈悲之心,每每看到集市上有人售卖捕捉到的野生动物,他总是心生怜悯,花钱买下放生。

"积善之家,必有余庆"。隆慎号生意兴隆,善庆堂人丁兴旺。张寿铢和他的堂兄弟张寿荫共同建好善庆堂后,张寿铢家人居住在左厝,右厝则为张寿荫家人所住,如今"善庆堂"后代一共有178人,大多在省城工作。

积善家风:民国代总理敬送牌匾贺寿

张寿铢重视教育和家风,他有治家的格言:家和万事兴,相爱同相敬,做事要勤奋,生活多节俭,家务常料理,环境常打扫,遇激要忍耐,头脑必清醒。他经常告诫家人:家败不离一个"奢"字,人败不离一个"逸"字,讨人厌不离一个"骄"字。良好的家风犹如一种磁场,让人发自内心的服从和遵守。

张寿铢的儿子张康团娶了洑口乡祥銮村的富家小姐柯淑玉为妻。柯家小姐嫁到张家后,秉承勤俭持家的家风,孝敬公婆,爱护子女,任劳任怨。厨

善庆堂后院

艺、纺线、织布、裁缝样样精通,而且乐于助人,谁家有困难,她都会全心全意地帮助。家里有一点好吃的东西,她都会把它分成若干份,送给大家一起分享。她聪明善良,吃苦耐劳,一生养育了8个子女,带大9个孙儿孙女。土改时,嵩口街隆慎号关闭,全家生活极为困难,一切都要自力更生。裹着小脚的她带领孩子们种地瓜、种菜,上山砍柴。她经常自己以粗糠野菜充饥,而把公

善庆堂

社食堂分配的每餐二两米饭让给公婆和孩子们吃,她的贤惠善良远近有名。

在长辈的言传身教下,善庆堂的孩子们都很懂事,自觉守规矩,什么时间做什么,大家都心知肚明,总是不约而同地一起行动:晚上掌灯潜心苦读;晨起折叠衣被,洒水扫地,毛巾牙刷整齐排列;统一时间吃饭,用餐不说话,饭后碗内不留饭粒,并自动轮值洗碗。虽是大锅饭菜,但再美味的食品也只取属于自己的一份；放学回家洗衣、种菜、养鸡、养鸭、养兔、养猪。大家庭里的水缸特别大，大孩子一人挑，小孩子就两人抬，挑水的队伍总像是一条长龙。样样家务孩子们都乐意参与。稍大的孩子还经常做些为五保户挑水、洗衣，为陌生人带路的事情。善庆堂的孩子们勤劳俭朴、助人为乐，为当地人传为佳话。

张寿铢关心家事，不忘国事。抗战时期，在国家危难之际，他与全国各地的抗战力量站在一起，把扩建房屋和为父亲置办八十寿宴的资金节省下来，全部捐给抗日前线。因广有商脉又德高望重，在张寿铢父亲张启冠八十二岁寿辰的时候，曾历任中华民国海军总长、代理国务总理、福建省省长的萨镇冰，手书"五代同堂"牌匾贺献，这块牌匾至今仍然悬挂在善庆堂的大厅中央。

上百年来，几代善庆堂张姓族人贯行朴素严格的家训，形成了良好家风。善庆堂的新生代对家风犹有深刻感受，曾有后人刊文记述，形容善庆堂是"人间最朴素的色调，生命里记忆的源头，人生旅途最温暖的驿站。家族上百年的良好家风，是一份让子孙后代健康成长的最宝贵财富"。

积善成德，余庆绵长！

码头水韵

山高为嵩，水交为口。嵩口镇位于福建省中部，是永泰南大门。这里四周群山环抱，山峦起伏，峰谷相应，南面的东湖尖海拔1681米，为福州市最高峰。从德化戴云山脉顺势而下的涓涓细流，集合沿途各大小泉涧水流，流经沇口。自北向南的沇口溪，在嵩口一门山（孤山）下，汇合了南来的长庆溪水后又从西向东，浩浩荡荡，奔向闽江。航运资源丰富的嵩口古镇因水而兴，因商而盛。几百年间，在60年代公路开通前，古渡口迎来送往，在竹篙探水、摇橹欸乃声中，迎来了一片市井繁华，货船如梭、商阜兴隆的永泰西南重镇，辐射周边五县（永泰、闽清、尤溪、德化、仙游）十多个乡镇。

民间信仰：抚慰心灵一帖药

□郭永仙

有人说城市是人造的，乡村是神造的。在乡村，处处可见各种大大小小的神庙，或在山，或临水，都有佛性，都有禅机，不可说，只能悟。

永泰母亲河源出德化戴云山脉，出水口镇入洑口，与后亭溪交汇后，称大樟溪。流经嵩口镇，形成一个大拐弯，像两只手掌，将古镇捧在手上。有这样的溪流，就形成了水路，给嵩口镇一条勾连外界的纽带，也是通向海洋文明的脐带。古镇人家，多靠水而居，一些神庙，也沿溪畔建造。

中国民间信仰，观音菩萨信仰是最普遍的信仰。从南到北，无论乡间还是闹市，都有观音菩萨寺庙。不少家庭也设有观音神位，逢农历初一、十五烧香。

有包容才有和平。永泰不管什么寺庙，观音菩萨神位是少不了的，与众神一起享受香火，儒释道共度齐修，也是一段佳话。观音显灵的故事不少，听得人如入神境。20世纪80年代，发生在嵩口的一件事，曾被津津乐道了很长一段时间。夏日去嵩口采风，因要写民间信仰，去二中卢老师家泡茶闲聊，提起此事，他站起来，手指前方：那个传说被观音救的郑荣忠就住在我家前面。精通嵩口各种掌故的卢老师，对我细说了这个故事。这便要从观音亭说起。

嵩口观音亭，明清时期，由乡贤出资修建，实际上是一座风雨亭，供过往行人歇脚、避雨。因亭内供有观音菩萨，故称观音亭。

观音亭建于距嵩口镇区大约三公里处临大樟溪的小坡山上，地势险要，左右两山山形酷似狮子，俗称"双狮把口"。未通公路前，嵩口通往城关的大道由亭内走廊通过。后因修建永嵩公路被拆除。信士们把观音神像移至溪边悬崖一个小岩洞中。县志载："观音亭在三十三都狮子岩上。亭跨山巅，俯瞰溪流，行者率游憩焉。"（《永泰县志》民国版）县志对狮子岩也有载："狮子岩，西南离县百余里，悬崖峭壁，下有澄潭。潭上有石穴，深不可测。乡人构飞阁于岩巅，幽胜独绝。"

民间许多传说，虚虚实实，亦真亦幻，介乎于人神之间。1985年农历五月十一，一场罕见的洪水从天而降，仿佛一瞬间，大樟溪水暴涨，水位淹没了嵩口妈祖庙前的"马栅石"，黄浪滔天，从上游冲下许多水漂物。居于溪边下车碓厝的居民郑荣忠，在溪边涉水捡拾水漂木，不慎被激流卷入水中，危急之中，郑荣忠紧抱漂木，随狂涛漂流至嵩口大桥下尾埕时，人已精疲力竭，双手抱着的漂木也被洪水冲走。只见他在水中沉浮不定，瞬间消失了踪影，溪边旁观者都认定他必死无疑。那个年代，沿溪有不少拾水漂木者葬身洪水之中。虽然如此，其亲人好友还是怀着侥幸心理，沿溪追赶寻找。傍晚时分，寻到观音亭旧址时，忽闻峭壁之下有人呻吟，众人攀岩而下，发现郑荣忠躺在溪边，喘着气，虽气若游丝，命还是保住了，亲人们直呼神奇！

回家后郑荣忠细述经过。他说当时水漂木脱手，已体力不支，朦胧中仿佛有白衣人托着他到一小坪……于是乎，大家都说这是观音显灵啊！

感恩是中华民族的传统美德。1985年夏秋之交，郑荣忠怀着虔诚的心，捐建一小亭于狮子岩观音亭旧址公路边上，祀奉观音，亭子也可供行人避雨休息。后来又有信士捐资扩建于原悬崖洞穴，规模越来越大，成现今香火颇旺的观音寺。

在缺医少药年代，天灾人祸发生之时，人类显得那样弱小而无助，祈求神灵保佑，成了抚慰精神的一帖良药。除了观音、弥勒等菩萨大神之外，每个地方都还有自己的地方神灵，比如福建广为信奉的妈祖、陈靖姑、张圣君等等，永泰还广泛信仰卢公、林公大使。

安前宫

  嵩口古镇濒临溪边的村庄不少,邹湖村便是一个。多年前,曾去过邹湖的一位战友家,他陪我到大樟溪边走走,看到了那座紧靠大樟溪边的五显宫。大樟溪流经这里时,溪面宽阔,水流也平缓,溪边有条鹅卵石铺就的古道,可通往德化县,一块块大小不一的鹅卵石被脚板磨得油光发亮,可以想象,当年德化商贩肩挑一担担瓷器行走在这条古道上,累了就在溪边那排榕树、香樟树与朴树混交林下休息,有些信士还可到五显宫烧香,祈求平安。

  五显宫,旧时为新郑坊和玉渡湖联合创立的乡社,故称"邹湖一社"。始建年代未见记载。清同治元年(1862年)曾遭火焚,当年即由乡人募资重建。五显宫建筑由门楼、前厅、中间带天井,上厅主殿组成,左右边门过带一厢房,由土木斗拱式结构建筑。殿内均为圆、方形木柱、石柱,下置青石鼓形柱础,门枕石雕刻。屋顶双龙戏珠等。进入五显宫,迎面是一座雕梁画栋、金碧辉煌的大戏台,戏台穹顶是精致繁杂的八角藻井,中间倒垂八瓣莲花;藻井周围刻有八仙过海等神话故事人物,工艺精湛。

  五显宫供奉多位神灵,神厅正中央供奉有临水夫人神像,左边为福德正神(土地公),右边为珈蓝护法(关公)。神厅左边厢房供奉本土卢公祖师佛像;

寻美嵩口古镇

码头水韵

德星楼

沿右边厢房的楼梯拾级而上，即五显宫二楼。这里供的才是主神五显大帝，两旁各站立千里眼和顺风耳。

五显大帝也是由人到神，这与张圣君、卢公颇为相似。在福州地区广为流传的传说：明朝年间，五名举人——张元伯、钟士成、刘元达、史文业、赵公明，在福州会合欲往京城会考，夜宿客栈，五人同梦福德正神告曰："五月五日子时，福州城有瘟疫之灾，起因乃由城内五大井而来。"五人同时梦醒，很是吃惊，商量如何救民，最后决定各投一井，以浮尸示警，让福州居民不敢饮用井水，因而才得以避过瘟疫之灾。人们感念五位举人大仁大德，报荐朝廷，由皇帝敕封为"五福大帝""五路瘟神"，民间尊称为五显灵官、五显大帝，又叫五圣大帝、五通大帝、华光菩萨等。目前供奉五显大帝的有广东、台湾、澳门、江西和福建等地。农历九月二十八日，各地参拜与庆祝五显大帝诞期的习俗大致相同。

苏轼有诗句"好风如水"。风水是中国人自古讲究的一门民间科学，除了人居在挑选风水宝地，神灵的庙宇也一样要选择风水好的地方。

嵩口还有一座保存较为完好的庵前宫，也称东坡首社，其风水也是有讲究的。

庵前宫位于陈埔村长庆溪边，左边门青石镌刻"东坡首社"，上款刻"嘉庆戊辰年"，下款刻"季春吉旦立"。据说初建于明末，当时陈埔居住十八姓氏一同修建，后在嘉庆戊辰年（1808年）重修，土木结构。正厅牌匾书"忠文尊王"，供忠文尊王塑像，奇的是右边还供临水夫人。左厅供泰山君塑像，右厅供土地公塑像。大厅前是戏台，戏台上三根横梁与仰板上有精美彩绘，绘有龙凤、葫芦、蝙蝠、书卷、笔、祥云等吉祥图案，抬头仰望细看，竟是不想离去。在永泰境内众多古建筑物中，像这样大面积的彩绘，庵前宫应是独一无二。戏台前两侧是看台。大厅二楼为圣公楼，供张圣君、萧公、连公塑像。宫脊有双龙鱼拱一大葫芦，每个屋顶鳞角翘首，全宫严谨大方，古朴典雅，建筑风格保存了明清时期寺庙特色。

宫占地面积1200多平方米，建筑面积800多平方米。宫内有二奇：一为龙伞石，位于大门内，状如山字形。据传说：古时，龙伞石上空，每天清晨彩云大雾，把宫与祖厝上空遮得严严实实，人们无法晒衣服、稻谷，于是用白狗血溅石上，叫石匠敲毁，从此又见晴天丽日。二奇：宫内有百年前制作的大鼓，鼓面直径为 1.4 米，鼓长 1.5 米，声大如雷，数里之遥可闻鼓声，据说为福建第一大鼓。从古至今，庵前宫一直是乡民聚会、议事、拜佛、观戏的活动场所，每年正月初三都会举行一场盛大的游神活动，非常热闹。

宫后竖有一石碑，名"仁德碑"，碑刻清康熙年间立，邻县仙游、兴化闹饥荒，陈埔长仁公率族亲救难，灾后仙游合邑父老泐石碑谢之。《永泰县志》记载："陈长者，东坡人，失其名。赈凶荒，邱劳苦，兴造巨役，毅然任之，无倦容，亦无德色。莆仙旅人德之，为之立碑。迄今陈长者之名，犹艳称邑里间。"

"仁德碑"碑高 120 厘米，宽 80 厘米，底座雕刻莲花图案，高 60 厘米，宽 90 厘米；上方刻有双龙抢珠图案。

"仁德碑"全文如下：

奉颂永邑长仁陈翁先生仁德碑

永水仙溪，百里比邻。虽区异郡，常缔姻亲。宾旅往来，无间夕晨。赖有陈翁，号曰长仁。生平慷慨，气节嶙峋。乡推甲族，世外奇人。一门豪杰，八郡望尘。不畏疆卸，不悔编民。多行排解，有惮辛苦。亲疏远近，咸沫醇醇。即我仙壤，久籍玉麟。通工惠商，毋阻关津。时或荒歉，殷物平匀。未尝过难，如越亲秦。翁之盛德，绝类超伦。宾堪图报，感激谆谆。愿翁寿纪，千岁大椿。愿翁孙子，世掌丝伦。谨抒俚语，经代谣唇。勒石道左，忆襆同春。

时康熙四十九年孟秋吉旦
兴郡仙邑士民工谨立石

嵩口多奇事。再说德星楼吧，说它是庙，又不完全是庙，说它是风雨亭也不全是风雨亭。德星楼不大，供的神灵不少，各行其事，都是护境保平安。从直街通往古码头，可以穿过德星楼直达溪边，夏天也是一个纳凉的好去处。楼的右边一间阴暗的小屋不起眼，供奉的却是泰山尊王（即泰山公，也称东岳大帝、泰山神），其身世众说纷纭，有金虹氏说、太昊说等。在中国民间传说中东岳大帝主管世间一切生物（植物、动物和人等）出生大权。泰山神作为泰山化身，是上天与人间沟通的神圣使者，是历代帝王受命于天，治理天下的保护神，成为民间宗教信仰之一。泰山尊王也算大神，屈居于一间小屋，也不计较，神毕竟是神，就有这样无我境界。

德星楼二层，供奉林公大使（也称社头公），虽是地方神，却占了大位。林公大使亦如张圣君、卢公一样，由人到神，有俗名，有故事。在我童年时代就听奶奶说过，至今还能记得重要的、神奇的片断。话说梧桐汤埕有林氏三兄弟，林显、林惠、林应，自幼习武，为文天祥手下抗元义士。其中林显十岁才会说话，在未能说话之前，常常默默地剪纸人纸马存于酒瓮中。成年后积极加

安前宫全景

入抗元大军。元军占领南宋都城临安后，派兵继续南侵，林显兄弟带领义士备战梧桐溪口山与铁钢山一带以待抗击。为起兵，一日嘱嫂：明晨鸡叫头遍时唤我起床，将酒瓮打破，让纸人纸马自动出来。其嫂好奇，半夜惊动鸡群，鸡提早啼叫，林显兄弟闻讯，即刻起床操持兵器，原期望纸人纸马化成千军万马，却被嫂子破了玄机，起因是嫂子不舍砸破酒瓮，将纸人纸马用手抓出，这些纸人纸马遂断了手足殒命，其中有一匹马逃到白杜大樟溪中方倒毙，化成今天溪滩上倒马奇观……

林显兄弟为抗元救民均战死于水中，林显头颅在汤埕潭中找到，林惠身在嵩口德星楼下潭中找到。林应率领一支队伍逃至广东，后战死海上。传说三兄弟死后频频显灵，保护水上讨生活的人，至此，嵩口、梧桐、坂埕、汤埕等大樟溪沿途行船放排人家，虔诚祭祀林公大使，数百年延续至今……

民间信仰是凝聚乡情和乡愁的载体，千百年传承，形成各个地方特色文化，从这些信仰衍生出的各种节庆，是乡村的呼唤，给乡村注入活力，也连接了祖祖辈辈相传的血脉。这是先人留下的记忆，成为中华民族悠久文化一个组成部分。

民间信仰，是一册有生命的留言簿，给游子一个返乡的理由，亲情的呼唤……

嵩口的水上保护神是林姓男神

□张建设

众所周知,妈祖是著名的水上保护神。中国历史文化名镇嵩口镇的码头附近有一座天后宫,供奉的正是妈祖。那么,妈祖也是嵩口的水上保护神吗?

度娘说:"嵩口至塘前河水湍急,多有险滩,著名的就有三门仔(嵩口观音亭以下)、大喜濑、三门斗瓮石等,时有船毁人亡的事故发生。所以商家们一般不轻易跟船,而是叫手下的人去,商会每年还会组织人员治理河道。为了祈求行船的平安,旅嵩经商的莆仙商人在码头边上修建了妈祖庙,即天后宫,来庇佑在大樟溪中讨生活的人。年复一年,日复一日,行船的、放排的、在水上讨生活的,都要到这里烧一炷香,以求水路的平安。久而久之,这里香火缭绕,香客盈门,妈祖的信仰也得以在嵩口古镇绵延流传。"

日前,我们采风于嵩口,竟然有了新的发现:上述史料说法与当地老船工、老排工的说法竟然大相径庭,觉得很有必要为之正名,以体现出嵩口作为千年商贸古镇自有的特点。

天刚下过雨,我们小心翼翼地踏着被磨得油光滑亮的鹅卵石路面,来到与老船工约定的德星楼下。德星楼位于古镇的旧码头,直街的起始处,坤门兜之外。从坤门往外望去,滔滔的大樟溪自西向东奔淌,溪边是鹅卵石砌成的斜坡码头。回头望,是一条大约五米宽的老街,两边店铺密密匝匝,据说要是一直往南走，就是古时候的"十甲路"，直通德化县。按照元代的制度，十户一牌，十牌一甲，十甲路有千户之众；按清制，则十户一甲，也有百户人家。这"十甲路"足可见当时嵩口人烟之密集、市井之繁华。

德星楼高达三层。底层敞开式，为码头与直街的通道；道旁矗立着四排二十四根木柱，这些木柱直透楼顶，高十三至十五米，且上下通直，首尾大小相同。二三层为楼阁，供奉有各路神明；外有露台，可供揽胜。登台四望，孤山当面，巍峨峻峭，樟水环流，大桥飞架；左右人烟辐辏，鳞次栉比；后面直街横巷，商旅悠悠。从溪边回望，整座楼面宽从五间收到三间又收到一间，层层收缩，也层层飞檐翘角，显得既稳重又飘逸。中间通道，数十个石砌阶梯，游人指点，劳者负笈，络绎往来；门洞森森，充满神秘感。

我们坐在德星楼下的石凳上，与老船工林师傅及摆小吃摊的林老伯唠起嗑，知道了在元、明以来直至解放后1958年，嵩口商贸发达，船运业鼎盛，最多时有近百条木帆船，从事航运业的老板数十家，都是林姓！撑驾队伍数百人，舵手也都是林家人，其他姓氏的水手只能充任前篙、边篙。水大之时，从嵩口到福州台江码头只要八个小时；水小时，要走上三五天。但不管水大水小，一路急滩险濑，浮沉簸荡，都充满了危险，其中最险要处是赤锡的"三门斗瓮"，船翻货损人伤亡的事故时有发生。因此，在大樟溪上讨生活的船工、排工都十分重视敬祀水神，希望神灵时时保佑身家性命。明代大学者曹学佺有《永福山水记》，其中曰：大樟溪从洑口到濑下"凡三百六十余滩，其号大险者数十……至三门，巨石如阜，峙溪中流，为门者三，涛势汹涌。舟过浪压篷顶，前后舟不相觌也……稍疏手足，即为泡沫之属"。

我们问两位林先生，码头边的天后宫就奉祀水上保护神妈祖，那在大樟溪上撑船、放排的人是不是经常去上香求保佑？

两位林先生说，嵩口的水上保护神不是妈祖，嵩口的船工、排工也不拜妈祖。在嵩口，拜妈祖的多是女性。天后宫原来是兴化（莆田、仙游）人在嵩口的经商者建的，是他们的同乡会会馆，也是他们的行业会馆。供奉妈祖，是因为妈祖是他们家乡最大的地方保护神。

天后宫

天后宫内院

我们饶有兴趣地问他们，那嵩口的水上保护神是谁啊？

两位林先生都笑着说，嵩口的水上保护神就在这座德星楼上啊，就是那"林公大使"！原来，"林公"指的是宋末抗元的林氏三兄弟中的林惠公。林惠与其兄林显、其弟林应共同响应文天祥的号召，组织民军与元兵作战，但兵微将寡，粮草不济，力竭不支，被元军杀害于大樟溪畔，扔入溪中。鉴于林氏兄弟是在抗击异族侵略、保护民众中英勇牺牲的，大樟溪两岸的民众不忍心英雄死而葬身于鱼腹，就沿两岸寻找英雄的尸身。后来，嵩口民众找到林惠的尸身，埔埕村的民众找到林显的头颅，就分别建了一座楼用于祭祀英雄。嵩口的就叫"得身"楼，埔埕村的就叫"得首"楼，久之，又以方言谐音被改为"德星楼""德首楼"。三兄弟里的小弟林应公，后来转战南海，在崖山海战中牺牲。

由于林氏兄弟均是战死于水上，死后也屡屡在水上显灵，救助百姓，保佑航行安全，所以嵩口、埔埕等地民众，尤其是船工、排工对林公均十分崇信，认为他们是保家卫国的英雄，足以成为水上救苦救难的神明，故将之塑造成经玉皇大帝敕封的"英武威灵显赫降魔三界林相公"，日常经常谒拜、祭祀。

后来，不止船工、排工崇祀，全镇居民亦将他认作本境的保护神，称之为"社头公"。"社"者，境社也，社头公即为全境社为首的神灵。民众认为他能够保境安民，因此每年正月元宵后，都组成游神队伍，以盛大礼仪抬着林公大使的神像巡游全境。不过，不管仪式怎样组织，抬神像的永远都是林家，都是船工的子弟，就是有人出钱抢这个资格也不行！而作为排工主力军的山后村杨家，每年的第一炷香更是敬到林公大使尊前，"未敬祖宗，先拜林公"成了

码头水韵

家族的传统！

  我们到德星楼二楼参谒林公大使的神像，但见神龛里坐着前后两尊神像，一是硬身，一是坐在交椅上的软身。软身是出巡全境时所抬的神像，白面长须、慈颜星目、头戴龙头冕冠，面向大樟溪，静静地凝视着滔滔溪水。背倚的太师壁上双龙舞动，殿堂的正柱上蟠龙欲飞，无不衬托得林公大使作为水神的威灵。

  回到楼下，见到一方碑刻，写着"嘉靖乙酉年林带溪植榕碑"，碑石被人摩挲得油亮。据林氏族谱记载，林带溪，名仕映，字国辉，精通风水，当年就是他倡建德星楼，并沿溪栽种了数十棵小叶红榕，用于遮阴固岸。这些红榕虬枝横斜，枝叶繁茂，遮天蔽日，既可作为船只的缆桩，也是人们夏日驱暑纳凉的好去处，还可以固岸防浪。可惜这些古榕由于保护不周，已经所剩不多了。根据碑记和族谱记载的内容可以判断，德星楼修建于明嘉靖年间，至今已经近400年了。也就是说，在嵩口，将林氏英雄作为水神祭祀的习俗起码已经存在了400年以上！

  为了证实两位林先生的说法，我们来到临近的天后宫。进门后，仰头就见礼仪门上方嵌砌着一方名匾，上书"兴安会馆"，落款时间是"嘉庆十六年"，边墙上也镶有一块石匾，匾文也是"兴安会馆"，落款时间则是"光绪丁末年"。查这两个时间，一是1811年，一是1907年，都远远迟于德星楼的始建时间。以"会馆"两字来分析，它的初始作用也主要是莆仙在嵩人士聚会的场所。而从解放初到"文革"前，这里曾经是嵩口公安派出所等机关单位的驻地。"文革"破四旧，这里遭受了破坏，到1994年初，有旅台的乡亲捐款增设神龛，重塑了妈祖神像。

  我们想，林公大使抗击异族侵略的事迹是伟大而感人的，英雄被供奉为当地的水上保护神，接受人们的膜拜是恰得其分的。这样说来，嵩口的"正职"地方保护神、水上保护神是林公，是一位"男神"，这难道不是千年古镇独具的风俗民情？

千帆竞发非传说 百舸争流待后生

□林　敏

> 商镇嵩阳早著名，樟溪水运力犹勍。
> 海珍随纤登墟市，山货凭舟下省城。
> 昔聚群贤无俗集，今迎远客有诗声。
> 千帆竞发非传说，百舸争流待后生！
>
> ——题记

　　山高为嵩，水交为口。嵩口镇位于福建省中部，是永泰南大门。这里四周群山环抱，山峦起伏，峰谷相应，南面的东湖尖海拔1681米，为福州市最高峰。从德化戴云山脉顺势而下的涓涓细流，集合沿途各大小泉涧水流，流经洑口。自北向南的洑口溪，在嵩口一门山（孤山）下，汇合了南来的长庆溪水后又从西向东，浩浩荡荡，奔向闽江。航运资源丰富的嵩口古镇因水而兴，因商而盛，在20世纪60年代公路开通前，自古就是舟楫穿梭，商客云集的商贸重镇。几百年间，古渡口迎来送往，在竹篙探水、摇橹欸乃声中，迎来了一片市井繁华，成为人口密集、货船如梭、商阜兴隆的永泰西南重镇，辐射周边五县（永泰、闽清、尤溪、德化、仙游）十多个乡镇。

古渡口

大樟溪：又爱又惧的"母亲河"

戴云山水逐滩低，南北西东航路迷。

骇浪惊涛闽海接，青峰叠嶂夜猿啼。

大樟溪自西而东贯穿永泰全境，流经9个乡镇，最终汇入乌龙江，流入东海。永泰境内群山林立，沟深谷狭，多激流险滩，《永泰县志》记得详细："全程有169处滩濑，其中35处为险滩孽濑。"

在如此险恶的水上作业，无异于"虎口夺食"。如果说古代嵩口的繁华昌盛离不开水运的繁荣，那么，在大樟溪上跑船的船工、排工就是英雄，历史该给他们画上浓墨重彩的一笔。笔者走访了几位曾经的船工、放排师傅，他们回忆起曾经跑水运的经历，半是自豪半是余悸。

船工：帆樯如云竞樟溪

直街近古渡口处有一拱形门洞，上书"群贤毕集"四个大字。再出去就是德星楼，几根红漆木柱左右排列，支撑起三层楼房，也打开了古街往古渡口的一楼通道。在中山村林书记的引荐下，我们在德星楼下走访了两位老者。一位是曾经的船工林登华，今年八十多岁，亲切温和；一位是在此设了个小摊点卖些嵩口特色食品的林开进，土生土长嵩口人，今年七十多岁，颇健谈。

此时正值炎热的7月午后，外面阳光炙烤，这里不仅阴凉蔽日，时时还有溪风穿街而过，凉爽舒适。林老给我们找来小凳子，自己席地而坐。我们就此无拘无束地打开了话题，也打开了那段并不久远的历史。

20世纪五六十年代，大樟溪帆樯如云。各埠头木帆船数量，算上沿岸各支流的共有200多条，嵩口就有30多条。嵩口是周边五县十多个乡镇的中转站，集散货物有各地的土特产品，如李干、茶油、笋干、香菇、茶酒等，数量庞大，品种繁多。这些货物常常由挑工挑到渡口，通过大樟溪水运到县城、省城。返航时，再装上油盐酱醋、布匹干货等生活必需品及化肥农药等生产物资，用木帆船运回。由于嵩口物资丰富，除了嵩口本地船之外，梧桐、赤溪、县城等外地船只也经常往返于此。嵩口人以一种开放的胸襟、包容的态度与各乡船只共同促进大樟溪水运的繁荣。

嵩口船工是专职行业，多为月阙村林氏。船家上头是商家老板。商家老板各姓氏都有，船家的收入是他们开的。船家可以讲价，货物到站给运费，但假如船与货中途有损失，船家是要赔偿的。回忆起当船工的苦与险，两位老者滔滔不绝。

"当地有句俗语，三种男人不像'子'：衙门人、戏子、撑船人。"乍一听，不解其意。细细思量，原来说的是：衙门人生性风流不是正人；戏子因条件所迫，男女一起睡舞台，外头人觉得不像话；那撑船人呢？撑船人即船工一旦上了船，下半身穿条裤衩甚或连裤衩都不穿。这是为什么呢？一是因为水上作业，全程（往福州8小时左右，回程三五天）与水打交道，下半身无一时一处是干爽的，没有穿的必要；二是因为当时生活困难，爱惜衣物，怕长期泡水弄坏了，舍不得穿。寒暑皆如此。沿岸洗衣服的女人见到有船只近前，都赶忙先闭上眼睛。这一"不像子"饱含了船工多少的心酸苦泪。

在大樟溪上跑船的船工，除了臂力过人，还得胆大心细，熟记全程中的险滩恶濑位置，知道施以什么方法。即便如此，危险还是无处不在。

跑水运的船都有一根桅杆，上挂帆布。顺流而下时无须张帆，从下游返航，遇到有便利之风时便把帆布张开。以后面来风为最佳，船借风势便能获得加速度飞速前行。如果是左右横向来风，在有经验的船工这里，也是可以利用的。但多数情况下，风不可能如此便利，最怕迎面风不止，或遇到激流险滩时，船工就必须下船拉纤。为了节约人力，经常三条船结伴而行，每条船上配备3名船工，三条船就是9名，需要拉纤时，船工合力把船拉上去。林老形容拉纤船工就是"四脚爬的动物"，苦不堪言。说到此，一直静静聆听的林书记忍不住接过话茬："我爷爷就是在拉纤的时候伤了身体。"原来，林书记的爷爷也曾是一名船工，身材魁梧高大，十来岁开始跑船，三十几岁时，在一次返程拉纤时，由于前面纤绳断裂，船往后退，碾压在后头推船的爷爷身上，所幸大难不死，但身体严重受伤，从此不再跑船。因为身体原因，一表人才的爷爷只好降低娶妻标准，找了个哑女成了家。

拉纤出事只是个别意外，最危险的还是在"三门斗瓮"，即如今界竹口水库坝址处，那可是有名的险滩。水面到这里突然变窄，水流骤然变急，溪流拐弯处，三组石头夹着中间水流，船行至此，像醉酒似的兜来拐去，不听使唤，剐蹭是难免的，一旦操作不当，就被激流卷到"瓮"里去，那就九死一生了。永泰邑人鄢既齐曾作诗一首《忆浓溪归棹》曰："三门斗瓮涛何急，巫峡瞿塘浪不粗。四十年前轻买棹，惊魂此日尚挠夫。"描绘的就是这处险滩的惊险。过了"三门斗瓮"，之后就是平流水了，所有的船工可以庆幸地松一口气，心里盘算着这一趟运费基本是到手了。

在闲聊中分享船工的传奇经历，不知不觉外面阳光变得柔和。告别了两位老者，我们来到水运起点——古渡口旁，望着溪中那块象征"航船启程标志"的大石头，想象曾经千帆竞发的场景，心里百感交集。

放排工：骑风破浪走樟溪

嵩口属山区，盛产樟木、杉木和松木。樟木是制造远洋船龙骨的珍贵木材，杉木可以用于打造船身，樟杉松都是建筑良材。在陆路交通不便的年代，通过水运把木料"放"出去，也就是"放排"，问题也就迎刃而解了。所谓"放排"，是借助水流运送木材的一种方式。放排不仅可以降低运输成本，而且无须把木材截断运输，保证了木材的完整，一举两得。

嵩口排工师傅多来自渡口对岸的山后自然村杨氏家族。因此，古渡口就形成了这半边起放木帆船，那半边起放木排的格局。在山后村，我们走访了杨德云、杨德发兄弟俩,他们都曾是排工师傅。哥哥六十八岁,相对沉静温和,弟弟六十七岁,热情善谈。据说弟弟杨德发还多次上过电视台讲述过放排故事。

了解了我们的来意,小杨师傅(以下简称杨师傅)打开了话匣子:"我十三岁放排尾,十五岁就放排头了。"六七十年代放排最盛。木排就是将木材用藤条、篾缆等索具(藤条、篾缆还有个作用,如果中途休息,以之系在滩头或桥头的树木上,以防木排漂走)编扎成排节,根据河流情况,可以再将若干排节纵横连接成排架,由水流自然操纵,使其在河流中顺水漂下。木排呈喇叭形,排头4—5节,然后逐渐增宽,中间最宽处1.5丈(5米)左右,尾巴最小仅两节。木排一般长度20米左右,称为一架。每架由两个放排工负责放运,一个撑排头,一个撑排尾。排头要精熟水道,掌握木排的航向;要注意排与排之间距离以免追尾(最多时大樟溪过排200多架);要随时观察并应对紧急情况等。因此,撑排头的必须是经验丰富的老排工。

"十五岁还是个孩子,您都不怕吗?"我忍不住发问。

"城隍边上的人不怕鬼,溪边长大的人不怕水。"杨师傅哈哈大笑,"放排又辛苦又危险,但工资高啊!"然后他给我们算了下账,当时一位公务员年工薪不足千元,而排工一年的收入有两三千。重金之下必有勇夫,但像杨师傅这样十五岁就放排头算是勇夫中"天赋极高"的了,而且他还曾入选10人组成一班的"老虎队"呢!顾名思义,那是最生猛、最勇敢的放排队,据说别人见了都得让先走,难怪他提及往事语带自豪。杨师傅乘兴给我们唱起一段排工歌:"永福小县好南山,南门近来六角坑。起早走上界竹口,芦潭过去白龙坑。"原来他所唱的是县城到嵩口的水上线路。嵩口到县城段渡口就有19个之多,以朗朗上口的民歌形式熟记沿线水路,也是排工的一种智慧。

"老虎队"成员不仅放排是行家里手,救人也是当仁不让。杨师傅说,他在大樟溪上来来回回这一生,直接或间接救下的少说也有几十人次。其中最惊心动魄的要数那一次:80年代,有一天,杨师傅兄弟照例出工放排,骑风破浪一路顺利。行到梧桐白埕附近叫小坪的地方时,溪上的排越来越多,越来越密集,达到了11架之多。行在前三的是㳇口排,第四排是杨家堂哥,杨师傅在其后。正如"汽车追尾"事故,堂哥的排撞上前面的排,直插前排底下去了,堂哥慌乱之下忘了"跳水"(放排工最佳逃生方式),人也被卷到排底下去了。杨师傅立马喊人一起用斧头砍散木材救出人来,人已没有了呼吸。凭经验杨师傅给堂哥做了人工呼吸,三十分钟后,堂哥七窍流血,大喊一声:"好痛啊!"此时算是已救回半条命,继而杨师傅就近借了张竹椅,众人脱下衣服,将人固定在竹椅上,用拖拉机运回嵩口,找到赖医生,终于救回了堂哥一条命。

"放排是把生命系在裤带上的职业"。排工每日早餐不分筷子(意味不吉:散排用筷子撬),碗上不搁筷子(随带餐也都是饭团)。一家人不多言,力避与搁浅、翻排、撞散、折断等险情有关的词语和动作。

嵩口船工、排工师傅早起第一炷香敬奉"社头公",即嵩口当地人水上"保护神"——德星楼林公大使。每年抢着到德星楼帮忙做义务工,给压岁钱,以求水上作业时能平平安安往返,这是人们对水的敬畏,也是祈愿。如今水运日渐式微,但人们对林公大使的崇敬不减分毫。

嵩口:百舸争流待后生

嵩口先人择水而居,大樟溪也给嵩口人福祉。经过像船工、排工这样勤劳、勇敢的祖祖辈辈的奋斗,留下具有水文化内涵的宝贵遗产。比如嵩口的明清古厝建筑群,正是因了水运发达,才能汇珍集宝而成规模兴起。而因水而盛的嵩口墟市,为"海上丝绸之路"、海外贸易做出了贡献。水灵动了地理,灵慧了人杰,诞生了月洲"进士村",走出了像张元幹这样的"时代精神领袖"……

千帆竞发成绝响!

大樟溪依旧慈母般默默向前流淌,滋养着万顷青山良田,守护它的子子孙孙。在新时代飞速发展的大背景下,"百舸争流,奋楫者先":嵩口先后获评"中国历史文化名镇""首批中国特色小镇",月洲村获评"中国最美乡村"。嵩口已成为永泰全域旅游的一张新名片。

行船巧借东风力,百舸争流待后生。嵩口这艘"航船",随着莆炎高速公路的开通,在嵩口新一代"船工"们的努力下,必将走得更稳更快更远!

永禁溺女石碑

永禁溺女碑的历史内涵

□方元茂

嵩口"奉宪永禁溺女"碑立于妈祖码头德星楼下。"奉宪","奉",奉行,"宪",法令。清顺治帝即位初就下了禁溺女婴旨。乾隆二十四年更是明令"永戒溺女恶习",并加以法律解释:"倘不遵禁令,仍有溺女者,许邻佑亲族人等首报,将溺女之人照故杀子孙律治罪。"因此,这"奉宪永禁溺女"碑,是首倡者遵依清朝有关法令而置。

历史上,"永禁溺女碑"与"巡检司"息息相关。《三山志》载:"元丰二年(1079年)十月,……移(闽县)南台巡检一员于辜岭,以七十人为额,管认福州永泰县、兴化军兴化县地分巡警。"《永福县志》(万历版)载:"巡检司,宋建于辜岭,是名辜岭寨。元至元(1264—1294年)间,移之漈门。国朝景泰四年(1453年),巡检陈善安请移于县西之嵩口。"《永泰县志》(民国版)载:"旧志在嵩口。道光通志:'宋元丰二年,置巡检于辜岭。元至正间移漈门。明初,始移嵩口。'故旧志《职官门》:'宋、元称辜岭寨巡检,明、清称漈门巡检。'……民国元年裁,以署为南镇自治会所,今荒。"

从史料记载可知:巡检设于宋代,初在辜岭,元移漈门,明清转嵩口,1912年废止,历名"辜岭巡检""漈门巡检"。"巡检",官方书作"巡检司"。

巡检司扬名从漈门发端。漈门巡检司赢得的"铁印直行"美誉,可谓家喻户晓、妇孺皆知。相传:明朝正德皇帝,南巡途历漈门,洞悉巡检清正廉洁、躬耕自给、勤政安民,遂赐铁印。自此,巡检司公文,不经州府可直达御前。"铁印直行"典故,虽缺文字记载,然远近广为传颂,究其原因,不仅在于无上荣光的皇家恩泽令人钦敬,还在于巡检官一心为民、率先垂范的美德所培育的"漈门精神"深入人心。

巡检司移迁嵩口后,巡检官们把"漈门精神"光大为"嵩口精神"。

巡检官中以陆元熙为要。《永泰县志·循吏传》记载说:"陆元熙,号慎庵,浙之杭州人。同治初官漈门巡检。性廉介,鸩视势利,卓然有激浊之志。剔污弊,罢冗费,抑靡度,口不兼旨,体不重帛。约老幼士庶于乡,月谕而旬劝之。服义敦行者奖,不率者警。嵩俗喜溺女,创'拯婴局',存活甚众。尝自言云:'一段真精神,真命脉,流行贯注于半通之绶者,为荫此一方民计耳。'居官十余年,行李不能易敝箧。舆论称之。"

县志寥寥一段文字,记述了陆元熙并不平凡的为官之道。老家在杭州的陆元熙,同治年间来嵩口任巡检,清廉耿介,蔑视权贵,去贪节流,反奢倡俭,不求美食,不着锦衣;立志革除积弊,月旬劝告乡里各界,践义正行,赏罚严明。嵩口有溺女婴陋俗,他设拯婴局,挽救众多无辜生命。他做了十几年的官,还在用陈旧的小行李箱。"我的精气元神、生命血脉全部投入到卑职之中,以荫护嵩口民生"是他的座右铭。

还值得一提的是光绪年间在任的另两位巡检官。一是桂林人蒋炳烜，他承继了陆元熙的公益事业，"'拯婴局'，无米之炊，灶隅啜泣久矣。蒋为置产业，资挹注以期久远"。二是绍兴人李慕荆，他擅于公平公正地治理社会，"悉心造士，公余考课，严规优赏，详校而精别之"。

巡检官克己奉公、和谐社会的善行锻造了"嵩口精神"，其优秀品格深孚众望，嵩民因而爱称"漈门巡检司"为"嵩口巡检司"，简称"嵩口司"。"嵩口司"文化是不可多得的地方历史文化遗产，是嵩口的骄傲，也是片区人民的骄傲。

今天，我们敬畏地追寻先人的足迹，或者可以大胆地推论："永禁溺女"丰碑属"嵩口司"铸就！巡检职守治安，官从九品，无行政裁量权，立碑不能领衔，这也是"永禁溺女碑"无落款的缘由。但"嵩口司"自律、清廉、无私、

直街古韵

爱民，巡检官陆元熙，廉俭、恶利、善德、清明、造福一方；"皇帝赐印"的美好传说则正寄托了人们对巡检官的爱戴之情。此乃"永禁溺女碑"虽无"官身"之名而能完好地流存于世的根源所在。

先民受农耕经济的制约，重男轻女观念由来已久，清初左都御史魏裔介曾上疏说福建、江西诸省"甚多溺女之风"。"嵩口司"在当时能力排众议、摒除陋习而办拯婴局，设禁溺碑，可谓果敢担当，功德无量。

明清时期的嵩口，商品经济发达，为邻近五县商品集散地；"永禁溺女碑"矗于码头显要之处，可见陆元熙为官一任，福被百姓的用心良苦。"拯婴局"的拯婴创举逐渐被社会普遍接受，促成传统并延续到解放初期。而观念的转变，风气的扭转，有助于家庭温馨重建、乡间和谐重构，有力地保障了嵩口片的政治稳定、经济发展、人文传承。

嵩口"永禁溺女碑"，碑小义大，不仅折射出提倡男女平等的思想，还是仁政爱民的光辉典范。其蕴含的廉政、仁民的治政理念，超越了时空和地域，具有了永恒的历史价值。这段史话也道出了为岁月所印证的为官真谛：官不在大，有政可歌；阶不在高，有绩可颂！

街市印痕

大樟溪流经嵩口,依着这里独特的地形,自西向北又浩浩荡荡折向东去,围出了「心」字地形。嵩口古街就位于靠近「心」尖的位置,主要由四条主街道纵横而成。在125县道与古码头之间,自西向东有一条狭而直的街道纵向通往大樟溪,叫直街,大约七十多米长。直街的中点处,分岔出一条与大樟溪近乎平行的街道,那是横街,横街也不长,约三四十米。横街的另一头又有一条街巷与直街平行,通往古渡口,名唤米粉街。直街、横街、米粉街构成了一个「工」字形。而在米粉街的南端,又接有一条略带弧度的街巷,弯向关帝庙,是为关帝庙街。关帝庙街就像一把椅背,与「工」字连在一起,拼成了一把「靠背椅」。这把靠背椅似乎是古镇人民为远方的客人特意准备的。简简单单,四条街,四笔勾画,就画出古镇人的盛情。

嵩口古镇觅食

□何彩云

十一年前,千年古镇嵩口撩开了面纱,被评选为"中国历史文化名镇",八方游客开始慕名而来。近年来,随着互联网对生活的全面化覆盖,嵩口更成为大众推崇的旅游胜地。

中山村地界是嵩口镇区精华游览地。这里的码头文化曾经盛极一时。民国末代县长、书法家赵玉林在直街通往码头的门楣上写下了"群贤毕集"的题字。这一带街巷繁复,最为著名的是龙口厝、耀秋厝等历史建筑遗存。游客们除了欣赏古老的建筑,也喜欢觅食——寻觅能代表地方属性的传统美食。

古镇的风物,与樟水一样源远流长。

旧时,由于水路的发达,往来的客商在镇上做着各种营生。通往渡口的直街上,商户林立,南来北往的商贩们带来了各自家乡的特产、手工艺以及美食。大多数的商贩只是将渡口作为中转,稍作停留便去往他乡,但也有不少人选择了停止漂泊,定居于此。他们带来了来自家乡的味道,并在成为新一代嵩口人后,操着家乡的烹饪手法,用着本地的食材,融合成了嵩口味道。近渡口有一条以"米粉"命名的街道,据说正是莆田客商留下的印记。而近年来,策划古镇开发的台湾打开联合文化创意公司团队,以台湾工艺,加工嵩口盛产的农作物李子、永泰特产梅子,制作成糕点李子酥、梅子饼,让本地食材有了新的生

寻味嵩口古镇

命力,古镇添了新味。

  古镇寻味,好吃的九重粿要在早晨到菜市场门口,那位自行车做摊位的阿菊婆那家买;老字号糕饼店"清华饼屋"一直延续祖辈的手艺,自制的水晶饼、美人糕、油料,很适合做伴手礼呢。当地人会告诉你,有一个叫"老地方"的餐馆,店家烧得地道的嵩口菜。也很多人喜欢阿潮的滑肉汤做夜宵,但是他没有固定摆摊时间。三岔路口"聚鑫源""芦川"是非常适合宴请的酒家。哦,还打听到嵩口最好的酒酿,是在沿着大樟溪往上几里路,那个叫梧埕的村子,在一座叫"瑞安居"的百年老宅里,酿造着甘醇的青红酒。而距离嵩口十几

古渡口盛宴

二十公里外的盖洋乡,盛产的酒酿酒,入口甜滋滋,开怀畅饮又会令你沉沉地醉去。

　　随着古镇的商业化趋向,逐渐涌现出众多的美食店铺。但是快餐食品并不多,乡土风味依然浓郁,比如三鲜、白粿、糍粑、满洲糕等等这些地方特产小吃。美味若饴,召唤更多人闻鲜遥遥而来,我就是那个一次次流连于古镇的食客。

　　糍粑,流行于南方,福建最是盛行,永泰方言称"蒔"(音:si)。嵩口的糍粑沿用纯手工制作,尤为香糯。巧妇们将糯米浸泡上一天,再滤水置饭甑炊熟,尔后倒入石臼,舂烂至胶状。这道工序在没有机械的时代,可不是易事。

寻美嵩口古镇

春宴

一般家庭用的石臼，需要用手力舂，这时候非男劳力不可。犹记得年轻的父亲抡起木杵舂米的姿态，很是带劲，一旁的孩子们看得直叫好。大户人家的石臼那可就不一般了，用的是踏碓，使脚力，二至三人操作。舂好的成泥状的糯米，要趁热团成糍粑。女人们上阵了，一阵忙乎，利索地从巧手的虎口处挤压弹出一团团热气腾腾的糍粑，盛盘摆放，或者浇上糖汁，或者裹洒上糖粉、花生碎末。糍粑入口弹而不粘牙，老少皆宜。

九重粿，外乡人听来陌生，他处又称"早米粿""早米糕"。嵩口在七月半节里，家家户户都做，主要是祭祖用。早米，即六月收割的稻米。制作时先将早米浸泡数小时，然后磨成米浆。记得小时候，家里那石磨盘我们是推不动的，只是看着大人们操作，推拉挪移，石磨盘间就溢出白白的浓浆，空气间就散发开淡淡的清香。磨好的米浆还需加入点食用碱，柴火灶旺旺的火烧开了沸腾的水，锅上架上浅平的竹蒸笼，把米浆浇摊开成薄层，蒸熟一层再浇上一层，那"九重粿"即是粿有多层之意。这熟透的九重粿在放凉后切成条块状，很是厚实，表里细腻如脂，富有弹性，呈淡黄色。左手抓两三指宽的九重粿块，右手一层层剥离卷成书卷状，然后沾蒜头酱食用——这蒜头酱用的酱油，是本地产的白酱油，混合白米醋后，这酱就呈淡黄色。这一卷卷软粘的米粿，蘸上了酱，淡淡的米香味、微微的酸辛，满口生鲜。九层粿搁置一天便会生硬，卷着吃口感不好了，这时可以切成薄方或煎或煮食用。

蛋燕，是嵩口极具代表的传统美食，也是各大筵席必不可少的一味。制作蛋燕，是以鸭蛋与薯粉（俗称地瓜粉），添加一定比例的水，调和成粘稠的糊状，而后进行制作、烹饪。直街的小食店是可以看到店家站灶台的，只见他升起微火，并在铁鼎内抹少许油，顺势抓起铁勺舀上一瓢浆糊，绕着鼎边浇一圈，即煎成薄皮状，再迅速平铲起来置砧板放凉，这圆圆的薄饼就是蛋燕皮。店家说，还差一道煮食的工序。肉骨高汤煮沸，将蛋燕折叠切成条状散开投入汤锅，汤汁沸开后，佐以姜蒜、精盐、葱花等调味料即成。食为味之体，味为食之魂。蛋燕，入口绵软，又带着有如些许弹性，淀粉的清香、鸭蛋的鲜香，味蕾顿时绽放开来。

嵩口还流传有美食歌谣，如《十二道菜歌》《十锦歌》都极富有诗意。

十二道菜歌

文明酒菜美且有，四碟果菜任君挑。
头碗蛋燕软又绵，二碗醉排粉牵粘。
三碗三仙味中味，四碗贡鸡香又甜。
五碗目鱼拌酸辣，六碗麻姑香又鲜。
七碗拼菜蛏抱蛋，八碗猪肚莲子羹。
九碗正珍清炖羊，十碗海味鳗最新。
十一碗甜藕称白果，十二碗福橘满堂红。

十锦歌

一锦锅边糊，二锦甜白果；
三锦早米糕，四锦鲜汤丸；
五锦满洲糕，六锦油浮糍；
七锦汤边饺，八锦美人糕；
九锦甘蔗玉，十锦红李奈。

唱着歌谣，你是不是感慨，要能一次性尝到这诸多美食得多好。那么，我就郑重告诉你，机会是有的！嵩口古镇近年都会举办游客可以参与的美食活动。活动最大特色是"三出宴"，即嵩口地区传统喜宴。

宴席分三个阶段进行，谓之三出。头出"燕、片、三鲜、鸡"四盘佳肴，其中"燕"是蛋燕，寓意主客平安、如意、吉祥；"片"是油炒四季时令笋片，寓意节节高、月月茂、岁岁长；"三鲜"是指古镇特有的纯肉丸子，鲜肉、香菇、香葱，取意来客鲜新、尊贵。白斩鸡是头出菜肴中的压轴菜，这道菜的吃法叫"转鸡头"：先将鸡头朝向最为尊贵的客人，这位贵客喝完酒后发号施令，将鸡头转向他认为的尊客，每向一人，均得喝酒，杯数只增不减，直至酒酣，最后仍还原至首位客人，喝下上一位一半量的酒后，由其掀去鸡头，众人方可动用鸡肉，否则要罚酒。这可是嵩口酒文化中最精彩的一章，蕴含着古镇的亲情秩序、诗词精神、淳谦乡风，礼仪感非常浓厚。

头出四盘菜肴吃完，宾客退席，稍作休息，主人家备上脸盆、洗脸巾供客人擦洗。片刻之后，宾客们再次入席，宴会第二出开始，一场盛宴也渐入佳境。第二出之后，休息片刻，再进入宴会的第三出。依次又是四道菜，宴席也行进到了高潮。

嵩口味道如此鲜活！

大樟溪的河鲜、戴云山的山珍，在此不一而足。

水晶饼，古镇美食文化符号

□郑钟健

民国初年，作为闽中地区四府五县的交通枢纽、大樟溪上游重要的码头商埠，嵩口每天都是熙熙攘攘，商贾云集。大量的木材商人在楼下潭集结后放排而下到福州，大批商船从福州逆流而上行船至此。嵩口，成了周边地区的物资集散地。

民国版《永泰县志》记载：民国5年，嵩口成立了全省首个乡级商会，确立了商贸重镇的地位；民国15年镇区自行发行纸币，促进了商品流通，还设立税卡和鸦片专卖局，形成了直街、横街、米粉街、关帝庙街、大埕街等商圈。南来北往的交流，各地风味的汇聚，形成了众多嵩口地方特色小吃。水晶饼，便是其中的典型代表。

水晶饼，是相当有历史渊源的。它始于宋代陕西下邽县，相传它的得名因了与北宋名相寇准的一段不解之缘。

寇准为官清廉，办事公正，深得民心。有一年，他从京都汴梁回到故乡下邦探亲，正逢五十大寿，众乡邻纷纷送来寿桃、寿面、寿匾等以示祝贺。他特意摆了寿宴相待，以答谢亲邻。酒过三巡，忽然见手下捧上一个精致的桐木盒子，里面装着50个很精致的点心，点心上面放着一张红纸，上面工工整整地题着一首诗："公有水晶目，又有水晶心。能辨忠与奸，清白不染尘。"寇准端详良久，感慨万千。后来，寇家家厨仿制出这样的点心，寇准给它取了一个好听的名字，叫作"水晶饼"。从此，此饼美名远扬，并很快传入民间，经久不衰。

传说清光绪末年，八国联军攻陷北京，慈禧太后避难到西安，曾在广济街口闻香停车，品尝了水晶饼后大加赞赏，遂将其钦点为"贡品"。水晶饼更是锦上添花，名价倍增，曾与燕窝、银耳、金华火腿齐名。

水晶饼面色金黄，四周雪白，素有"金底银帮鼓鼓腔"的美誉。有人还认为它是月饼鼻祖，直接称它"水晶月饼"。陕西农村大多地方至今仍有水晶饼当月饼过节、送人的风俗。而嵩口地区也有拿水晶饼过中秋节，当月饼送亲友的风俗，可见它与陕西水晶饼或是有源流的关系。

水晶饼何时由谁传入本地已无从考证，但嵩口新泰成老字号百年的发展史中，水晶饼是浓墨重彩的一笔。

民国18年初夏的一天上午，嵩口直街街头处，一家店面在一串鞭炮声中开张了。身穿短衫的几个东家揭下门面上方招牌蒙着的红布，"新泰成饼铺"，几个拙朴丰腴的大字露了出来。古镇从此又添了一家糕饼店。

新泰成的三个股东——郑家的阿辉、林家的二二、还有卓家的十六都出身于糕饼行伙计。年轻朝气的他们，有着把嵩口糕饼业发扬光大的梦想。当时，镇里的饼家已生产传统的礼饼、水晶饼、美人糕、油料、鸡蛋糕、光饼、征东饼、膨膨饼，还有祭祀用的斋饼等，但他们有自己的想法。他们派最年轻的阿辉赴福州三保学艺。半年后，阿辉带回了许多新的工艺，新泰成增加了广饼、蛋黄饼、香蕉饼、杏仁酥、雪片糕等品种的生产。三个技艺高超的大师傅，几个伙计帮工，新老产品俱上，新泰成生意日渐兴隆，俨然是当时镇上人气最旺的大店铺了。而码头上往来客商的口碑传颂，新泰成店号也就顺着大樟溪水流四面八方传播开来。

饼铺的生意渐好,但客户最喜欢的水晶饼在本地取料困难,玫瑰、桔饼、核桃仁、青红丝等原料常因为匮乏而无以为继。而且当时使用炭烤饼铛,水晶饼经过"退酥"工艺时,因为用料多油多糖而"烧底",常常出现"火烧饼"的问题。三位大师傅合计着要改良水晶饼。

首先,在原料上进行替换。把当地不容易买到的玫瑰、核桃仁等换成本地土产的花生仁、芝麻、香葱;把猪板油改为膘肉。香葱与膘肉经炭火烘烤,入口,那油葱的浓香会留齿三日。这些原料更适合本地人的口味,也就独具了地方风味。其次,在工艺上进行提升。为保证水晶饼"润如水晶"的特点,师傅们试着把膘肉用白糖进行腌制。腌制后的膘肉透明晶亮,烤制后更加晶莹剔透,很好地保留了水晶饼的特点。接着,为了解决炭烤饼铛的缺点,避免"烧底",便采用礼饼的生产工艺,给水晶饼底打上了芝麻。这样,新泰成水晶饼与传统水晶饼在外观上就有了很大的不同。师傅们还不惜成本把饼碾薄,以便多粘芝麻,增加了芝香口感,也便于整捆包装。改良后诞生出了"嵩口味"水晶饼皮酥馅足,层次分明,滋润适口,芝香四溢,风味独特。更多客户喜欢上这种饼了。有不熟悉其工艺的外地客商,见到如此精巧别致的水晶饼,留诗美赞"排麻只是工,藏馅是仙法;眼看似水晶,吞下目激灵"。

新泰成的生意更加兴隆了。每年中秋临近的时节,师傅伙计们常通宵达旦地生产。八月天气炎热,饼铺里炭火熊熊,酷热难忍。白天里有过往商客,大家只能披着干了又湿,湿了又干的衣褂。到晚上加班时,店门关起,师傅伙计就统统脱去褂裤,只在腰间系上一条围裙,自嘲一片"亮光"(通宵意,也有赤身意)!浓香四溢的铺子里,一群肌肉发达的汉子,炉火摇曳在他们油光发亮绽放汗花的肌肤上。一块又一块圆乎乎的饼烘烤成型,在尚有余温时包装成捆,叠排成一座座起伏的小山。这一座座小山,可都是汉子们富足生活的希望呀!这是何等的热情激荡和酣畅淋漓啊!新泰成人沉浸在创业激情和成功喜悦中,忘记了简陋的生产条件下生产的艰苦,生活像水晶饼一样又香又甜!

他们如此努力,却还无法满足供应:不单嵩口,周边几个乡,甚至附近府县的尤溪、仙游一带都盛行中秋节送水晶饼的习俗。每年八月初一赶墟之后，这些区域里，每家每户即开始相互拜访赠送水晶饼，你来我往的盛况会一直延续到八月十五。

嵩口的传统宴席称为"三出头"，每上4道主菜后，接着上的是一道主食，这主食就称为"出头"。一场宴席上三次主食，所以，称"三出头"宴。水晶饼是必备的"出头饼"。春节期间走亲戚，水晶饼也常常被当作走亲访友的"面前礼"。新泰成水晶饼，比送油料、白糕仔有面子多了，走亲戚是绝对不会被人看低的。如果是拜访官员，送水晶饼有赞其"廉洁奉公，清白为人"之意，常会搏得意想不到的效果，那是送礼人乐意，收礼人高兴。为方便携带，新泰成把十块水晶饼用纸卷成一筒，这种独特包装一直延续至今。

在古镇人家的人情往来中，水晶饼是如此的意味丰富而深厚。

如火如荼开场的新泰成，在之后的时代风云际会中，经历了不少的坎坷。民国23年，大樟溪发大水，由于店面临溪，一层店面淹至梁底，原料、成品损失惨重，木制饼具漂走流失。解放前夕，国民党96军溃逃到嵩口，强取豪夺，新泰成被搜刮走所有面粉、白糖，门店被迫关门停业。

不断遭受涂炭的新泰成却依然薪火相传。民国28年，新泰成开业十周年之时，三个股东同年添了丁。那年年终做"尾牙"时，新泰成大摆宴席庆贺。三丁之一，郑家阿辉的儿子阿华，后来继承了新泰成的衣钵。

1950年，郑家阿辉为了传承事业，另开立了"新德成"分号，重新创业，年仅12岁的二儿子阿华开始学艺。三年后，阿华出师之时，遇上了公私合营大潮，接着又进入私人资本改为集体化的进程，所有的糕饼从业者被并入了手工业联合社，"新德成"也集体化了，阿辉和儿子阿华，以及原新泰成其他师傅都成了嵩口综合食品厂的骨干技术员，饼店的工具行头也被征用。林家二二成了饼案大师傅，郑家阿辉是糕案主理，阿辉儿子阿华当上了糕饼车间主任。新泰成走上了社会主义发展道路。

那是物质资源极为匮乏的年代，水晶饼的生产工艺也因时制宜地进行了改造。师傅们充分利用随机供应的物资，开发出了"红糖馅""白糖馅""肉皂馅"等不同的馅料。还改良了工艺，做出了口感不同的水馅和散馅等不同等次的水晶饼。每年临近中秋节，人们依然是排队抢购水晶饼，而盛况较之前任何时候都是有过之而无不及，甚至可以说几近疯狂。上世纪70年代，还曾发生过挤歪柜台，致使货柜上饼箱掉落砸伤人的事件。

时过境迁，西式糕点开始普及，水晶饼这类传统糕点渐渐地淡出了青年一代人的视线，但"三出头"宴席依然为它保留了一席之位。出门在外的人，也会捎带这酥香甜润的家乡味赠送给外乡亲朋分享。而随着嵩口古镇开发的不断深入，越来越多的异乡访客到古镇体验风情，新泰成老字号的水晶饼，也就成为游客们首选的伴手礼。

千年水晶饼，寇准一片清白不染心；百年新泰成，代代糕饼手艺人怀揣坚韧不拔心，在传承、发展中适应时代，创造历史。美食水晶饼，古镇厚重的文化符号，它走进这开放的时代里，成为一叶从遥远时代寄送来的芬香信笺。

美人糕点美仁心

□郑钟健

有一种美食，说起它的名字，怜香惜玉的情感会让人有点舍不得下牙；回想它的味道，又美得让人情不自禁地去舔舌头。它油香甜润、芝香四溢、入口即化，细细咀嚼后咽下，沁人心脾的甜香就涌上心头。如果再啜上一口明前茶，那种荡肺清肠的舒畅定会直透脚底。那是什么美食？美人糕！百多年来，古镇嵩口的一代代居民无不会异口同声地喊出它的名字。

美人糕这醉人的小点心，它陶醉了古镇人百多年。这撩人心扉的名字，让人按捺不住要去寻味它背后深藏着的美丽传说。

嵩口古镇对面下山后的郑坑里垅，有一座郑姓与许姓合葬的祖坟。祖坟的墓碑上刻写的是两姓家族两对先人夫妇的名字。异姓的祖宗，怎么会埋在一起呢？这和美人糕又有什么关系呢？

清朝咸丰年间，嵩口码头的繁华吸引了一个来自莆田涵江的小伙子，他带来了新婚的妻子，落脚古镇谋生。小伙子姓郑，干净利索，肝胆义气；妻子陈氏，典型的兴化女子，年轻漂亮、勤劳贤惠。两口子在直街租了一间店面经营莆田鱼虾干货，生意不错。陈氏有祖传的莆田糕点手艺。看到嵩口码头人来人往，勤劳的陈氏按捺不住兴奋，说服丈夫让她兼营糕点。于是，干货店的柜台边，便摆出了正宗莆田涵江特色糕点——八果糕、油料糕等。陈氏的糕点，手艺正宗，用料考究，陈氏还长得俊俏，待人热情，加上做生意童叟无欺，就吸引来了很多顾客。不几年，夫妻俩经营的生意，日渐欣荣，积累了不少的财富。

一年，腊月里的一天，祭灶的日子越来越近了，街上往来的人都高高兴兴地备着年货。傍晚，准备打烊的陈氏突然听到有人喊："有人跳溪了！"从小在海边长大的她，本能的反应就是"赶快救人"！她第一个冲到溪边，不顾寒冬腊月溪水的冰冷，也不管深浅不一的楼下潭的险恶，扑向大樟溪，向落水者游去。凭借娴熟的水性，她很快就把落水者救上了岸。幸好抢救及时，落水的女子只是呛了水，并无大碍。被救女子缓过气来，却又不停哭泣，心地善良的陈氏边安慰，边开导。女子长得标致，姓林，是龙盘厝许家媳妇，年龄比陈氏小两岁。林氏哀怨地哭告：丈夫是家里的独苗，从小好吃懒做，坐吃山空，又染上毒瘾，抽食鸦片，偌大的一个家业已渐渐没落。最近她丈夫又迷上了赌博，把家里的房产、田园全都抵押了。眼看快过年了，绝望的林氏才无奈寻了短见。

面对啼哭不止的林氏，善良的陈氏跟丈夫商量，决定帮一帮他们家。他们

美人糕

劝许家男人戒了赌，还拿出自家准备盖房子的所有积蓄，帮许家赎回了房产和田园。见到郑家夫妇如此仁义，肝胆相照，许家为了报恩，主动提出把八扇房屋分一半给郑家。从此，两姓人家共处一厝，郑许两家以兄弟相称。郑家夫妻在嵩口也算安了家。许家男人在大家的规劝下，也改邪归正去经营小本生意。为了让许家能够维持生计，陈氏又让林氏来店里帮忙。人手增加了，原来的糕点生产规模也就扩大了。

起先，她们只做油料糕和八果糕、白糕。陈氏精心指点，林氏也开始学习制作糕点。有一天，刚学会操作的林氏，在制作油料糕过程中，下错了料，她觉得自己把一盘油料糕搞砸了，吓得直哭。陈氏边安慰她，边想着如何修正。她知道要让糕点好吃，是可以添加猪油和芝麻粉的，但不知与原先的配料混合会产生什么样的口感？陈氏很忐忑添加了猪油、芝麻粉，去掉了底与面的米粉部分，做了一盘"无底无面"的"油料糕"，小心翼翼地推荐给老顾客。原本只是想挽救些损失，想不到，第二天，这些尝过新品的老顾客纷纷到店要买那种糕，歪打正着！陈氏她们感到很惊讶，也很兴奋，原来改造后的"油料糕"更适合大家口味。于是，她们店里就增加了这么一个新品种。有个肚里有些墨水的顾客这样总结："有底有面糕（哥）嫌糙，油光一色美人糕。"顾客们也都口口相传，"油光一色美人糕"就传开了，这个新品就被取名"美人糕"。而随着传颂开来的，还有郑家夫妇的仁义之举。大家觉得这夫妻俩不单人俊美、手艺美，他们舍己救人、匡扶贫弱的仁义之心更美。

美人糕渐渐成为镇上人们和往来客商心目中的美食，也成了嵩口传统的"三出头"的宴席上必备的甜点。需求增加了，自然就有人模仿生产。陈氏对有求于她的同行都热情相助，传授美人糕生产技艺，使得原来挤兑她的人都很钦佩这个莆田女人。于是出现了"美人糕美人做，每个都吃怎么做，你也做我也做，教子教孙齐齐做"的局面。

两个"美人"、一种"美味"不知不觉中带动了嵩口糕饼业的繁荣。两个"美人"，促成了郑许两家生时扶持共处、死后共葬一处，这样生死相托的深厚情谊。"郑许结义"是古镇温馨人情中，除"张林世交"之外，又一两姓交好的典范。

美人糕，美因仁义心！

郑家糕点手艺一代代传下，到阿辉已是民国初年了。

民国18年，郑家阿辉、林家二二以及卓家十六合股开办了"新泰成"糕饼铺。郑家阿辉主理糕案，主要负责生产美人糕、油料糕、白糕、八果糕、雪片糕等等。

阿辉手艺到家，对工艺精益求精。炒糕米，淘米到烫米再到晾米，他都注意掌握糯米的含水量。炒米过程用粗砂伴炒，严格把握火候，确保糕米的白度。煮糕糖，这是个技术活。白糖加水煮到一定火候，阿辉只要用勺舀一点糖稀，用两手指一沾，看拉丝情况就能判断糖度。煮好的糕糖要放在铁桶里，再用一根搅棍不停搅拌，直到糕糖翻白，糖的细腻度才够——细腻度决定糕点口感。为了提高品质，阿辉还对美人糕的配方进行了改良，工艺上更加精细：增加芝麻的比例，把碾碎的芝麻过个筛，香气扑鼻口感更佳。阿辉把祖传手艺发扬光大，使得新泰成的美人糕更是家喻户晓。

古镇人家长年地被这糕点的醇香熏陶，成长了一代又一代美食达人。中山村的爱花伯，小吃手艺人出身，年轻时做菜糕和绿豆糕，对甜食颇有研究，糕点工艺上的一点细微差别都能感觉得到。吃了许多店家的美人糕后，还是认定了新泰成。他经常做完自己的生意就跑到新泰成店里等"长头"的美人糕卖。那时候制作美人糕，是用木框压成一版，再用刀切成45绺，4绺一包，装好11包，剩下的一绺就叫"长头"。碰上熟客，这一绺就便宜卖了。爱花伯就是等这"长头"的老顾客。

他五指并拢用整个手掌托着这一绺"长头"，找个靠墙位置坐着，背倚墙面，眯着眼小口品尝。他从不在吃糕时喝水，说是：喝了水，美人糕就白吃了！他慢慢咀嚼，让糕糖的清香、芝麻糕粉的酥香、猪油的浓香充分与每一个味蕾接触。这嗅觉、味觉完全被食物的香气满满包裹的感觉，这应该就是身在人间而感官入天堂的滋味了。用爱花伯的话是"美人糕慢慢嚼，金鸡母拾得着"，"吃就吃个透脚"！

美人糕，美醉食客心！

解放后，新泰成店号传到阿华手上。阿华，是先父。这时候，父亲加入了食品厂。工厂是集体化生产，讲求效率，但父亲从祖上传下的技艺却从未打折，依然按规矩来加工，这美人糕也依然保持了百年风味。但那年岁，美人糕成了高级糕点——一般人家没有闲钱，不会轻易花钱买。即使父亲就是制作生产者，我对美人糕的记忆也仅停留在"糕巴"上。"糕巴"，是在做糕点的时候黏在案板上的那点做不成成品的部分，它依然保有美人糕、油料糕中各种原料的精华，是高级的"下脚料"。这个"糕巴"，可以便宜出售，但只有食品厂的职工轮流着才能买到。一圈一圈圆圆的"糕巴"是我童年幸福的记忆。

改革开放后，食品厂解散了，父亲重新开张了新泰成，但用他的名字，新立店号为"清华糕饼店"。父亲精心延续着祖传手艺，为了让美人糕在"三出头"宴席上更喜庆，他用圆形花朵样的模印代替了原来版切的长条形，使美人糕外形更可人。而这之后，中华大地改革风起，古镇人们的生活水平蒸蒸日上，美人糕乘着东风，又一次焕发了生机。

美人糕它诞生于郑氏家族的仁义之举，百多年子弟们继承又创新，成就了"新泰成"这一百年老字号。郑家至今依然保存两个老物件：一杆铜质的定盘称和一块硬木糕印。前者寓意"公平"，后者代表"规矩"。"公平"与"规矩"，这是新泰成世代传承的店规训示，也是古镇历史沿革中，许多手艺人与商户秉持的道义。

美人糕里代代"仁心"美。品赏"美人糕"，思有"美仁心"。

舂 墙

□许鸿松

"噗笃,噗笃……"那一阵阵伴随着大师傅、二师傅手中的墙槌交错起落与泥土亲吻所发出的短促而沉闷的,偶尔还夹杂着墙槌与墙斛的撞击声响,是美妙的交响乐曲。俩师傅槌起槌落,鸡啄米似的,动作娴熟、轻盈。这是杂技表演,这是空中舞蹈,这是力与美的完美结合!

土墙日渐增高,已到了修尖峰的阶段。随着大师傅的最后一槌落定,东家随即点燃一挂百子鞭炮。噼噼啪啪的响声,宣告这一次的舂墙工程已经完成,新的一座房屋将在大地上诞生。

舂墙,就是在不同地域,采集当地的泥土作为主结构材料,再通过舂筑夯实的方式筑成墙。舂墙建筑,是用墙斛、墙槌等工具,将泥土舂筑密实变硬而垒建起来的土木房、庄寨堡。

随着汉族南迁,从唐代开始,福建的舂筑技术逐渐发达。到了明代,福建山区农村房屋都以黏土为主要建筑材料,并利用舂筑技术而建造。明清时代,福建的舂墙建筑,达到登峰造极的境界。嵩口地区舂筑土墙的技术,也正是在这一大环境中发展起来,所筑之墙薄又坚固,能够达到抗震的要求。

要舂好墙,必须把握好几个关键步骤。

首先是舂墙的用料。土墙以土为材料,土质的好坏,直接关系到土墙的坚

舂 墙

固性。舂墙之土，最忌肥土（脏土），"寸土之墙不可污也"，一定要选用去掉土皮的，洁净的二重土。

可选用黏性较好，含砂质较多的黄土。如果黏性不够，还要掺上"田岬土"（又称田底土，即水田下层未曾耕作过的黏土）。一般净黄土干燥后收缩较大，筑成土墙易开裂。含砂质则可降低缩水率，以减少土墙开裂。掺黏土是为了增加黏性，保证墙体的整体性与足够的硬度，各地方泥土的含砂量千差万别，黄土、黏土、砂土配合比例，这完全靠经验确定。通常不能直接使用生土，而要把生土掺合的田底土等反复翻锄、敲碎、调匀。翻锄越细，堆放的时间越长则越好。这实际是促使土壤中的腐殖质发酵腐熟，这样的泥土舂筑成的土墙，强度高且不易开裂。

财力雄厚的东家，为了建筑的长久性，舂墙用料更为讲究。他们通常用"三合土"，即黄土、石灰、砂子拌和舂筑。有的土中还掺入红糖和糯米浆，以增加土墙的强度。

其次，舂筑时对泥土中含水量的控制，这也是保证土墙质量的关键。含水量太少，土质黏性差，舂筑的土墙质地松散，不结实。含水量过多，土墙无法舂筑，水分蒸发后墙体容易收缩开裂。施工中，依据经验掌握，熟土捏紧能成团，抛下即散开，就算水分合适。

土墙高度大，又有相当的厚度，再由于自重和上部荷载的作用，以及本身干燥过程的收缩，整个墙体在施工过程中变形是在所难免的。保证墙体变形后仍能保持垂直，这是舂筑土墙施工的一大难点。除施工过程中不断检测之外，从实践中摸索出一套保持垂直的经验，以指导实践至关重要。日晒风吹，向阳背阳，干燥快慢等外部因素可能对墙体造成的影响，舂墙师傅都要做到了然于胸。

第三，是墙身的构造处理。墙脚用石头干砌，以防雨水浸泡。墙的厚度从底层往上逐渐递减。外皮略有收分，内皮分层退台递收，一般每次减薄二寸，这样在结构上更加稳定，又减轻了墙身的自重。

为增加墙身的整体性，在土墙的内部，还配置"墙骨"。木斛之间，通常用杉木片，或将毛竹劈成一寸多宽的长竹片，作为筋骨架在舂土墙之中。墙的高度方向，每隔三四寸放一层墙骨。其水平间距6到7寸安放墙骨。在斛与斛之间，可用更长的竹筋拉结。其法是在斛底伸出比墙斛板本身长一两尺的竹筋，以备前斛充注完成后与后斛的衔接。下斛如法炮制。在高度方面，舂墙过程中，上下斛之间各层均错开铺设墙骨，以避免"通缝"。经过墙骨、拖骨的拉结，土墙的整体性能大大增强。在外墙的转角处，还要特别布筋加固，即用较粗的杉木或长木板交叉固定成L型，埋入墙中。通常每三斛土墙放置一组墙骨拉结。

最后，在舂筑施工中，有一套科学的方法。每斛土墙分三重筑就，也就是一斛土墙分三次倒土舂筑完成。而每倒一次土，又分三阶段舂就：首先把墙的边缘重槌舂筑，然后在中间每隔三五寸舂一槌，俗称"花槌"，最后按步骤把整斛土筑实。如果无规则地乱舂一通，墙体很难舂得均匀结实，且最易降低舂墙的效率。

舂墙分阶段有序进行。房屋层高约3.6米，通常分两阶段舂筑。第一阶段舂筑八斛，停歇个把月，待墙体干燥到一定程度时，再舂第九斛，直至一层的高度。随即在墙体上挖好搁置"楼拱"的凹槽。深度按楼拱的大小形状有所变化，重点是保证楼面的水平。铺好楼拱不久，即可重复以上两个阶段的舂筑法，舂出第2层楼的八斛，依次直到顶层。

一阵鞭炮声过后，大师傅指令挑土工把舂墙时特意留下的一袋泥土，从顶层挑回到地面，挑到厨房中，以备做灶之需。这样做成的灶，俗称"扇下灶"。房屋乃万年宝盖，灶为五祀之一。一担泥土衔接利用，寄托着东家对财、丁、贵的追求，对瓜瓞绵延的企盼，昭示着社会长存，而我家族之永续。

千年的薪火相传，嵩口地区的新郑炮台、祭头铳楼，各姓氏的宗祠，龙口厝、下新厝、耀秋厝、下车碓、下坂厝，以及万安堡、宁远庄等古建筑，它们的版筑土墙的技术无不达到巅峰水准，是本地区人民勤劳和智慧的结晶。

防火墙

版筑土墙，需要舂筑、挑土、挖掘硬碎土块等施工人员的团结协作，同样需要配套的施工工具。工具有墙斛、斛头、斛头批、墙槌（夯杵）、墙括（拍板）、铁铲、锄头仔。

墙斛由夹墙板、斛头、斛枷、斛坠组成。两寸多厚的夹墙板长度为6尺8寸。斛头的高度厚度与夹墙板同，宽度通常有1.2尺、1.4尺、1.6尺等不同型号，由所筑土墙的宽度决定。

夹墙板与斛头可根据不同需求随时组装或拆卸。在斛头板外面的正中心，弹上一条垂直的斛头绳。其上方钉上铁钉。铁钉上挂着一个锡坠。这个装置起到水平尺的作用，用以校正版筑土墙的垂直。夹墙板与斛头由结实的杉木板打造。斛枷成"井"状。下面的一长横，系一结实的厚杉木板制作。其凿空的部位，可调节为1.2尺、1.4尺、1.6尺的宽度。上面一短横"斛顶"及两边羊角状的两个配件，由硬木制成。斛枷起固定墙斛的作用。斛头批一副。由两块等腰直角三角形的杉木板制成，用绳子连接。用以装饰转角、墙头之用。

墙槌（夯杵）两把。高过人头，状若哑铃。用石楠、青冈、水团花等硬木制作。尤为水团花制作的最佳。水团花因其生长在水边，开小圆球状的绒花而得名。水团花本地俗称"金青柴"，树皮有青黄夹杂的斑纹。去皮后呈象牙的颜色。质地坚硬如铁，纹理细腻似玉。其硬度与柔韧度达到黄金组合。木工师傅常用金青柴制作斧头柄。据说，作业时若斧头柄不慎击中软肋，有不致受伤的功效。

斛箸两副，纯硬木制作。横架在墙基或土墙上，以承重墙斛。墙括（拍板）一把。用以拍打土墙表面，使之光滑，结实。铁铲一把。类似花和尚的铁铲，以削补土墙表面凹凸不平处。锄头仔一把。安放斛箸，填补斛箸眼，以及装卸斛头斛枷之用。

但愿流传千年的版筑土墙的技术，能得以挖掘与传承，俾以传之久远。

时光深巷觅跫音

□程作邻

又一次，我走在嵩口古镇的古街上……

在我前面的，是向导老林和林大姐。

我深吸一口古街的气息，感觉吸了一口深邃的历史，我的内心深处就莫名地腾起一股揭秘的冲动。我知道，那光滑的卵石路，整饬的商铺，斑驳的木门，剥落的墙体，甚至是夏日里燥热的风，都潜伏着千年古镇的密码，都隐藏着古镇文化传承的基因。只有揭开这些密码，你才能真正读懂这座千年古镇的魅力。

大樟溪流经嵩口，依着这里独特的地形，自西向北又浩浩荡荡折向东去，围出了"心"字地形。嵩口古街就位于靠近"心"尖的位置，主要由四条主街道纵横而成。在125县道与古码头之间，自西向东有一条狭而直的街道纵向通往大樟溪，叫直街，大约七十多米长。直街的中点处，分岔出一条与大樟溪近乎平行的街道，那是横街，横街也不长，约三四十米。横街的另一头又有一条街巷与直街平行，通往古渡口，名唤米粉街。直街、横街、米粉街，构成了一个"工"字形。而在米粉街的南端，又接有一条略带弧度的街巷，弯向关帝庙，是为关帝庙街。关帝庙街就像一把椅背，与"工"字连在一起，拼成了一把"靠背椅"。这把靠背椅似乎是古镇人民为远方的客人特意准备的。简简单单，四条街，四笔勾画，就画出古镇人的盛情。

渡　口

　　四条街的取名也颇有意思。接地气,是我感受最深的一点。横平竖直,所以就"直街""横街";街上曾经有许多加工米粉的作坊,米粉街就约定俗成;街道终点是关帝庙,关帝庙街就应运而生。实实在在的老百姓的话语风格。不高端,不文绉绉,尽吹乡野之气。正当我为自己的理解自鸣得意,老林却给了我另一番解释。他说,古码头岸边地势似龙头,当时商贸异常繁荣,日进斗金,直街直通古码头,"直"意味着直通财富。原来,这是一条"直"通财富的街,寄寓着老百姓的朴素又美好的愿望!我不禁暗暗哂笑自己的浅薄。

　　四条街虽然都以"街"为名,但在不同的历史时期,它们的特点和功能却不尽相同。

　　直街曾是古镇最繁华的商业街,三米多宽的街道两旁,店铺鳞次栉比,售卖的商品门类最齐全,吃穿用度无所不含。直街还保留着四条街中仅剩的一条溪卵石路。那些大大小小、或红或黑的卵石,光滑剔透,俨然排列,从脚下延

邮　局

嵩口直街

街市印痕

伸到古码头。走在卵石路上，你瞬间会有一种走进时光深处的感觉。弯下腰摸摸卵石，岁月的纹理便在你的指腹间温柔传递，然后蔓延到你的心间。偶尔有一个穿着高跟鞋的女子走过卵石，你听，"笃、笃、笃……"的声音就会在巷子里响起，你的心便不由然地"笃、笃、笃"回响……是谁叩响你的心扉了？中午时分，阳光打下来，被窄窄的屋檐割出窄窄的光阴，印在窄窄的深巷，你会感慨：时光在这里走过千百年，千百年来有多少人在这里走过？突然下了一场雨，是小巷做了一次深呼吸，雨水濡湿了巷子，卵石露出了历史，红褐色的脸庞像沉酣的老者，辉映着雨后的阳光，那一刻，小巷容光焕发，历经沧桑，归来，他仍少年……

卵石路的尽头就是坤门兜，这是极具古街地标意义的建筑。坤门兜是一座由青石垒砌拱成的牌楼，虽不宏伟，却也大气。上有一块匾额，书有当代著名诗人、书法家赵玉林老先生的墨宝"群贤毕集"四个大字，寓意古镇人文荟萃，人才辈出。题字左边落款"佛子明璧"，右边注题字时间"壬申孟冬"。匾额下方左右两侧还有一副对联："观日月盈昃悟人生之道，念乾坤辗转宁命运所裁。"赵老出生书香门第，其父被称为"诗佛"，"佛子明璧"即赵老先生别号。赵老于1947年参加民国选拔县长的考试，考了第一，被称为"末科状元"，担任了永泰末二任县长。1949年4月，他意识到大势已去，就离开永泰。时光流转，1992年农历十月，壬申孟冬，时隔近半个世纪后，赵老重回故地，曾经的父母官，面对自己曾经所任的这片热土，面对滔滔大樟溪水，面对曾流连过的幽幽古巷，"日月盈昃""乾坤辗转"，造化弄人，该有多少感慨涌上心头，尽在短短一副对联中矣！

嵩口的许多老字号也都诞生在直街，至今，有的老字号依然坚守着。我走进了一家老字号——林记竹艺店，里面展示着大大小小各类竹制农具、竹制渔具，还有许多颇具创意的小手工艺品，水车、帆船、风铃……无不做工精致，惟妙惟肖，传统的手工艺在林老师傅手上推陈出新、焕发新生。竹艺店的一堵墙壁更引起我的注意，略显灰暗的白石灰壁上，赫然三个黑色大字——"新泰成"。新泰成是百年老字号糕饼店，历经两朝，虽然店址数经搬迁，但"新泰成"品牌的传承从未中断过，"新泰成"糕饼更是历久弥香。竹艺店旁边的钟表修理店出现在上个世纪 50 年代，店主人林师傅已经年逾古稀，苍颜白发。他右眼戴着钟表眼镜，左眼半眯着，全神贯注于手上的活儿。随着时代的日新月异，现在已经很少有人戴手表了，需要修的手表自然也是少之又少，但老师傅还是秉承着一贯的认真。几十年的光阴弹指一挥间。他这一生一定修好过许许多多的手表，却无法留住已逝的光阴。然而，这对于老师傅来说，似乎风轻云淡，你看，那台修表柜不是依旧驻守在时光巷口，从容目送着过往云烟吗？

两位向导还热情地邀我到"嵩口古镇正宗蛋燕"品尝嵩口一绝——蛋燕。店主林阿姨向我展示了"老字号"的风采：湿粉、调蛋、和浆、煎饼、切条、汤煮，几道工序一气呵成，毫不含糊，短短十来分钟工夫，一碗色香味俱佳的嵩口蛋燕就上桌了，尽显老字号功夫！林阿姨年逾花甲，却仍显青春，风趣幽默，谈笑间，但见老字号的自信。

关帝庙街与直街颇为相似，曾经也是各种商铺云集，许多手工作坊就在这条街展开生产。打铁铺、豆腐坊、理发店、线面坊、木材店……都浓缩在这短短几十米的街道上，如今已不复当年的繁盛，多数木门掩闭，少数几家还开门营业，只是顾客寥寥，令人唏嘘。米粉街则以旅店居多。老林指着米粉街两旁的房子画了一个圈，慨然道，那时各地客商蜂拥而来嵩口，许多旅店都人满为患了，这条街的人看到了商机，就家家户户纷纷开设旅店，也就形成了旅店一条街。横街是四条街中最宽阔的一条，街面有十多米宽，两列二层楼的青砖平房相对而峙，颇有气势，在四条街中显得高大上，风格也迥然不同。这条街被称为金融街，几十米之间，邮局、银行、商会、供销社，林林总总一应俱全。

我穿过坤门兜，来到了古码头，河滩上停放着十几条竹筏，大樟溪的流水悠悠东逝，历史的风云在这里际会。上个世纪 80 年代之前，由于地处四市五县交通要冲，又有大樟溪水路之便，嵩口商贾云集，四面八方的商品汇聚于此，交换之后，又运往各地。德化的瓷器，尤溪的海纸，莆田的食盐、鱼货，福州的布匹，甚至有浙江的客商来这里种香菇售往各地……闭上眼，仿佛就能看见河面上千帆竞过、竹筏争流的场景，仿佛就能听见古街各种叫卖声的吆喝与喧闹。古码头的繁荣，推动了街市的繁荣，于是，嵩口古镇这个"心"形之地就逐渐形成了四条街的"主动脉"，它们将南来北往的物品在这里融合、优化，然后又输往全国各地。熙熙攘攘，人头攒动，当年四条街繁华似锦的景象，该是古镇人民心中永远的梦吧！

外来客商的聚集，也带来了外来文化，天后宫、天主教、基督教青年会……与土生土长的德星楼相伴在这样一个弹丸之地，古镇人民以宽广的胸怀包容了，以诚挚的热情接纳了。于是，咫尺之间，就实现了从陆上文明到海上文明，从东方文明到西方文明的跨越。于是，各种文化的血液也在四条街流淌、交融，肥沃了古镇的文化土壤。

林大姐说起她小时候的一段往事。一个平潭岛的客商每个月都会运来许多海产品交易，林大姐一家热情地接待了这位客商。后来，这位客商一来古镇就住到她们家，送给她们各种海产品。每当她家煮锅边时，往里面放一些海产品，那味道，美极了！林大姐说，她们家的锅边是全镇最好吃的。她说得仿佛都要流口水了。后来呢？后来，平潭客商还收她母亲为干女儿，她也就多了一位"干外公"，每逢年过节，干外公都会送来很多的海产品……

林大姐说得津津有味，我听得心驰神往。我不禁打量起眼前的两位向导：老林年逾古稀，鹤发童颜，笑颜常驻。他骑一辆老式自行车在古街兜转，他曾任长庆镇人大主席，退休后，就到社区里发挥余热，执着于古镇文化的研究与传承，他介绍起古镇来，侃侃而谈，铿锵有力，话语里是满满的自信与自豪。林大姐四十多岁，沉稳干练，粗犷又不失心细，也是在社区工作，说起古镇的事，同样是满满的豪气、爽朗、自信！他们和那些老字号，和那些栖生在这里的一石一木、一房一物，都是岁月的沉淀。

繁华落尽，古街归于平静；喧嚣过后，灵魂回响余音！历史沉淀下这片热土的包容、海纳、自信、坚守、传承、创新，就是千年古镇最美的"老字号"，就是四条街孕育出来的文化魅力，就是时光深巷最久远的跫音！

嵩口中山打猎队的"约法三章"

□张华灿

嵩口四面环山,植被茂密,野兽经常出没,主要有野猪、山麂、貛、獭等,这些野兽破坏庄稼,其中尤以野猪对当地农作物为害最甚。曾有"山里人一夜穷"的说法:谷子成熟季,往往一夜之间,一大片稻田就被野猪们全部糟蹋干净。嵩口中山村因此设立了打猎专业队,这一举有两得:保护庄稼,还增收——可以有肉吃。

中山打猎队规则不多,无具体惩戒措施,却几乎没有队员违规,这着实令人感兴趣。在队员林胞弟师傅泛黄的笔记本里,分条列项记述了猎队规则,其中夹杂些嵩口方言写成的狩猎专用语,即"猎语"。

规则首先规定的是,邀请的上山人员,须由队委会研究决定;上山打猎的队员要摒弃私心杂念,必须共同劳动,同甘共苦。

其次,猎队晚餐(方言称"围山")有讲究:队员不能先尝味道,必须等祭拜"打猎师"仪式结束,才能尝味,以示对神的敬重,这与基督徒在吃饭前要做谢饭祷告相似。队员们认为,打到猎物是受"打猎师"所赐,是神的恩典,因此要先感谢祖师庇佑。吃饭前要保持肃静,等螺号响过三声,嘴唇轻点一下杯中酒后一口闷下,筷子只许一次夹走野猪肉,不能随意翻动;酒肉过后,方可讲话。队员们在吃的过程中,不能说味道太咸、太淡以及太饱之类的话。他

猎队原则

民国初期中山打猎队曾被编入地方保安团有效的维护了嵩口一方的平安。

嵩口中山打猎队

们相信，做好这些，以后会猎取到更丰富的猎物。

打猎队的成员都是农民，平常犁田耕地时与人交流，总是扯着嗓门吼。而且猎队人员多达几十号，要让他们上山打猎时不发出一丁点声音，不靠平时定下严格的规则并严加训练怎么能做到？打猎队树立这样的规则，在吃饭这样的日常中见缝插针地训练，然后形成仪式感。久而久之，队员就形成了保持安静的习惯，彼此间的配合也渐渐默契起来。野猪警觉性强，要是听到附近有声响，会迅速逃遁。只有把队员训练成无声的战士，才可能打到猎物。

规则里还对猎物分配做了规定。为体现公平公正，所有队员没有优先权，不搞特殊化，切好野猪肉后叫唤队员的姓名来领。队员领到肉不能谈论好坏，包括队员家属也不得随便议论。队员都认同，妄加议论，会使下次打猎收获不到猎物。在分肉过程中，队员就这样再次受到"静默"培训，家庭成员在这个环节中也受到了教育和训练。

野猪肉的分配上，野猪腿分别分给枪中野猪者、寻迹跟踪猎物者、队员中即"枪份"者、"打猎师"。"打猎师"是祖师神，分给"他"的那只野猪腿是用作祭品的，之后被派作晚餐中柴米油盐酱醋等费用的开支出处。猪头、内脏（腹里）、猪颈肉（二首）等，到祭拜完就作为队员的晚餐了。

1962年起，重组打猎队，改革野猪分配办法："打猎师"30%，寻迹跟踪者20%，"枪份"35%，中枪野猪者15%，补枪者另加一份"枪份"在"打猎师"份额里；野猪肉要除去头、猪颈肉、四脚后净肉分配。野猪百斤以上要杀鸡、做糍粑各一份；百斤以下要蒸白米饭、备一份白粿。猎犬也称"灵狗"，按"枪份"打8折分猎物，也在"打猎师"份额里切分。还规定：打到小猎物如山鹿、豪猪10斤以下的，就当作队员"围山"；10斤到20斤的，中枪者奖1斤肉，猎犬分3两；20斤到30斤的，中枪者分1.5斤肉；30斤以上的，奖中枪者2斤肉等。

这就是猎队全部规则：猎队团结协作、晚餐禁言以及猎物按劳分配，此三条刚好可以称为"约法三章"。其中对队员禁言习惯的培训，贯穿始终。

几乎各个行业的从业者都有敬拜本行的神祇，做生意供财神，木匠敬鲁班、屠夫有张飞，酿酒拜杜康等，无非想祈求神明助自己事事顺利，逢凶化吉。中山打猎队敬奉的是"打猎师"。据说，打猎师生于明嘉靖时期闽西的白鹤村，兄弟三人姓陈，后迁居嵩口月洲湖里溪，得道于龙潭溪。其中老大陈六师，也称"陈天师"，嘉靖乙酉年（1525年）八月十六子时生，乙丑年（1589年）得道。此人能文能武，既能打猎，还认识草药，是治病救人的神医。其神像一脚穿草鞋，另一脚穿布鞋。老二陈七师，四月廿二生，生卒年份不详。他精通八门遁甲，生死活门，上布天罗，下布地网，百发百中，猎取诸多野兽。假如他不上山打猎，野猪会从活门溜跑，但陈七师腿脚不便，每次都是徒弟背他去打猎。刚开始，打得野猪后，得意忘形的徒儿们忙着把野猪抬回家，先行宰杀、煮食。等他一瘸一拐到家时，已是半夜时分，徒儿们把野猪肉吃得所剩无几了。陈七师教训了徒弟们。其后，为了表达对陈七师的敬重，徒弟们特意杀大公鸡给他备晚餐。由此，猎队流传"请打猎师背布带"的说法："背布带"是当地妇女背婴幼儿用的背带，此俗语意思为，打猎师瘸脚，请他带上背布带，好背他回家。陈八师，农历二月十六生，生卒年份不详。他精通猎物跟踪，不论天晴下雨，都能辨认野兽新旧印迹。

每次上山前，队员必然祈求这三位猎师神灵的保佑，以让自己得胜归来。即使平时，他们的神所也是香火不断。

另外，猎队还跪祷郑老师傅。郑老师傅又名"郑相公""二爷师傅"，农历七月十三生，福州下路尾人氏，生卒年份不详。据说他一生爱拳脚、喜乐事、好演戏，打猎时拔猪尾，能传达兽语。因小时候吃蛋噎住，怕吃蛋，怕哭声。他识草药，心地善良，救助病人，在民间做了许多好事，爱吃糍粑与鸡鸾。因此猎队每次得胜归来，要备这两份礼敬谢他。

打猎队管理规则之所以能执行到位，与每个队员心存敬畏、恪守规矩是分不开的。上山之前不忘虔诚敬拜猎师，打猎回来记得备礼感谢师傅。他们也许不懂得四位师傅的出生年份，但牢牢记住了每一位打猎师的农历生日。这难道仅仅简单归结为宗教迷信？不，这更应该是人性中最光辉、最善良的感恩文化在民间的积淀与延续，是我们中华民族传统的美德，它有着强劲的力量源泉和

打猎队史料展示

更广远的发展空间。

"上山打猎，见者有份"成为嵩口当地俗语。功高者多分肉，连猎犬也无遗漏，既公平、公正，又考虑激励导向。许多年来这些规则从未被破坏，即使在三年自然灾害的困难期，在那个食物极度匮乏的特殊年代，也没有哪个队员因分配猎物不均出现意见不和、离心离德而影响猎队团结的现象。

孔子说："君子有三畏：畏天命，畏大人，畏圣人之言。"意为：人要敬畏天命、敬畏居于高位的人、敬畏圣人的言语。打猎队队员多数目不识丁，他们也许没听过这个大道理，但他们有虔敬之心：敬畏天地、敬畏自然，敬畏猎师、敬畏猎犬、敬畏规则、敬畏猎手职业。敬重与畏惧的心理教会他们：人不可过分随性，必须规范与约束自己的言行举止；有了敬畏心，才有凝聚力。这是一种朴素的精神境界，一种生存的明智选择，一件永不失败的法宝。

《周易·观卦》象辞里说："圣人以神道设教，而天下服矣。"意思为"圣人观察到神奇的规律实施教化，因而所有人纷纷顺服"，中山打猎队创始者培育敬畏之心，不治而治地教化队员：不守规矩就会导致上山打不到猎物。没有猎物意味着什么？这是不言而喻的，这种惩罚是以神道设教。在民间道德品质教育中，类似的神道设教还很多。比如小时候家长教小孩不要打癞蛤蟆，说它是天上雷公的女儿，打了会遭雷劈，其中的科学道理是：癞蛤蟆是吃庄稼害虫，打死它，害虫自然多了；而且它有毒，小孩子去玩也不安全。小孩子不敢动雷公女儿，偶尔动了，下雨打雷，心里特别不安，感到焦虑与害怕，默默地祈祷着雷千万不能劈下来，这种威慑力小孩永远铭记在心。还有小孩子吃饭总是不小心掉饭粒，父母看到说浪费粮食，下雨打雷时会被劈，小孩自然不懂父母说这话的真实用意，只是感觉浪费粮食有可能会招来一道闪电横劈下来。这种敬畏让他们从小学会珍惜每一粒粮，珍惜每一餐饭，这比现在满大墙张贴，电视许多频道一遍遍播放"珍惜粮食"类的标语，效果要好上百倍。还有，比如古人说垃圾是财富，扫垃圾要往自己家里扫，扫进家门，家财就多了；往家门外扫，财产就会被扫走了。试想：如果垃圾都扫到路沟或马路中间甚至别人家门口，会达到清洁环境保护家园的目的？邻里和谐关系不会出问题？再比如农村老宅屋后常耸峙着一大片"风水林"，古树硕大，盘根错节，浓荫蔽日，却长久以来无人乱砍滥伐，对比周边山上，往往芒草披覆，荆棘丛生，少有树木生长，因为老人们讲砍了"风水林"的人，会肚子痛，家里会不顺。人们也就宁可信其有，而不敢壮着胆子去砍那片树林。神道设教的事太多了，就不一一列举。

由此可见，神道设教是古圣贤用心良苦，巧妙地利用了人们敬畏神祇之心，以神道设教达到劝人向善的目的。常言道"不看广告看疗效"，在科技高度发达的今天，民间的这些东西也许还没有过时。此为中山打猎队规则所得到的启示。

逢 生

□黄卓伟

一

嵩口镇，溪湖村，正月初六，晨。

天刚蒙蒙亮，老林坐在自家小院子里，准备给肥狮狮背上缝制鬃毛。

肥狮是永泰县嵩口镇出名的民间舞狮艺术表演，已经有一百多年的历史。逢年过节，吉屋落成，新店开张，人们必定要请肥狮来表演。"噼里啪啦"鞭炮一放，"哐呛哐呛"锣鼓一敲，肥狮就舞了起来。肥狮外形呆萌，憨厚可爱，表演惟妙惟肖，引来乡亲们的阵阵喝彩，热闹吉利；狮是百兽之王，又能驱恶镇邪，保佑平安。相传有一处老宅，住进去的人小则诸事不顺，大则重病往生。新主人思前想后，请溪湖肥狮进老宅劲舞一番，之后便风调雨顺，万事大吉。于是溪湖肥狮受到嵩口百姓的推崇，在上个世纪的贫苦年代，每次出狮回来，舞狮师傅必定收获满满一筐的猪油糕（因生活贫苦，百姓以送猪油糕的方式来表示答谢）。老林是溪湖肥狮仅存的传承人了。如今的古镇，早已不如从前热闹繁华，青壮年们大多到城市去读书、讨生活，越来越多的乡亲把家安在了县城，老林出狮的次数也越来越少了。

老林坐在院子的石墩上，从兜里翻出一根烟，划燃一根洋火点上，在烟雾氤氲中，老林看着大樟溪水从门前缓缓地流淌而过，溪湖山顶刚刚修葺过的仙

　　公亭，在灰蒙蒙的天空底下依然显得有些破旧。老林闭上眼睛，恍惚之中，想起小时候和父亲一起到仙公亭给新狮开光，想起春节跟着爷爷和父亲走街串巷舞狮……"唉！"老林叹了口气，掐灭了手中的烟蒂，拿出了针线。要赶工了，不然赶不上正月十二镇上的"春宴"了。

　　从去年农历十月十四接到镇政府的通知，邀请溪湖肥狮在正月十二的"春

溪湖村全景

宴"活动上表演开始,老林已经这样起早坐在院子里九九八十一天了。镇上说了,"嵩口春宴"是县里非常重视的活动,目的是将"嵩口春宴"打造成永泰旅游的一张新名片,来带旺永泰旅游市场。老林觉得在这么重要的活动里,表演那只舞了十几年的旧肥狮,会丢了镇上、甚至县里的脸面,有必要制作一只新的肥狮去参加活动。制作肥狮工序繁琐复杂,尤其是这狮背上的鬃毛,全部是用树皮制成。要先把树皮在水里浸泡一个多月，把外皮泡烂之后，洗去腐烂的表层，切割成细条并晒干，然后一根根绑在线上染色，染色后，再把绑着树皮的线缝在麻布上，狮背才算是做成了。老林从兜里翻出老花镜戴上，左手拿起线，用口水把线头沾湿，右手拿起针，张大了眼睛，穿起针线来。可老林毕竟已经五十六岁了，是上了年纪的小老头了，他的大花眼瞪着小针眼，瞪了快有一刻钟，在这大冷天里瞪得大汗淋漓，还是没把那该死的细线穿到针眼里去。

"爸，我来吧！"小林伸着懒腰从房里走了出来，看到了这一幕。他从父亲手里接过了针线，迅速把线穿过了针眼，递给了老林。老林看了一眼儿子，说："人老了，不中用了，连针线都开始欺负我了。"

"爸，瞧您说的，您这还没六十呢！2018年联合国世界卫生组织规定，66到79岁是中年人，80岁以上才算老年人，您56岁，还是青年哥呢！"小林说。

"我自己的身体自己知道，有青年人戴老花镜的吗？"老林瞥了小林一眼，"年轻的时候，我一天舞狮能舞十几场不带喘气的，现在，一场半个小时舞下来，都腰酸背痛得直不起身来了。"老林半点不敢浪费时间，边说边麻利地缝起狮背来。

肥狮表演的确是个体力活，不同于其他的狮种，肥狮表演必须全程蹲着马步，趴着腰舞，一场表演下来，要二十几将近三十分钟，可不是一般人能吃得消的。在溪湖肥狮兴盛的时候，都是九人一起出狮，其中六人是后台伴奏，剩下三人要轮流舞狮。现在肥狮没落了，每次出去表演，除去后台，就只有老林兄弟二人，一个狮头，一个狮尾，全程舞下来，没人可以替手。

小林在老林身边站了许久，仿佛有什么话要说，却欲言又止。他看着他的父亲，曾经乌青的头发已经斑白了，老花镜架在鼻梁上，藏在镜片后的眼睛已不再像以前那么炯炯有神，他坐在那里，佝偻着身子在狮背上穿针引线，哪里有一点联合国世卫组织所谓青年人的样子。小林拿起满是茶垢的搪瓷水杯，倒了杯水递给老林，说："爸，休息一下，喝口水吧！"

老林摘下老花镜，揉了揉眼睛，接过了水杯。小林抖了抖嘴唇，小声地说："爸，要不，您退休吧，别再舞狮了……"

老林刚把杯口凑到嘴边，听到小林的这句话，他愣了一小会儿，把水杯放在了身旁的石桌上，口里喃喃自语："退休……退休……"他一屁股坐在了石墩上，又发了会儿呆，抬眼盯着小林说："这门祖宗传下了的手艺，你学会了吗？"

小林被父亲盯得不自在，不自觉低下了头："爸，我长年在省城上班，哪里有空学舞狮？您不是明知故问吗？"

老林低头拿起针线："瞧你那点出息！你一天没学会，我就一天不能退休。趁着春节这阵子在家，好好跟着我学一学，正月十二跟我去'春宴'表演。"

小林张了张嘴，好像要说什么，又没说出口，他在旁边又站了一会儿，想帮帮父亲的忙，却又不知道从何下手。

天空越来越阴暗了，看起来好像就要下起雨来。

"爸，快下雨了，你搬到檐下做吧！"

老林抬头看看天："不会下的，没事。"

"我把衣服收进去。"小林收了晒在院子里的衣服，转身向屋里走去，踱到门口，看了看天，嘟囔一句："好像真不会下。"他又把衣服晒回院子里，踱到父亲身边，又呆站了一小会儿，终于鼓足了勇气，小声地对父亲说："爸，我明天要回省城了……"

"嗯……"父亲闷哼一声，细针扎破了他左手的食指，他把流血的食指放入口中吮了吮。

小林急切地问："爸，您慢点儿，您没事吧？"

父亲缓缓抬头看他："这才正月初六，你怎么明天就要去省城了？"

小林不敢与父亲对视，他蹲下来，摩挲着父亲正在缝制的鬃毛说："小娟说，正月初八省城有个楼盘搞活动，活动力度挺大，想让我一起去看看。"

小娟是老林的未来儿媳妇，和小林是大学同学，两人已经到了谈婚论嫁的地步。小娟一家是老省城，父亲干了一辈子公交车司机，母亲在小区里开了一家杂货店。老林其实不太中意这个儿媳妇，虽然小娟对小林知冷知热，但是她的父母身上有着省城人与生俱来的优越感，不太瞧得起小林这个来自乡村的黄

肥狮表演

毛小子。两家坐下来谈儿女的婚姻大事，小娟父母要求聘金20万，省城房子一套。为了这事，老林已经把压在箱子底下的存折拿了出来，还准备拉下老脸向亲戚朋友开口了。小林对小娟是唯唯诺诺，言听计从。老林觉得自己养了儿子二十八年，儿子从来没有像听小娟话那样听过自己的话，于是心里常常感慨："人说女生外向，现在完全颠倒过来了，瞧自己儿子那点出息！在省城对老婆丈母娘小心伺候，一年难得回几次家，有时候回来还要给我这当爹的脸色看。毛主席说过，妇女能顶半边天。现在看来，乌央乌央地，妇女已经是一整片天空了。"

虽然在老林的心中，妇女已经是遮天蔽日的存在，可是早晨乌云密布的天际，却的的确确开了个口子，漏下几道日光来。

二

"老林，这么早就开始干

街市印痕

活啦！"一个壮硕的身影大步流星地走进院子。

来的是大陈，陈埔乡纸狮表演的召集人。

小林抬头看到大陈进来，连忙起身："陈叔，新年好啊！"

老林笑着打招呼："大陈，来啦！"

大陈看着老林手里的狮背，说："老林，你这可真是精细活啊！"

接着又走到旁边摸了摸已经做好的狮头："啧啧啧，你这溪湖狮，真是太喜气了！"

老林放下手里的活，走到大陈身边，指着肥狮狮头说："我这狮子，可不只喜气啊，还很环保呢！"老林把狮子头拿起来，指给大陈看，"你看，这制作材料是竹筛和废弃的旧棉被，竹筛做底，用破旧棉被粘贴、压实，面上用金粉粉刷，生活用品废物利用，非常环保。"

大陈用手按压狮头脸颊，的确非常丰满厚实。忽然，狮眼亮了起来，大陈惊讶地问："咦？这狮眼还能亮？"

小林在旁边笑着说："陈叔，这狮眼是手电筒做的，外面用绿纸包着，机关在竹筛里呢！"

大陈抱着狮头东看看，西摸摸，嘴里一直说着："真不错，真不错。"

老林说："你们陈埔的纸狮表演也很有特点啊！"

大陈自豪地说："那的确是，我们陈埔的纸狮，那真是独一无二啊！我那纸狮，可比你这秀气多啦！长才50厘米，里层布，外层纸，所以叫纸狮。"

小林笑着说："陈叔，你那狮子不秀气也不行啊！你那是自己搭舞台来表演的，要是像我们肥狮这么霸气，这么大只，你那舞台得搭多大呀！"

"是啊，我们的舞台就10平方米左右，要自带自搭，就有点像木偶剧或者皮影戏的舞台。"大陈是个话匣子，话题一开，就像打开的水龙头一样，"我们的纸狮表演，那可真不是吹的，每次出去表演，都是大队人马一起去，舞狮两个，舞绣球一个，土地公一个，后台六个。公社时期，陈乃砚、陈乃铸经常代表陈埔乡去各地比赛，还拿过福建省第二名的荣誉呢！"

老林对老陈说："是啊，我们两种狮子表演，特点不同，各有千秋啊！"

大陈抚摸着手里的狮头说："老林，你自己有这门手艺，真是好！我陈埔纸狮制作工艺彻底失传咯！"

老林惊讶地看着大陈："怎么会失传了？"

大陈叹了口气，说："制作纸狮的陈老师傅走了，手艺没有传下来。"

"陈师傅没有收徒弟吗？"老林问。

"现在的年轻人，谁还有心思学这些看起来老掉牙的东西？天天不是手机就是游戏……"大陈直摇头。

大陈走到小林身边，用手拍了拍小林的肩膀，说："小林，你是个好孩子，你爸这门手艺，你可要好好继承下来啊！"

"别提了，就他那点出息……"老林掏出一根烟递给大陈，"来一根？"

大陈摆手道："不了不了，你知道我戒烟好几年了，你也少抽点，对身体不好。"

老林兀自点燃了一根烟，吸上一口，皱着眉头说："他工作忙，一年难得回来几天，怎么继承我这手艺？这不，明天又要去省城了。"

大陈对小林说："小林，你一个人在省城漂着，也没个照应，挺辛苦吧？考不考虑回来啊？现在我们县里发展全域旅游，我们嵩口古镇，正在飞速发展啊！"

小林说："陈叔，我这在省城还有工作呢……"

老林瞟了一眼小林："你也就是在公司上班，以为是金饭碗啊？"

小林听父亲这么说，心里有些不高兴："爸，我这虽然不是金饭碗，但我至少向省城迈出了一步，不像你，一辈子守着破村部。"

老林皱起了眉头，口气生硬地说："向省城迈出了一步？就你那点出息！靠你的工资，能在省城买房结婚吗？"

大陈看父子俩要怼起来了，连忙打起了圆场："老林，也不能这么说，现在的小年轻，刚走上社会，有几个不需要家里帮衬？"又转身对小林说："现在我们嵩口镇，真的是大有可为。你看大喜村的阿杰，原来也是在省城开饭店做老板，现在回来做了村支书，带着村民修路致富，把大喜村搞得有声有色，

自己也开了农家乐,事业做得红红火火啊!"

大陈拍了拍小林的肩膀:"你一个大学生,读了那么多书,回来把你爸村支书的担子接了,把你们溪湖村发展起来,自己也可以搞搞民宿、农家乐什么的,然后把你爸这肥狮手艺传承下去,一举三得,有什么不好?"

小林脸上僵笑了一下,心里想:"发展我们溪湖村,谈何容易!看看老爸上班的村部,小时候是什么样,现在还是什么样。土木结构,连上楼的台阶都是二十年前的木楼梯……再说了,我要是回来,和小娟的婚事那不得黄了……"

古镇人家

老林进屋端出了一套茶具，放在院子的石桌上，对大陈说："来，坐下来，我们泡茶。"小林转身进屋去准备茶点。热腾腾的水雾从茶杯中袅袅升起，阳光已经赶跑了半边的乌云，照在茶水里粼粼发光，天气眼看着转好了。

老林给大陈的茶杯里添满茶水，问："大陈，你说，镇长今天把你叫到我家来开会，有什么事吗？"

大陈啜了口茶说："我也纳闷啊！平常都是通知我们去镇政府开会，今天怎么安排到你家来了？"

话音未落，院门外传来了汽车停车的声音，"砰，砰"两声，从车上下来两个中年男子。老林和大陈起身迎到院门口，来的正是镇长。

老林上前与镇长握了握手，说："镇长，新年好啊！快请里面坐。"

四人在院子里围着石桌坐下，小林从屋里拿了茶点出来，看到与镇长一起来的那位中年男子，惊讶地叫道："咦？王总！什么风把您吹到我们这儿来了？"

王总笑着与小林打招呼："小林，新年好啊！"

老林和大陈在旁边不明所以，老林用讶异的眼光看着小林问："你们俩认识？"

小林连忙向老林解释说："这位是我公司的领导，王总。"

镇长介绍道："这是逢生文化传播公司的王总经理。"

王总向三人微笑致意，说道："这大过年的，就来打扰各位，实在不好意思！"

镇长说:"逢生公司是本届春宴的赞助方之一,逢生公司想在我们嵩口投资一个民俗大舞台,把我们嵩口的民俗搬到舞台上去。"

大陈一听,非常兴奋,大声说:"好啊,好啊,那真是太好了!"

老林迟疑了一会儿,面露难色说:"好是好,可是,我这把老骨头,偶尔表演还可以,要让我长期表演⋯⋯"

大陈听老林这么一说,也皱起了眉头:"是啊,我们的后台师傅年纪也大了,而且,制作纸狮的师傅也走了⋯⋯"

王总看着老林和大陈说:"民俗文化的传承,的确是一个大问题。我们公司关注到了这个问题,也在想办法解决这个问题。我们投资的民俗大舞台项目,就是希望能够解决民俗传承的问题的。"

老林和大陈听到王总这么说,两眼都放射出了兴奋和希望的光芒。王总接着说:"今天来打扰二位,就是想邀请二位出山的!我们公司在省城办了个民俗表演培训班,想邀请二位和你们的搭档一起,给我们的学员当师傅,让更多的年轻人学会民俗表演,再通过民俗大舞台的演出,把民俗文化传承下去!"

王总把目光转向小林说:"小林一直是我们公司优秀的员工,后起之秀,又是我们民俗表演家的后代,公司决定,让小林来做这个项目的负责人,一起把民俗表演文化传承下去!"

"啪!"大陈一巴掌拍在老林的背上,兴奋地说:"太好了,太好了!老林,你看看你儿子,那可是有大出息啊!"

老林也激动地握住王总的手说:"我们正愁这传承的问题,您的公司有这么好的眼光,一定会越做越强的,我们民俗表演,绝处逢生啦!"

天空已彻底放晴,阳光把每一个人包裹得暖洋洋的,大樟溪水缓缓地在门前流淌,波光粼粼,仙公亭在阳光的濡染下熠熠生辉⋯⋯

古厝星辉

清乾隆年间,在三十年的漫长建造工期之后,你以一种令人瞠目结舌的辉煌姿态,巍然耸立于南方小镇——嵩口镇的近郊。你,背靠山势从容的马胆山,遥对翠意葱茏的锦屏障。你的门前,清溪潺潺,绿竹亭亭,你的两边,田园秀美,四时常新。水绕山环,聚气藏风。

下坂厝,你两百余年的面容饱经风霜,你的胸怀深邃如井。你以五千平方米的占地面积,两百余间的房屋数量,哺育和阴庇了十余代的子孙。螽斯衍庆,百世其昌,好风好水,源源不断。

时光如水逝去,庭院依然深深。新时期的骄阳之下,四面八方的人们循着电视画面或文字的指引,怀着仰慕、新奇、探究等等不同的心态,蜂拥而来。你的完整的结构,迤逦的女墙,古朴的院落,深邃的古井,以及华美的木雕,令人心满意足,叹为观止。

古厝啊，古厝

□许文华

清乾隆年间，在三十年的漫长建造工期之后，你以一种令人瞠目结舌的辉煌姿态，巍然耸立于南方小镇——嵩口镇的近郊。你，背靠山势从容的马胫山，遥对翠意葱茏的锦屏障。你的门前，清溪潺湲，绿竹亭亭，你的两边，田园秀美，四时常新。你水绕山环，聚气藏风。

下坂厝，你两百余年的面容饱经风霜，你的胸怀深邃如井。你以五千平方米的占地面积，两百余间的房屋数量，哺育和荫庇了十余代的子孙。螽斯衍庆，百世其昌，好风好水，源源不断。

时光如水逝去，庭院依然深深。新时期的骄阳之下，四面八方的人们循着电视画面或文字的指引，怀着仰慕、新奇、探究等等不同的心态，蜂拥而来。你的完整的结构，逶迤的女墙，古朴的院落，深邃的古井，以及华美的木雕，令人心满意足，叹为观止。

下坂厝，你沉静如水。作为你的媳妇的我，沉静如水。

一批批的人来了又远去，他们看到的品到的，只是历史醇酒上方那薄薄的一层浮沫。而我，在宁静从容的心田里，珍藏着你的前世今生，那，才是最绵软最意味深长的精华所在。

下坂厝属陈姓。永泰陈氏源出河南颍川郡。宋朝时期，陈景长由福州闽侯

古灵入樟，成为嵩口陈埔（东坡、下坂、卢洋三村之统称）始祖。其时，陈氏定居东坡，与另外十七姓共居，经年之后，十七姓或迁或亡，惟余陈氏一族在此发扬光大。究其原因，在于陈氏克勤克俭的家风家教，让族人能共克时艰，保全实力，亦在于东坡陈氏祖厝水绕山环，藏风聚气，荫庇后人。

陈氏在东坡村开枝散叶，祖屋的建造者，是一对叫作"鸭姆翁"的夫妻。其二人结鸭寮为屋，以放鸭为生，夫妻恩爱，至善至仁。一日，来了一蓬头垢

古镇啊,古镇

面的老翁乞求借宿,夫妇心生恻隐,不但杀鸭姆煮鸭蛋热情招待,而且让出唯一的床铺让老翁安睡。夫妻二人为度寒夜,拥灶烧火,沉沉入睡。老翁醒来,惊叹感恩,遂指点二人,要设法在鸭寮处营造屋宇。老翁飘然而去,"鸭姆翁"夫妇心下称奇,更辛勤持家,勠力同力。自此,他们家的每一只母鸭,每天都会生下好几只鸭蛋。夫妻俩心知之前借宿的老翁必是神异之人,自己得到他的暗中相帮了。一打听,果然如此,那老翁,是当时闻名遐迩的堪舆先生,名

霞坂厝彩绘

温子玉,其人云游四方,神机妙算。"鸭姆翁"日进斗金,家业兴旺,终于按老翁指点造起屋宇。盘盘囷囷,金碧辉煌,宝地滋荣,家业兴旺。子孙熙熙,家财熠熠。

待传到陈用坦时,陈氏家业发达至巅峰。用坦公又名陈上珍,为人睿智、仁慈、俭孝。他一方面命家中丁壮广开土地,田产遍及方圆数十公里范围,每年收获稻谷数千担计,另一方面又在嵩口镇上繁华的关帝庙街一带,盘下数间商铺,做起木材、粮食、土产等生意。嵩口地方自宋元以来,便是数县通衢,至明清时更是商贾不断,商贸发达。一时,用坦公财源广进,富可匹县。

用坦公性内敛,同时谨记祖上勤俭教诲,所以平时管家极严,用度甚省。

当他在东坡村邻近的下坂村兴建下坂厝时，匠人云集，费用奢靡，用度极大。所有用度，他均运筹帷幄，精心安排。每日晨曦微露，他背一个粪筐出门，至驿路、田野之上拾牛羊粪，以充实自家粪寮。一日清晨，他拾粪时遇到一队莆田来的客商，挑着沉沉的鱼担。用坦公便迎上前询问鱼价，对方见他衣裳褴褛面有菜色，便争先恐后调侃打趣，说你买不起瞎问作甚？用坦公不急不怒，微微一笑说，家主人请你们挑鱼进门。莆田客商半信半疑地跟用坦公进了家门，见他打开库房，一屋子白花花的银子晃得人眼花缭乱。当下，客商们面面相觑惊吓不已，待到把数担鱼货换成银子，犹是晕晕忽忽，疑在梦中。

下坂厝，就在这样的传奇故事中，以传奇般的存在，傲然耸立在这南方的吉地之上。彼时，是一种怎样的荣耀啊——门楼高耸，屋埕宽阔，屋宇叠叠。廊腰缦回，檐牙高啄。女墙逶迤，黑瓦鳞次。前大院炊烟四起，日子兴旺鼎盛，后花园珍奇频现，心灵惬意美好！最值得称道的，是正大厅御赐"孝友"金匾之下，一组四扇实木立体雕刻屏风，上刻"刘备甘露寺招亲"等历史故事，人物栩栩如生，情节呼之欲出，刀功精细流畅，又饰以镏金细粉，更是金光灿灿，和大厝内无处不在的彩绘、木雕相互辉映，偌大屋宇美轮美奂！

陈上珍并不止于是个精明能干的当地财主，更是有远见卓识的乡村士绅。他居安思危，持家甚严，家中子孙，如染上赌博等恶习，定遵循家规，动用家法，严加惩戒，绝不留情。对乡间孤弱，他常施粥赈贫，宅心仁厚。又兼常在村中镇里铺路修桥，造福乡邻，所以深得称道，德高望重。

民国版《永泰县志》载：道光十年秋，知县包干臣，邀邑绅陈元封等议重建文庙。十一年正月十六日开工，十三年四月朔竣。时，包干臣捐俸一千两为之倡，合邑计共捐银二万三千余两。内捐六百两者三家：陈上珍（用坦），张应元，黄廷谦。其文确凿，足见用坦公之重教乐施。

当今士子文人寻访古人旧迹时，常常陷入这样一个误区：面对大城邑旧迹，便觉文脉悠悠，文化气息氤氲环绕无处不在；面对小镇荒村，便想当然认为是小民发迹，文化根基浅薄不堪。于是，他们对前者心生景仰，啧啧称羡，对后者漠然应对，乃至不屑一顾。

原本，我亦不免应和此念，后来才知大错特错矣：大城邑固然有深厚的文化底蕴，小村镇的腹地中，也有高雅拙朴的文化情怀。下坂厝，便自有文化情怀。下坂厝的一砖一瓦一木，无不诠释着中华古老国度里源远流长的儒家世界观；厅梁上和廊前雕刻的，是古典文学及历史里具有警示意义的故事；飞檐翘脊，龙凤呈祥，道不尽古往今来国人对美好生活的祈盼，对子孙繁茂家业永传的祝福。高大的门楼庄重典雅，古朴厚重，福寿无疆的建筑理念，被巧妙地寄托在大门的一开一启之间。门楼左右两边，红底白字虽略显斑驳，仔细辨别仍可勉强读出——希□希□希贤，此等工夫岂让他人做去；立德立功立言，这般事业还须自己担当。这是先人对自己的警醒，又是对后人的告诫。这就是用坦公立下的家训了吧？它是传统的，又隐藏着一种锐气；它是内敛的，同时又是那么积极进取。先人的智慧，在于遵循儒家思想滋养下的入世精神，并殷殷切切，警诫后人。

大厅之上，御赐的"孝友"金匾在数百年时光的侵蚀下，依然金光灿灿，夺人眼球。"弟子入则孝，出则弟，谨而信，泛爱众，而亲仁。""今之孝者，是谓能养。至于犬马，皆能有养；不敬，何以别乎？""友直，友谅，友多闻，益矣；友便辟，友善柔，友便佞，损矣。"至圣先师孔子的教诲，不时在厅堂之上，通过长辈的教诲，指引着陈氏代代后人的人生方向和心灵目标。

边门上的两副对联，以阴刻的形式，深深勒进细腻坚硬的石头中。左门联为：处世时宗司马，存心恒念东平。横幅为：礼陶。右门联为：立训和平两字，守身忠恕一言。横幅为：乐淑。二联亦可视为陈氏家训吧？前人处世后人榜样，仁义思想，春风化雨。善良忠恕，代代流传。

在数千年的农耕时代里，亦耕亦读是传家最基本的方式。前者养身，后者养心，二者互相支撑，相映成趣。下坂厝左右偏厅的两扇大门上，两副对联亦体现出主人高雅的志趣不俗的情怀。左边联为：鹤倚云层生瑞色，凤临霞坂展新翎。横幅是：得少佳趣。右边联为：下榻拟邀名士酒，闭门时读古人书。横幅是：吾爱吾庐。诗书茶酒，凤鸣鹤舞，有惬意舒适，亦有拳拳期盼。下坂厝主人的一切心语，盖在于此了。

每一幢古厝,都曾辉煌地出现在世人面前,昭示着主人的成就和情怀。也都以斑驳的形象,占据着时光尽头,荫庇或教诲着后人。它们,诚如鲁迅先生在《拿来主义》中所评说的,有精华,有糟粕。前者为我所用,后者为我所弃。以我对下坂厝二十多年的亲近,我对它胸怀中的精华与糟粕,远比那些怀着不同目的走进古厝的人,来得切实,深入,更加感同身受。但我长期对此保持沉默,也许乃因,我还没读懂它,我还未完全参透它如古井一般的厚重与深邃。

2013年4月,下坂厝正大厅那组四扇实木立体雕刻屏风,有两扇被偷窃。虽多方督促,多年亦未破案。被残忍割离的缺口,如累累伤痕,等待回归,等待痊愈。

2018年10月,下坂厝获评为福建省第九批文物保护单位。借此契机,古厝的保护,当应进入新的阶段。好事!

古厝啊古厝,而今我提笔,愿以文字的方式,和你做一次文化的相知相通。哪怕我知道,你静默的姿态下,还有许多世人,包括我,所无法读懂的秘密。

我,愿你尘封,愿你开启。

儒洋染西霞

□方元茂

东坡村位于嵩口镇北部,东邻月洲、西连盖洋、南接下坂、北毗三峰,距镇三公里,村落总面积十二平方公里,有阔濑、东坡两个自然村。村内的西霞厝,在嵩口古民居文化中堪称"中洋合璧"。

嵩口镇西霞厝

一

西霞厝既传承文化而书香飘第，又独树一帜而个性迥异。

其一，以儒家经典修家。

门额横联"爰得我所""职思其位"各引自儒家经典《诗经》《周易》。

"爰得我所"语出《诗经》之《硕鼠》："硕鼠硕鼠，无食我黍！三岁贯女，莫我肯顾。逝将去女，适彼乐土。乐土乐土，爰得我所！""爰得我所"原意是"安居的好去处"，厝主之意是"找到安居乐业的乐土"。

"职思其位"词出《周易·艮》："《象》曰：兼山艮，君子以思不出其位。"本意：考虑事情不超过自己的职责能力范畴，不把精力浪费在自己其实并不了解、也无法施加影响的事情上，知道什么是自己该做的和不该做的。主人借喻诫勉族人矩守分、实做事。

其二，以科考、功名齐身。

厝内"捷报"多处，可辨析者有三。之一：有"陈云□""乡荐中式""京报"字样，表明主人"陈云□"中过举人。之二：从"中式"残存的字迹看，估测是"闱中式"①，说明厝内有人中过秀才以上的功名。之三："贵府老爷陈际唐奉旨准授布政使司理问②，遇缺即补，荣任高升。"

其三，以诗佳作明心境。

墙头诗录自唐朝司空图③的《二十四诗品》。东南边的为第四品《沉著》："绿林野室，落日气清。脱巾独步，时闻鸟声。鸿雁不来，之子远行。所思不远，若为平生。海风碧云，夜渚月明。如有佳语，大河前横。"西南边的为第六品《典雅》："玉壶买春，赏雨茅屋。坐中佳士，左右修竹。白云初晴，幽鸟相逐。眠琴绿阴，上有飞瀑。落花无言，人淡如菊。书之岁华，其曰可读。"

其四，借题发挥求自由。

书斋墙上的彩绘中有琴、棋、书、画四个场景，取材于《联芳楼记》④。《联芳楼记》是明代小说《剪灯新话》⑤中的一篇反叛型爱情小说。明朝中后期资本主义萌芽，市民文学繁荣，反封建的民主思想产生，市民要求冲破封建礼教的禁锢，追求个人幸福。《联芳楼记》反映了新生产方式出现后的时代要求。

二

陈氏族谱记载：从明代朱元璋时开始，就有族人在官船做水手，往来于琉球群岛⑥与福州之间。但是壁画并未以中国和琉球的关系为题材，反而体现阿拉伯风格的人物和建筑。

阿拉伯古称大食。7世纪中唐代文献将阿拉伯人称为多食、多氏、大寔；10世纪中以后的宋代文献多称作大食。大食帝国与唐王朝大致建立于同时，7世纪后半期起，双方交往日益频繁；唐末宋初，商旅行人大量聚居于广州、泉州、洪州(南昌)、扬州等地，多者达数万人。

西霞厝"洋彩"，今人或曰是"海上丝绸之路"画，或云乃"郑和下西洋"画；更有甚者，两者混谈。

先说郑和下西洋。

郑和船队，从南京龙江港起航，在江苏太仓的刘家湾集结，再停泊长乐的太平港，以候季风。东北季风来临，郑和船队从闽江口出发，历经爪哇、苏门答腊、苏禄、彭亨、真腊、古里、暹罗、阿丹、天方、左法尔、忽鲁谟斯、木骨都束等三十多个国家，最远曾达非洲东岸、红海沿岸⑦。

有三个问题质疑"洋彩"的"郑和下西洋"论：

（1）明代官方海外经济关系叫"朝贡"⑧，郑和船队以宣扬明威为目的，不具真正意义上的商业活动性质。

（2）对比郑和驶用的船只，画上的船，明显为民船非官船；画上的建筑物为富宅而非官邸，画面亦无外交礼仪场景。

（3）陈氏即使有人在郑和船队当船工，在讲究门第之别的中世纪，船工不可能逾越社会鸿沟而与国外豪门有深交之缘。

所以，"洋彩"反映陈氏先祖随郑和下西洋之说，于理不通、于事不符。

再看海上丝绸之路。

宋元时期，我国造船技术、航海技术大幅提高，加以指南针运用于航海，全面提升了商船远洋航行能力，私人海上贸易也得到快速发展，由此引发的大规模海外贸易活动，史称"海上丝绸之路"。丝绸之路港口有广州、泉州、宁波主港和其他支港，中心航线是东南海—中南半岛—南海—印度洋—红海—东非—欧洲⑨；我国输往世界各地的主要货物有丝绸、瓷器、茶叶。泉州成为当时国内第一大港，与埃及的亚历山大港并称世界大港，泉州是被联合国教科文组织承认的海上丝绸之路起点之一。

支持"洋彩"的"海上丝绸之路论"理由会充分些：

（1）古代嵩口，"五县"商品汇聚地，货物经大樟溪输往闽江口，转运泉州后出海漂洋。

(2)出洋的巨商与阿拉伯的富商,地位相等;因此他们才有机会深入了解阿拉伯的风土人情,把留下的深刻印象在回国后作画纪念。

(3)"民船""富宅"可证双方乃民间商贸往来。

(4)画者必须有很好的文化、绘画功底,西霞倡导"读我书",族人具备这个素养。

综合以上信息,可以推测:西霞厝先人在海外有与阿拉伯人交往的经历,"海上丝绸之路"为其最佳途径。

西霞厝的最大历史价值有二:其一,受商品经济发展的影响,主人追求、憧憬婚姻自主、恋爱自由,赞赏李贽、黄宗羲等人思想,敢于挑战"正统";其二,厝主涉洋意识形态鲜明,在封闭的封建时代里亦是个难得的创举。此二者,在嵩口古民居文化中均居领先地位。

注:

①闱,科举时代对考场、试院的称谓;中式,固有的格式,指科考模式。

②明清时,"理问所"为布政使司所属机构,设理问一人,初为正四品,后为从六品,下属有副理部、提控案牍各一人。

③司空图,河中余乡(今山西运城永济)人,晚唐诗人、诗论家,字表圣,自号知非子,又号耐辱居士。司空图成就主要在诗论,《二十四诗品》为不朽之作,《全唐诗》收其诗三卷。

④《联芳楼记》节录:

"吴郡富室有姓薛者,至正初,居于阊阖门外,以粜米为业。有二女,长曰兰英,次曰蕙英,皆聪明秀丽。能为诗赋。遂于宅后建一楼以处之,名曰兰蕙联芳之楼。……

其楼下瞰官河,舟楫皆经过焉。昆山有郑生者,亦甲族。其父与薛素厚,乃令生兴贩于郡。至则泊舟楼下,依薛为主。……夏月于船首澡浴,二女于窗隙窥见之,以荔枝一双投下。生虽会其意,……忽闻楼窗哑然有声,顾盼之顷,则二女以秋千绒索,垂一竹兜,坠于其前。生乃乘之而上。既见,喜极不能言,相携入寝,尽缱绻之意焉。

……女之父见其盘桓不去,亦颇疑之。……然事已如此,无可奈何,顾生亦少年标致,门户亦正相敌,乃以书抵生之父,喻其意。生父如其所请。仍命媒氏通二姓之好,

航海图彩绘

西霞厝

问名纳采，赘以为婿。……

⑤《剪灯新话》，明代文言短篇小说，洪武十一年（1378年）编订成帙，以抄本流行，为中国历史上第一部禁毁小说，主描男女之爱、人鬼相恋之情。

⑥古代琉球主要指琉球列岛即现在的日本冲绳县，原来是中国的一个附属王国，于19世纪70年代被日本吞并。

⑦郑和下西洋到过当时33个国家和地区，现在国家划分包括越南、泰国、柬埔寨、印尼、马来西亚、新加坡、文莱、孟加拉、印度、斯里兰卡、马尔代夫、也门、伊朗、阿曼、沙特阿拉伯、索马里、坦桑尼亚、肯尼亚。

⑧朝贡贸易，古代封建政府与海外诸国官方的进贡和回赐关系，未具商贸性质。

⑨历代海上丝路，亦可分三大航线。东洋航线：中国沿海港口至朝鲜、日本。南洋航线：中国沿海港口至东南亚诸国。西洋航线：中国沿海港口至南亚、阿拉伯和东非沿海诸国。

玉湖金丰荟恩层

□张忠梅

历史文化名镇嵩口，千年历史中诞生了"一道一佛二名儒"四大名贯古今、世人尊崇之人。"一道"，是诞生在古镇月洲村的张圣君（1024—1069年），名信，号慈观，民间皆尊称"张公法主"。其一生修炼，道法学成，行雨布法，除魔斩妖，救济苍生，留下许多传记。"一佛"，却是诞生于古镇芦洋村的卢公（1624—1665年），名善，字意诚，乡民拜称"卢公祖师"。他白日焚身，立地成佛，荫佑百姓，更多传奇。"二名儒"，之一为宋时的大词人张元幹（1091—1161年），字仲宗，号芦川居士。生于北宋故于南宋，跟随李纲，投身抗金，驰骋沙场，卫国保家。两集《芦川词》，二首《贺新郎》，千古传诵。名儒之二，就是本文所要阐述的金丰，《说岳全传》一书的编著者。

金丰（亦写成金峰），诞生地是嵩口古镇玉湖村，当地百姓称为"玉渡湖"。玉渡湖并不是一洼苇荡泽国，更不是满池渊泊水塘，而是一处依山傍水，遍野绿地的沃土村庄。水盈盈、山青青，翠草如茵、绿树成荫。桃李滴露亮晶晶、翠竹红柿龙点睛。大樟溪流径环绕，好似玉带把腰盘。登高远眺，整个乡村犹如一座硕大无比的舰舟，如玉魄嵌入翠湖。村庄沿溪坐落，胜似弦月；古屋倚山麓方，不逊梢帆。这艘大方舟，高昂起于南向，俗称"扬头"。扬头形状酷似巨鳌雄踞，百鹤衔书，活灵活现。大方舟低垂于北方，与古镇新郑潭相接，称为"扬尾"，扬尾处显现白蟒入潭，三虎临渊，惟妙惟肖！大方舟，中有两列古民屋数十栋，中心处则是数百亩良田，微风过处，稻浪层层眼前现，瓜果沁心阵阵香。别样的玉湖，仙境一般！

"扬尾"临溪畔，村庄古隘口，坐落着早年筑建的一座4000平方米大古寨——玉湖寨。古寨墙体宽厚，全是巨石垒砌，坚土筑就，巨木支撑。堡墙上，斜斜枪眼相交叉，外窄内宽小窗趴。冷兵器时代，一传寇讯百呼应，千众乡民聚寨中，抗倭斗敌拒土匪，绝对是易守难攻。古寨堡外，仅相距30米，一座

恭恩厝全貌

恭恩厝

四百余年的古厝,土木结构六扇坪民屋——士廉居,就是一代文匠金丰的故居。

　　金丰(1772—1814年)字大有,号为宣,邑庠生(秀才)。金丰传承耕读古训,重视启蒙教育,崇儒尊贤,与其胞弟金宝(字大旭、号为奎)兄弟俩倾尽家中财宝,劳神费力,创建玉湖学堂——陶苑书塾。玉湖乡亲子弟,从此入书斋,识字断文章。陶苑书塾中的孔子楼至今犹在。想当年,村中学子入学,必先跪叩孔夫子,礼拜启蒙师,尔后潜心攻读,十载寒窗。迈出玉渡湖,鲤鱼跃龙门,攀桂广寒宫……

　　金丰、金宝兄弟俩,在桑梓玉湖,创立陶苑学堂,培育后代儿孙,造福宗亲乡民,已是功德无量,广受颂扬。而金丰的更大成就却是:隐于山野田间,不露声色默默地著写、增订、刊印了《说岳全传》这部巨著。金丰生活的年代,正是《说岳全传》被当时朝廷列为禁书的时期。当时,清朝廷兴起文字狱,《说岳全传》宣扬岳家军抗金反番邦,直捣黄龙府,如被朝廷鹰犬得知,那还了得!著作者不只要被砍头,还得满门抄斩,株连九族,风险大如天。金丰却是胸怀胆略,不畏皇权,不怕奸小,想方设法,机警应对,万分小心。先把名字改了:"金峰"改称"金丰"。再找私印社:他找到挚友钱彩(浙江省仁和县文人)商议,确定由一所地下刻印社——余庆堂来承印。著书、成书处处须提防,金丰一生心血为之耗干。《说岳全传》面世之时,就是金丰与世长辞之时,年仅四十二岁。一代巨匠,英年早逝,从此化为一抔黄土,留与后人无限的感叹与悲伤,更让后人深深地崇拜与敬仰。好在金氏大家族,儿孙子侄大作为,长江后浪总把前浪推。金丰的孙辈金恭恩,更是大手笔,筑建了古厝紫山堂。古建

古居星辉

筑奇葩，而今放光辉！

玉湖恭恩厝，又称紫山堂。筑建主人金文清（1825—1896年），字恭恩。这座古民居于1870年开始动工筑建，历时二十年，动用工匠数百人，方得建成，占地面积超过1万平方米，厝屋面积达7000多平方米。古厝气势恢宏，架构精奇，大气壮观！

恭恩厝正中大厅为紫山堂，四扇鎏金屏风，上嵌雀替屏楣：左为老子骑青牛，论道《道德经》过函谷关；右为佛僧展拂尘，扫清俗念在说禅，更多劝善。厅头四扇木屏风，中有忠、信、礼、义主题内容的长雕塑，崇儒拜孔孟，代代读书郎。儒释道三教合一得以展现。全厝上下左右六大厅，布局对称；前前后后，四个小花园，三十六个天井分布四方。木屋防火最重要，筑建八堵风火墙，防火拱门设十扇，防火水井落左旁；十一条疏通人行道，条条贯通无阻挡；六条排水明水沟，下藏阴沟九大条；会友迎亲开大门，五扇大门非寻常。大门门兜外，两株参天大果树，绿油油高难攀，左为龙眼树，多结龙珠与龙眼；右为红柿树，果实颗颗红彤彤。两棵大树寓意深，儿孙繁衍，生生不息，长发其祥。

说屋内，走廊门户全互通，边门建有二十三扇。论厝屋，房间共是二百零二间。大厅顶梁柱，柱柱有文章，珠子下方柱珠，珠珠有关联。厅堂屏柱选用四方形，中规中矩，正正方方，希翼儿孙行为端方，福寿绵长。厅前廊柱全用圆心形，圆润宽厚，心灵融通，期望儿孙物华天宝，花开芬芳。整座厝内大厅堂，分为东厢与西厢。东厢客室接姑爷，快婿原本称东床；西厢本是一书斋，西席师长驻学堂。纵横交织，迷宫一般。能工巧匠精心装潢，木雕细刻，银嵌金镶。许多瑞兽，许多祥禽，更多的是花果萌动。人物全塑上：一琴一鹤，二分明月，三顾茅庐，四时八节，五世其昌，六马仰秣，七擒七纵，八仙过海，九流百家，十步芳草，百尺竿头，千里纯羹，万家生佛……数不尽，写不完，美轮美奂，古色古香。与省内外许多古厝古民居来相较，诸君不妨竞猜一条谜："桃花潭水深千尺。"谜底为一成语！猜！猜！猜！

猜中了吗？谜底是"无与伦比"。恭恩厝的美，真的是无与伦比！

〖洲头月上〗

这是一个钟灵毓秀、人杰地灵的小山村。春暖花开的季节走进月洲,桃红李白,仿佛置身美妙的桃花源。在这里,碧水环绕,翠竹婆娑。在这里,呼吸嗅取书香,张目俯拾文明,倾耳充溢传奇,情怀感受正义。这里,是一个一木一传说,一石一故事,一屋写春秋的地方。

『洲圆如月』描绘着月洲的风光。山水力所能及地给了这个山村所有美丽的浪漫。梁国公之子张膺、张赓兄弟俩,一夜同梦,梦境如出一辙:在那桃花流水的地方,有块水绕沙洲的宝地,便是他们安居乐业的去处。梦,来得如此突然和神奇。在金甲神人的指点下,兄弟俩携家带口乘舟逆大樟溪而上,寻找梦中的景致。时近中午,正当他们饥肠辘辘,疲惫之际,一条小溪从右侧盈盈而来,清澈的水流飘荡着朵朵桃花,汇至开阔的溪面,仿佛一场桃花盛会,灿若花海。行舟折向桃花飘出的溪流,时许功夫,眼前景象堪为梦境再版。

灵椿月洲秀

□邵永裕

这是一个钟灵毓秀、人杰地灵的小山村。春暖花开的季节走进月洲，桃红李白，仿佛置身美妙的桃花源。在这里，碧水环绕，翠竹婆娑。在这里，呼吸嗅取书香，张目俯拾文明，倾耳充溢传奇，情怀感受正义。这里，是一个一木一传说，一石一故事，一屋写春秋的地方。

"洲圆如月，水成月牙"描绘着月洲的风光。山水力所能及地给了这个山村所有美丽的浪漫。梁国公之子张膺、张赓兄弟俩，一夜同梦，梦境如出一辙：在那桃花流水的地方，有块水绕沙洲的宝地，便是他们安居乐业的去处。梦，来得如此突然和神奇。在金甲神人的指点下，兄弟俩携家带口乘舟逆大樟溪而上，寻找梦中的景致。时近中午，正当他们饥肠辘辘，疲惫之际，一条小溪从右侧盈盈而来，清澈的水流飘荡着朵朵桃花，汇至开阔的溪面，仿佛一场桃花盛会，灿若花海。行舟折向桃花飘出的溪流，时许功夫，眼前景象堪为梦境再版。

月洲是充满诗意传奇的村落。群山环抱，葱绿郁秀。一条溪流蜿蜒而下，穿过村庄，就在往前奔流的时候，好像怀春的少女来个回眸，折身弯个腰留下一潭的绿，然后起身拐个弯，又款款返回上路。沿着岸边凹出一个巧妙的弧形，进入一片树林继续下行，以柔美的身姿，带着一路飘落的花香，汇入了前方的大樟溪。这一顿一折，一弯一曲，仿佛神仙造化：洲上桃林成片，微风拂过，

落英缤纷；溪绕洲走，洲状弦月。这美称为"月洲"的福地，就被缔造成了千年栖息的故园。

月洲科甲连绵，充满文气。张氏兄弟栖居月洲后，如同多年生植物，并非立马勃发，见得花开花艳。他们只是日出而作，日落而息，过着与其他族姓一样的生活。100多年后，传至第六代，才结出一颗像样的果子。"蛰龙潭里蛰，潭上风波急。一旦飞上天，鱼虾不相及。"七岁不语的张沃，不鸣则已，一鸣惊人。1024年，他首开永泰科举先河，成为永阳大地有历史记载的第一位进士。

此后，月洲科甲连绵，才人辈出。全村共走出1个状元，1个尚书，50个进士。"父子六人六进士六同朝，祖孙三代十八条官带"，抒写了"灵椿一株秀，丹桂五枝芳"的佳话。张肩孟便是那株"灵椿"，引得桂树花满枝。书香

月洲村风光一瞥

隽永的月洲从此开启。

  传说某夜,张肩孟梦见神人告之:"君看一日拏龙手,尽是寒光阁上人。"于是,那用来读书的阁楼,便被取名"寒光阁"。矗立着的寒光阁,是希望的寄托,也是前行的动力。从此,寒光阁书声不绝,"雪洞"苦读成景,月洲无处不是读书的景致,空气里飘荡着的都是水墨气味。

  月洲"两张"文化名扬四方。张沃金榜题名的同年,偏隅一方的小山村,神人张圣君诞生。他生于月洲,出家于方壶岩,得道于闽清金沙堂。其幼时,遇仙吃桃获得法力;长大后,广修功德,唤云遮日,修桥铺路,犁耕九十九丘田,智斗五通鬼等。挟护危济困之柔情,持惩恶扬善之情怀,广施悬壶济世之善举,为人敬仰,成道教闾山派真人。羽化成仙后,膜拜圣君之风日盛,由闽中扩及东南亚,成为闽台最大的农业神。

谁也讲不清这是机缘巧合,还是应了"地灵人杰"风水之说。时隔三代,大约70年的光阴,月洲另一脉又出了名垂青史的文人张元幹。他上承苏轼之豪放,下开辛弃疾雄奇刚健之风格,主张抗金铁骨铮铮,以掷地有声的语言,写下了两首《贺新郎》,词句大气磅礴,荡气回肠。其慷慨激昂早已沉淀成文化底色,融化进我们的血液里。毛泽东悲郁时,对其诗词百听不厌,周恩来称赞其为福建的榜样人物,是南宋理学宗师,更是著名的爱国词人。

月洲是南方张氏的重要发源地。从此衍生的后代超过200多万人。其分布,除了境内的永泰、福建全境,还有广东、台湾、东南亚一带。据载,宋亡,元为了剿灭张元幹遗风,血腥屠杀月洲张氏族人。张氏恐惧,渴求宁静,纷纷逃离家园。其他族姓乘虚而入,有了如今月洲十八姓的繁杂。如同杯满必溢定律一般,此后的月洲张氏,多不过五六百人,千百年来一直保持着。

徜徉在桃花溪栈道,芦苇拱拥,诗意盎然,清新含蓄的景致如一缕微风由远而近扑面而来,博大厚重的历史也似一卷古书徐徐展开。不曾细致地度量月洲的风物人情,已然跌进河流翻腾的岁月里,只有穿过千年的烟雨时光,才能彻底触摸那些镂进月洲山水的故事。看,宁远庄——月洲的精神地标,写满了祖先开疆辟土的传奇。它在岁月的风雨中,寂寞着坍塌,又在荒废中崛起。它宠辱不惊,傲居山巅,赏读着"谁把玉环分两半,半沉沧海半浮空"的美妙,看取桃园胜景,见证月洲衰兴。

远去的已然走近,历史像一面锈蚀的铜镜,遥挂在月洲村的窗前,在锐利的时光里,呈现出沧桑的倒影。而溪边一度破落的发电站,沾了寒光阁的灵气,摇身一变,书卷满屋,俨然一座文人墨客吟诗论道的殿堂。听潺潺流水,仿佛半月居老人对空抒发的慷慨悲凉,那长叹声经久不息。桃花溪、芦苇滩,承载着的思念,词人无论走得多远,内心永远装着它。他用家乡的元素,把毕生的胸臆干净地包裹了,塞进了《芦川集》和《芦川归来集》里。还有那摩崖石刻、圣君殿……凡此风物、人事、神话,晚唐而来,穿越宋、元、明、清,印染上古拙的色彩,把山村浸染成一卷舒缓的岁月,供万千的人们品读和端详。

在月洲，村口的"三仙树"，枝繁叶茂，品字相望，仿佛自然、科举、信仰的化身，凝聚成月洲文化名村的精髓。它植入了无数于此繁衍和获得信仰的人的记忆。桃花、流水、沙洲、卵石、小道、雪洞、寒光阁……这特有的元素，有着浓浓的况味，取将煎熬成茶，邀约八方来客共同来品赏。这月洲自然、文化之"茶"味，是如此的明丽、悠长……

撑舟桃花溪

半月居里识高风

□张建设

四十多年前，在嵩口中学读书的时候，就听说了宋代诗词大家张元幹是月洲人，但还不知道与他的关系。一直到嵩口镇党委、镇政府打造中国历史文化名镇，邀请本人参与调查传统文化遗存时，才惊喜地发现，自己是元幹公的第二十八代裔孙，才寻机到月洲拜谒了先祖。近年来，更是借着乡村振兴工作的便利，多次瞻仰了元幹公故居。

元幹公故居称半月居，在老族谱里又记作"二祖堂""三光堂"，位于月洲主村洲头。桃花溪在洲后的村东北角于两山夹峙中奔流而下，被金鸡岩迎面阻拦，兜头折向圣君坪所在的安兜岩再折而向南。元幹公故居就稳踞于桃花溪兜转处的竹木果树林中。但见门亭优雅，粉墙如环，形如半月。进门小院仄仄，素净无华；主座六榀五间，厅堂浅浅，两厢促促，檐庑低低，与想象中官府之家的深宅大院、雄伟嵯峨有着巨大的反差。不禁让人疑惑：张元幹出身于累世簪缨之家，他自己及子孙后代也累世为官，怎么就只有这小小的场院，连小地主之家也不如呢？

疑惑的解开，还有赖于对月洲张氏老族谱的解读。

原来，月洲张氏的一代祖先是河南光州固始县人张睦，他在唐末举族追随王审知进军福建，在闽王朝里担任榷货大臣（相当于当今的商贸部长加财政部

张氏宗祠

长加税务总局长）二十九年。其性格宽宏仁厚，能体察民情，关注民生，为民解忧，为人民办实事，致国富饶而民不加赋，因此，他得以被闽人建庙奉祀。其子庞、膺、赓均在朝内担任高官。王审知死后，王延均、王延翰当国，自相残杀，又任用薛文杰等奸臣搜刮民脂，弄得政治腐败，民不聊生。此时张睦已逝，庞、膺、赓兄弟不愿与贪官同流合污，毅然挂冠隐居，分别落脚于闽侯上街和永泰月洲。他们秉持浊世独善其身、清世为国奉献的理念，坚持耕读传家，用优良传统文化教育后代。所以，在北宋建国渐见兴旺之际，膺公的第七代孙张沃于1024年成了永泰第一个进士；接着，膺公的另一个来孙辈张肩孟率领子、孙、侄创造了罕见的父子六人六进士、子孙三代十八条官带的科举辉煌。最难得的是，这些人代代公忠体国，刚正不阿，廉能兼具。

　　元幹公的祖父张肩孟，不但明辨是非，而且敢于担当。初任江西星子县县令时，即面对为前任所逮捕的数百名暴乱的、按律要全部处死的饥民如何处置的问题。他认为，这些人都是普通民众，是灾荒所迫，就向朝廷力陈其情，取得朝廷赦免，最后只处置了几个挑头的，其余均予以从轻发落。任南乐县令时，有司下达黄河修堤事，他周密计划，"度所费用，不妄调发"，严保质量，绝不侵占堤款。别县的河堤因偷工减料，次年都被洪波冲决，独南乐县段安然无恙，百姓无损。他历任各处县令，均爱民如子，廉洁奉公，退休回月洲后，房子只有简简数椽，甚至过年都只能蔬食淡饭，而他却泰然自若。

半月居远眺

张肩孟的五个儿子步入官场后,也都能洁身自好,严于律己。比如大儿子张励知广州府,府库里珍宝堆积如山,历任很少不动心的,唯他不为所动,任满离职时,账物清清楚楚,一毫不少。他历任高官,生活简朴,去世时,竟然家无余赀。

在这样的家风熏陶下成长的张元幹,从小性格就端方豪爽,轻财重义。他27岁从政,41岁被迫"致仕",担任过陈留县丞、将作监(主管建造工程)、敌后抚谕使,职位不高而过手金钱不少,却从来不贪不占。因此,当他晚年因作词抨击投降派、鼓吹抗金而被秦桧集团构陷下狱后,那些政敌竟查不到他丝毫的贪墨行为,最后不得已放了他,而以"妄议朝政"予以夺俸处分。因他为官清廉,无所积蓄,只好靠朋友的接济过活。他不论处于顺境还是逆境,其忠君爱国、急公好义的处世态度始终不变,能够在满朝君臣逃跑避寇时奋起却敌,直接冲上前线,与金兵搏斗;能够在作为过路人遇到洪流成灾时,挺身而出,组织拯救落水民众,并倾囊为遇难者超度;能够在依赖人救济之时仍然写下许多豪迈的爱国主义词章。他的人生,充满了明玉般的光辉。

月洲老族谱还记载,元幹公的故居从北宋到明末遭遇了敌寇、官府和匪患三毁四建。尤其是元代,其立国之策有一条竟是杀绝张氏在内的汉人四大姓。他们对张元幹等鼓吹抗战的张家人十分不满,因此,曾把月洲张氏围剿杀戮殆尽(只有一孩童当时在外婆家走亲戚躲过劫难;而张家历来都有仕宦之后到外地开枝散叶的传统,因此张氏未被杀绝)!当时月洲尸横遍地,血流成河,桃溪竟为之塞!

现在的元幹公故居重建于明末(1643年),虽然当时张氏又成为月洲的望族,但族人仍然只是按照原规模、原方位、原朝向重建,其风格仍然是低调、实用、不张扬。现在元幹公故居更是开辟了张元幹文化博物馆,通过400多件关于张元幹生平事迹、诗词文化,以及其思想理论的多方面、多层次研究成果的馆藏,来表现其跌宕起伏、波澜壮阔、光辉灿烂的一生,让人们得以较全面地认识张元幹的伟大的爱国主义情怀、刚正不阿的战斗性格、高超的诗词艺术

月洲廊桥

水平，感受其高尚的人生态度，忠孝兼具、洁身自好、敢于自我牺牲、乐于公益、勇于大义的君子精神。

张氏的祖训是：继承祖德，忠效国家，勤为职业，孝敬父母，雍和兄弟，友睦族邻，慎结婚姻，训教子女，崇尚节俭，禁戒非为。

而月洲张氏老谱中记载的由第二十二世孙张昺总结、整理确定的《训言志》则概括为"尊祖、孝亲、敬长、睦族、勤业、节用、惩忿、防非"八条。

尊祖，就是尊敬祖宗，重视和守护祖德宗风，不能毁了祖宗的美好声望。要像祖先一样，忠君爱国，廉洁奉公。

孝亲，就是孝道，一般指孝敬父母。包括敬养父母，培育后代、推恩及人、忠孝两全、缅怀先祖等。

敬长，尊敬年长的和贤良的人。虚心而诚恳地向先贤学习、讨教就是最好的敬长。

睦族，和睦亲族。《书·尧典》曰："克明俊德，以亲九族；九族既睦，平章百姓。"

勤业，就是要勤于事业，勤于职业，忠于职守。"吾宗明敏者业儒，质朴者则农工商贾。"不论为官为民，都要做好自己的本职。

节用，节省各种用度，更指恰当地应用、使用，不要奢靡浪费，不要追求不当节气、不当时期的欲望。

惩忿，说的是要讲究修养，不要冲动。

防非，说的是不可纵欲，不可恃傲。做到非礼勿视、非礼勿听、非礼勿问、非礼勿言、非礼勿作。这里的礼指礼制的礼，而不仅指礼节、礼仪的礼。

无疑，从小接受这样的祖训、家规教育，就大有可能成为温文尔雅、积极进取的谦谦君子，对于社会安定、良俗形成有着十分积极的意义。张元幹确实很好地践行了族训，他孝敬父母，尊重长辈，尊重师长，对家族的人都能相亲相爱；对社会公益事业能够倾心投入，倾力付出；在职场上，不论顺境还是逆境，都能安之若素，勤勤恳恳，兢兢业业，成就不俗；他富有修养，勇于担当。也正因此，尽管其一生仅担任过中低级官员，他的诗词尤其是爱国主义词章和高洁品质却博得社会和后世的如潮好评。

　　从元幹公故居的正堂向正前方眺望，当户之正，有文笔峰卓然挺立，端庄秀丽，高耸云天，尽得天地精华。想少年元幹承累世清宦之书香，因金鸡岩在侧而日日闻鸡起舞；见峻岭回峦如雄狮猛虎，则情高万丈，气贯九霄；揽如带清溪，则文思泉涌，志达千里；登左近寒光高阁远望，信笔如风云舒卷；击门前深潭应思策蛰龙腾飞，歌吟慷慨激越。自是浩荡雄风生故国，苍茫远梦绕神州。其感慨至极矣。

宁远庄

□张卫忠

宁远庄位于月洲五十堂右侧,金鸡潭旁小山包上,为清乾隆年间张谦所建。张谦(1713—1784年),字运,俗呼文隅,号牧堂,清岁贡生,例授文林郎。乾隆戊辰(1748年)版《永福县志》同校订。

张谦乐善好施,秉性忠直,曾经乐捐整修过县治明伦堂、文庙等,还建过蜚英石拱桥,经常铺路济穷、施茶赈粥,深为乡邻拥戴。他们都说:"宁为张公所短,勿为刑罚所加。"据说当年他本计划在洲前翻盖祖屋,木匠在烘干木板时,不慎把建房木料烧个精光,自感罪责难卸,想一逃了之。逃到嵩口隔凉亭,刚好遇到会友回来的张谦。问明原由后,张谦大度地说:"没关系,烧了木料,我们回去盖寨堡。"好言把木匠劝了回来,重新备料建设宁远庄。

宁远庄占地3000多平方米,正座有120个房间。右边另有两层20多个房间供长工、勤杂人员居住。庄内设地下粮仓、盐仓,埋有通往庄外的地下取水管道。围墙高且厚,上筑内通廊,俗称跑马道(惜已倾圮);下辟有四个大门,

月洲宁远庄

其中东正门装有两重木门,门内通道边尚留古石马槽。门额上刻"宁远庄"三字。站在门口居高临下,整个村庄尽收眼底。传说宁远庄建在虎形山上,此大门正是虎口,每开庄门如同虎啸,对面下寨洋里的牛羊都会发抖。庄内建筑依山势而建,从正门进去穿过小厅,迎面是一排台阶,拾级而上进入第二重门,门两边墙上砖雕间尚留有"傲不可长""欲不可纵""志不可满""乐不可极"的墨迹。门的内侧一联:"欲高门第须为善,要好儿孙在读书。"横批"安宅在仁"。跨门而入,又是一排台阶,才到达正厅。"文革"前,厅堂四周镏金木雕精镂细刻,花草虫鱼人物栩栩如生,金碧辉煌。厅堂上为"四梁扛井式"结构,传为朝廷特许所建。三块匾额在前梁依次排列悬挂,一块是孟超然(字朝举,号瓶庵,福州人,清乾隆二十五年进士)题写的"月渚耆英",两块是邑侯王作霖题写的"世德作求""克笃前烈"。出廊两边大柱联曰:"地以人灵,非数百载树人而文笔金钗,岂能长发;福由善庆,是六十年积善其竹苞松茂,乃足贻谋。"为张谦六秩寿庆贺联。往里又一联曰:"楼槛凭乡井,眺月瞻星,且作升平守望;垣墉面祖祠,捍风障雨,聊成族姓藩篱。"是寨堡地势及作用的真实写照。正中屏柱联曰:"溪畔泛桃花,五十里潆洄,风恬浪静;月中培桂树,千百年长养,蒂固根蕃。"为孟超然为月洲形胜撰句。

正门小厅和正厅两边墙上,贴满的是清乾隆、嘉庆、道光、咸丰年间各级的科举"捷报",如今字迹斑驳,尚依稀可辨,数量之多,令人惊叹。张谦有六子俱得功名,村人称为"六得"。其中次子张炳,字聿明,号星舫,乾隆三十年王国鉴榜举人。据老辈人讲,早些年龙会堂(五十堂)未遭火毁时,还留有他撰写的一副各100字木字旁和鱼字旁的对联,现流传的张圣君签诗句亦为其所撰。据说他中举后上京赶考,在苏杭一带游玩时,于运河之上两次巧遇南巡的乾隆皇帝,还对了两个对子。乾隆两次脱口而赞"果然状元之才",并问过籍贯姓名,回京后命人在举子中遍查此人无果。张炳也因此错过钦点状元的良机。

宁远庄六扇弄门框,旧时每年春节,或遇婚嫁寿诞喜事,必贴一联,曰:赤松子未授丹经依然佐汉,绛桃花仍开月渚不是避秦。这里有个故事。张谦异母弟廼八,名起蛰,字汉龙,号藏庵,太学生,后例贡生。张起蛰曾捐租充义学,舍田为义渡(梧桐坵演渡),修道路,盖凉亭,济贫乐捐,喜作公益。有一年冬天,张起蛰到外地佃户收租,并顺便走访朋友、游历山水,逾半年才回到宁远庄。他见偏房某氏怀有身孕,感觉时间上好像不对,加上盘问时某氏紧张、羞涩,言语间有些支吾,起蛰疑心更重,竟研墨提笔写下一纸休书,不听任何人劝解,将某氏休回娘家。后某氏带着出生的儿子改嫁到仙游,仍名其子为张姓。此儿争气,一试高中举人。某氏乃把身世告知。张氏儿怀揣母亲交代的信物——一支金钗,启程回月洲认父拜祖归宗。听家丁报知后,对一个突然冒出来的举人儿子,起蛰满腹狐疑,又左右为难,急与兄张谦商议。谦想起当年起蛰休去的孕妇弟媳,若有所思,对家丁说:"有请!"家丁将张氏子带到正厅客位上落座。先是上茶,再上瓜籽,又上水果,茶水添了三四遍,可就是不见主人出现。张氏子在厅堂孑然独坐,焦躁不安,于是在厅堂上踱起了方步。

月洲宁远庄

月洲宁远庄

眼看日暮西山，还不见主人出来接见，张氏子既羞且愤，感到从未受到过的耻辱，请家丁递上纸墨笔，在厅堂上铺纸挥笔写下前述联句，压上母亲交给他的金钗，头也不回地怅然而去……起蛰兄弟听报，急急赶到厅堂，看到那支熟悉的金钗，再阅读留下的联句，命家丁速速请回举人。但张氏子从此再也没有回头。

  张起蛰再三品读联句。"赤松子未授丹经，依然佐汉"，相传赤松子就是那个早年传给张良兵书的黄石公，丹经指讲述炼丹术的专书。意即神仙赤松子并没有传授给张良炼丹成仙之法，但张良依然以对刘邦的无限忠诚辅佐他，喻指在我的成长过程中，你们虽然没有给过我什么，但不管你们承认与否，我对月洲张氏深情依然，仍旧心向月洲。"绛桃花仍开月渚，不是避秦"，"避秦"原指隐瞒身份避世隐居。喻指我这次回来，也不想隐晦，我是月洲张氏的血脉传承，根在月洲，就要像绛桃花一样灿烂地开放在月洲，不管今后身在何方，永远是月洲人。张起蛰兄弟幡然醒悟、后悔不已，知道当年不问原委草率休妻，真是冤枉了某氏夫人，但事到如今已不可挽回。为了表示歉意，也为了永远的怀念，从此，就在偏房某氏曾经住过的房间旁边，六扇弄的门口，永远贴上这副对联……

威严而慈祥，宁静以致远
——宁远庄导游词要点

□张建设

1.宁远庄路口

欢迎各位朋友游览参观宁远庄。

我们现在所在的位置，是月洲村的虎头山脚下。我（背向虎头山，面向游客）的右前方是金鸡岩，正面是漈头小溪汇入桃花溪。左前方是月洲村部礼堂，旧时称五十堂。虎头山并不高，甚至高不过自山脚生长的参天古树；并不龇牙咧嘴，而是慈眉善目。山头上，高大的古树林间，宁远庄静静伫立，不因居高临下，盛势凌人。绿树掩映里，安然恬静，静谧冲和。庄如其名，宁静致远，一如主人张谦的情怀。

宁远庄建于清乾隆元年（1736年），耗时5年建好。青石门额上刻着"宁远庄"三字。庄寨面宽55米，纵深45米，加上门前空埕地和右侧的花园用地，总占地3500多平方米，120个房间。

宁远庄的建造者张谦，是永泰首位进士张沃的十九世孙。张谦关心乡里事务，据说乡里民众也乐意将纠纷交由张谦裁断，"宁为张公所短，勿为刑罚所加"。

传说张谦起初本计划在洲中平地翻盖祖屋，请来的木匠在烘烤木料时，不慎将上好的木材烧个精光。因惧怕被责罚，惊惶之下木匠想一逃了之。不料才溜到嵩口隔凉亭，迎面碰到了访友归来的张谦。张谦问清原由，毫无责骂之意，

寻美嵩口古镇

宁远庄

212

反而劝慰木匠：没有木料就回去盖寨吧（建寨时更多地使用夯土、石材等）。就这样，张谦把木匠又带了回来，起厝的计划也做了改变，在月洲的虎头山上建起宁远庄来。

2.宁远庄大门外埕边回望月洲

　　这里可以眺望、俯瞰整个月洲村，与张圣君祖殿遥遥相望，分别为月洲村的东西守护。

　　在此顺便说说桃花溪及月洲村的大体形势。左前方远处，两山夹峙间直奔下来的就是桃花溪，流到宁远庄下方右侧的金鸡潭被金鸡岩阻挡，拐了一个回头湾奔向安兜岩，在张圣君母殿下再折而向南流入大樟溪。这个湾隔出一个沙洲，溪流形成月字外壳形，而这里的张家开基祖俩兄弟张膺、张赓来到此地，分别在洲前洲后建了两座住宅，更形成月字的两横，故曰月洲，到今天已经1085年了。也有人说，桃花溪在此分成两岔河，又围出了一个半月形的沙洲，所以叫月洲，也算一说吧。

　　这里可以充分认识庄寨主人选址的用心：这是一个独立的小山包，正面雄视月洲村的主村，右侧隔一条小凹地与金鸡岩毗邻，该凹地延展到庄寨后侧；正面和左侧是险峻的陡坡，下临漈头溪，视野开阔；右面、后面虽然坡度较缓，也是居高临下，易守难攻。进庄道路蜿蜒曲折，必须绕过庄寨的西南侧角楼，这座角楼与正门前的门前坪驳岸形成一个瓮形结构，更不利于进攻者。所以，正面防护非常严实牢靠。右空坪对登高进攻者也可以层层阻击。

从门前坪设置还可以看出主人的其他几个用心：第一，以前门前坪应该有围墙，门户开向桃花溪的上游方向，这是风水的需要。第二，设置一个门前坪，庄寨进出就有了一个缓冲之地，门前显得舒缓、牢靠，富有余地。第三，门前坪的设置还使得庄寨的整体形象显得相对和蔼，不至于咄咄逼人。传说未修门前坪时，宁远庄的大门一打开，空中就会风吼雷鸣，如同猛虎发声，山下的牛羊就会簌簌发抖。修了门前坪，建了门前坪门户，再命名了"宁远庄"后，这种情况才没有发生。

从这里也可以进一步证实张谦的仁心宅厚。有一副联语对这些地理形势和张谦的为族人遮风挡雨、抵御外敌的愿望做了形象的描述：

"楼槛凭乡井，眺月瞻星，且作升平守望；垣墉面祖祠，捍风障雨，聊成族姓藩篱。"

3.大门及门楼内

这里有几个看点：第一，可以看到寨墙的厚度，底层石砌厚近三米，一般火器对之只能兴叹。第二，看门框的精巧设计和精致工艺，有三重门设计，有凉门位置（现已消失），有防火设施，还有防撬装置。第三，最重要的看点是门厅两边的"捷报墙"。捷报墙，是庄内后人在历代科考中的"成绩单"，有县报、塘报、院报、藩报和京报。时光流逝，墨痕却存留数百年，散发着浓浓的书卷味。说明庄寨历代主人对科举文化的重视和取得的辉煌成就。第四个看点是，一重的横向长方形天井很特别，天井中部设甬道，两侧设石桥，进出内隔墙（礼仪墙）三门，天井内可以作为鱼池或荷花池。第五个看点是礼仪墙。这堵墙的位置在其他庄寨可能就建成礼仪堂，但这里建成门墙与照壁状，三门平脊，两大漏窗，前后檐下灰塑彩绘有花卉、瑞兽以及人生格言，即"乐不可极，志不可满，欲不可纵，傲不可长"。进入中门后回头可见联语"欲高门第须为善，要好儿孙在读书"，横批"安宅在仁"。这种形式十分可人，是永泰所有庄寨中的个例，装饰文化和家训文化内涵并重。

4.正堂

与其他永泰古民居或其他庄寨比较，这里的正堂结构很有特色。第一，向上望，厅堂高大敞亮，梁架为四梁扛井结构（这种结构的主人必须获得过一定的功名，否则就是僭越行为），梁枋上大型弯枋与一斗三升组合的补间辅作使空间显得更加舒朗。山面墙的三皮穿枋柱架结构具有明代遗风。第二，太师壁设落地式神龛，龛上格栅纹漏窗，以前除了供奉祖先灵牌位外，还供奉地方农业保护神张圣君。现在，宁远庄打造成古兵器博物馆，这里供奉武圣关二爷神像。这些都是特色。第三，从开门形式看，通往后轩的生死门高而阔，官房和六扇房均为双开门，也是少见。第四，厅堂上整体黑漆红彩，这也是明代的尚黑流风影响。第五，厅堂地面为三合土打造，将近三百年过去了，仍然结实、平整。这在庄寨中也很难得。

在此回头向前方远望，敞亮开阔，全然无一般厅堂正对倒座的压迫感，这是永泰庄寨少见庭院设计。又与倒朝楼隔礼仪墙相互呼应，倒朝楼门楣两边，书写的则是"迎风""待月"四个字。可以想象，在清风飘拂、明月行空的良夜，主宾数人在此赏月抒怀，吟诗作对，是何等的惬意。

5.空间布局

从整座宁远庄的空间布局看，它在建筑形制上很好地体现了封建等级制度的森严，做到了尊卑有别，上下有别，男女有别，内外有别。主座通过几处门户的封闭，可以使主座形成寨中之庄，其间就是男主人活动的空间，一般下人断不许进入；女眷一般也不参与到男主人的活动空间里。礼仪门就是所谓"二门不迈"的二门。内庄四周与扶楼之间有一条环形大通沟，也切实地将内院与

寻美嵩口古镇

宁远庄

扶楼分开。这种内庄与外楼的彻底分开，在永泰现有150多座庄寨里是唯一的一例。宁远庄的扶楼很有特色，它是独立的、环围的、紧靠寨墙的一圈楼，该楼的内侧（临内庄面）有一条环形走廊，外侧（临寨墙一面）也有一条走廊；这两条走廊的功用是不一样的，内廊只能家人通行，外廊（隐通廊）只供防守的家丁使用，男主人可以通行于两廊之间。内廊分布着许多美人靠，可供内眷休憩；外廊主要作为防守家丁在防卫时的快速调配力量的通道。

6.角楼

宁远庄有四座角楼。永泰庄寨有四座角楼的不多，目前只有翠云寨也有四座角楼。宁远庄的角楼与翠云寨的前大后小、与主体平行嵌入不同，呈斜向

宁远庄

45度设置，四座基本同大。每座角楼都形成五边形的空间，对外的瞭望、防守空间显得异常开阔、全方位、无死角，对内与隐通廊连接，还可以作为防守力量的"屯兵休息"处。

对于角楼，我们还可以认识先民的一个工艺：河卵石干砌。这几座角楼，位于寨墙的转角处，高数米，最高的达十余米，不用任何黏合剂，利用石块本身的棱角勾连结合，严丝合缝，上下收分整齐顺畅，二百多年的风雨、地震都对之构不成伤害。对比前埕下的驳岸，现代人修补的，普遍使用水泥，没有用水泥就整不起来，不禁钦服先民技艺之高超。

7.几处小设计

扶楼内廊道边上的美人靠，体现了对家眷的体贴关怀。

倒座左边房间的用途（可以请人猜测），关键在于地门的设置，体现了古人的聪明才智。实际用途是粮仓，地门是让运输工人卸粮装仓时省力。

取水设计。利用虹吸原理，深埋管道从后山秘密取水。可惜在70年代因人去楼空而毁弃。

8.左边官房墙上的墓志铭

初处见到的人一定很奇怪，为什么在整座宁远庄地位最高的左边官房里会张贴着一份一般人看来有些"晦气"的墓志铭？纸质已经是泛黄、酥脆，有许多地方脱落，估计贴在此的年代十分久远。但这却是一份非常重要的文物或说明宁远庄主人身份的重要物证！

仔细考察内容才发现，这就是宁远庄主人文隅公的墓志铭。说明宁远庄确实是张文隅所建，所以他生前可以居住在这个最尊贵的房间里直至去世，去世前一段日子将生平状寄给朋友、进士李光云（剑溪人，曾任翰林院编修、时任太常寺卿），请他撰写墓志铭。李光云对张谦的评价是"先生之德，士林共推；先生之学，斯文聿开。"由此可见文隅公性格之光风霁月！

9.几副旧楹联的故事

过去,宁远庄里悬挂有几副楹联,有些故事。

(1)溪畔泛桃花,五十里潆洄,风恬浪静;月中培桂树,千百年长养,蒂固根蕃。

这副悬于宁远庄屏柱的楹联写景叙事,娓娓道来,很是风雅,可看出主人当年的追求。

上联说的是桃花溪以及祖先从何处来。即五代闽国时,曾为高官的张膺张赓兄弟挂冠隐德的故事。溪畔泛桃花,点明桃花溪,月洲。五十里潆洄,说的是从最早的避居地汤埕、青铜溪到月洲的过程;风恬浪静,说出了对世外桃源的追求和对月洲优美环境的欣赏。下联用家族里"丹桂五枝芳"的典故来激励后人奋发上进。"月宫折桂"讲的是科举及第,"桂树"又比喻佳子弟,"月"还再次代指月洲。下联的意思是,持续培养子弟读书上进,子孙繁荣昌盛,人才辈出。这既是对祖上辉煌的描述,透出一种骄傲和自信,也是对子孙后代的期许。

(2)赤松子未授丹经,依然佐汉;绛桃花仍开月渚,不是避秦。

这副楹联的上联是结合汉初留侯张良的故事,表明自己的心迹。张良(约前250—前186年),字子房,河南颍川城父(今河南宝丰)人,秦末汉初杰出的谋士、大臣,与韩信、萧何并称为"汉初三杰"。他年轻时曾拜赤松子为师,在鸿门宴上使用巧计帮刘邦脱身。后又以出色的智谋,协助汉高祖刘邦在楚汉战争中最终夺得天下,帮助吕后扶持刘盈登上太子之位,被封为留侯。联意是:即使未得到"赤松子"的经书传授,张良仍然会辅佐汉室。下联的"绛"色就是红色;"避秦",则典出晋陶潜《桃花源记》:"自云先世避秦时乱,率妻子邑人,来此绝境,不复出焉。"联意是:这枝红色的桃花仍然会在月洲盛开,但不会是为了逃避危难而来。

文隅公有异母弟迺八,相传其妻被乡人毁谤,逼弃改嫁仙游,其实乃贤淑妇人,将随腹子仍立为张氏。此子读书中举,回月洲拜祖认亲,而文隅公、迺八公皆避而不见，只遣下人虚与周旋，致拜祖者羞愤而去，遗下上面的联句。据说文隅公、迺八公见到联句后，想追回此子而未得。这副联悬挂在六扇弄口，用以时时提醒族人要宽宏大量，要实事求是，不要随意猜度，以致冤枉他人。

（3）地以人灵，非数百载树人而文笔金钗，岂能长发；福由善庆，乃六十年积善其竹苞松茂，堪足诒谋。

这是现存记载着的原楹联里最长的一副，联句中充满人定胜天、为善必昌的精神。有人说，这是文隅公六十岁生日的寿庆联。应该还有一种解释：正常规矩，正柱是一栋房屋的主要精神所在，此柱不应该仅悬挂寿联，而应该悬挂叙述家族或本宅来历、风水、运数等内容的楹联；且楹联应该在建成之时已经悬挂上去了的，不会等到数十年之后主人六十岁了才悬挂于此（据老族谱记载，张谦24岁建此庄）。

联句里的"数百载树人"和"六十年积善"讲的是对子弟的传统文化教育培养。"地以人灵"和"文笔金钗"讲的是家族的风水格局。文笔峰是月洲村的朝山，据说，所有正面朝向文笔峰的家居子弟都善于读书进取，宁远庄的正面也基本朝向文笔峰；金钗，则指来月洲村的第一代祖先的墓地风水是"金钗插地"，寓意子孙兴旺发达。"六十年"更指风水术数的一周天，也就是说，"风水轮流转，唯来积善家"；积善，是宁远庄的主要精神。

宁远庄名句解读

□方元茂

月洲宁远庄,张谦建于雍正年间,庄内留存诸多名言佳句,"傲不可长、欲不可纵、志不可满、乐不可极"便是其中之一。语出《礼记·曲礼上》,其义:骄傲不可滋长,欲望不可放纵,志气不可自满,享乐不可无度。

一

骄傲之心不可滋长,人一旦有了骄傲之心,便易滋生傲慢之心。汉郑玄对《诗·小雅·角弓》"莫肯下遗"笺:"今王不以善政启小人之心,则无肯谦虚以礼相卑下,先人后己,用此居处,敛其骄慢之过者。"宋苏澈《龙川别志》卷上:"上以谦虚为贤,下以傲诞为高。"

谦虚是美德,是进取和成功的必要前提。有真才实学的人,往往虚怀若谷、谦虚谨慎;不学无术者,常常骄傲自大、自以为是。骄傲滋养傲慢,傲慢心生,则傲才骄人、以宠作威,人就无法谦恭受诲,也就难以再获发展;有丁点资本就来傲气,一生不会有大作为,因为一切成就都是基于谦卑自牧的态度,由此明白"人外有人,天外有天"之理。

历史上不乏有谦得傲失的事例。春秋时期,卫国有个叫孔圉的人,不仅好学而且谦虚;他死后,卫国国君为了激励后人学习他的精神,赐予"文"号,后人尊之为"孔文子"。楚霸王项羽自诩贵族出身，自傲英雄盖世、力拔山河，自得拥兵百万，而鄙视出身低微的刘邦。刘邦则不以为然，凭借自己善用人才，步步经营，最终由弱转强。刘、项相争，项羽最终惨败，自刎乌江。

二

欲望之心不可放纵。北齐颜之推《颜氏家训·止足》："宇宙可臻其极，情性不知其穷。惟在少欲知止，为立涯限尔。"其训：享乐不可极度，极度就变成悲哀；人欲不可放纵，放纵就变成灾难。《旧唐书·文苑传·张蕴古》记述："乐不可极，极乐生哀；欲不可纵，纵欲成灾。"此曰：凡事皆有度，万事不可过，物极必反，过则无益。

贪婪，是开启通往地狱大门的钥匙，贪得越多，堕落越快；在欲望中放纵欲望，带来的只能是无尽的私欲，贪得无厌必将走上不归邪路。《醒世恒言》有个警世故事：唐朝进士薛录事，因病发烧，梦见自己高热难耐，于是跃入水

月洲状元桥

中化作金鲤，恰遇一老者在船上垂钓；薛录事明知有诈，然难抵香饵诱惑，遂成老者钓物。庄子早说过："其嗜欲深者，其天机浅。"

社会在进步，欲求在提高，没有所求，社会就停滞不前，落后就要挨打，于国于民于己，皆是此理。我们固然不会"存天理、灭人欲"，但也坚决反对纵欲。人的欲望是无限的，可要建立在合理追求上，求利不以损人利己为目的，求势不以侵犯国民为目的，求享不以侵害亲朋为目的。

合理所求要靠自律习惯，自私恶习导致利欲熏心；沉溺在贪欲之中不能自拔，无疑带来欲纵而失控。曾国藩说："嗜欲之心，如堤之束水，其溃甚易，一溃则不可复也。"古往今来，因为放纵欲望，而给自己、他人、社会带来严重后果的事例，比比皆是。

骆驼见牛炫耀自己漂亮的角羡慕不已，自己也想要长两只角。于是，它来到宙斯那里，请求给他加上一对角。宙斯见骆驼不满足已有庞大的身体和强大的力气，还要妄想得到更多的东西，很是生气，不仅没让他长角，还把它的耳朵砍掉一大截。《伊索寓言》告诫人们：许多人因为欲壑难填，一见别人的东西就眼红，不知不觉连自己已有的东西也失去了。

三

志，志向，心之所向。人不可无志，但不得自满。《六韬》曰："器满则倾，志满则覆。"志不可满，是说一个人的志向要远大，惟其远大方能不满。

古云："一屋不扫，何以扫天下？"清朝康熙皇帝，年少志大，亲政后书写"三藩、河务、漕运"条幅悬于宫中柱上；他能逐一实现关系到国运长久、百姓安乐的三件大事，就在于他有志而不自满。

志满意味着失去未来。楚国项燕，中计败亡；期间秦军故意示弱，数次胜利后，项燕自满，防备日下，被秦军突袭而亡。明末李自成，起义军攻入北京后，建立大顺，沾沾自喜，政权很快腐化，致使军队蜕变，败于清军。

朱熹以志向励人，"知之，则志向有定"。一个胸怀大志的人，决不会满足于现状，而会为了远大理想和抱负不懈地追求和奋斗；不自满，能在胜利时防止失败、平安时预防凶险、幸福时避免灾祸、成功时寻找不足,从而不断提升自己、向新的更高目标进取。世界上取得大成就者,大凡具有这种美德和素养。汉武唐宗,志在中华,创造出了具有世界意义的"中华文化圈";罗斯福志在克服经济危机,使美国经济复兴并为反法西斯战争胜利奠定坚实的物质基础。

因此,人不可志满,否则得意至极,也就终结了规划的生涯;不志得意满,才能志存高远,才会充实人生。故大志者须"正己",《中庸》道:"正己而不求于人,则无怨。"

四

享乐不可过分,否则乐极生悲。《晋书·东海王越传论》:"临祸忘忧,逞心纵欲,曾不知乐不可极,盈难持久。"孔颖达疏:"乐者,天子宫县以下皆得有乐,但主欢心,人情所不能已,当自抑止,不可极为……靡靡之乐,是极乐也。"

三国时,蜀国刘备驾崩后,把皇位传给儿子刘禅,并请丞相诸葛亮来辅佐刘禅治理国家。刘禅阿斗,当皇帝后,只知吃喝玩乐,根本不管事,还好有辅臣诸葛亮撑着。诸葛亮去世后,魏国遣兵攻打蜀国,阿斗不仅自降,还带着旧臣到魏国去当"安乐公",继续过吃喝玩乐的日子,完全忘记亡国之恨。某日,魏国大将军司马昭请阿斗吃饭,故意命人表演蜀国杂耍,以此羞辱蜀国"贵人"。旧大臣们看到这些蜀国的杂耍,都非常难过;唯独阿斗却高兴地拍手叫好,没有一点伤心的样子。后来,司马昭故意讽刺阿斗说:"在这里过得开心吗?想不想蜀国?"未料,阿斗居然愉悦地说:"此间乐,不思蜀。"

前人的过失应验了《大学》对治国、齐家"得失"的界定,"知止而后定,定而后能静,静而后能安,安而后能虑,虑而后能得"。

历史在警戒后人,后人未必思考历史。"阿斗的笑话"已渐离我们的生活,人们几乎忘却了这一历史悲剧,是历史远离我们还是我们淡忘了历史?曾经穷怕了的一代人,在物质丰富的今天,"回报式"地为子女创造物质大道,力所能及地为后代开辟物质通道,就怕"亏待"了他们。我们有几个会扪心自问:

宁远庄铳楼

我们几何培育后代为家为国的担当精神？人们常叹：这代人真幸福！可他们的幸福是谁给的？哪里来的？他们知道幸福为何，又如何珍惜幸福吗？"乐不思蜀"、玩物丧志的例子是不胜枚举的。无节制的溺爱，只会导致家散财空、家心动摇、家船倾覆。而超越自身能力千方百计地妄取社会资财，从而过上令人称羡的人上人的生活，这就犹如饮鸩解渴，最终会落个身败名裂的下场。

五

傲气不滋长，欲望不放纵，志向不张狂，享乐要有度。宁远庄主人引用经典名句做家训，足见主人的学识与智慧。张谦身体力行，后人从他身上看到其践行"名句"的点点闪光。

张谦故事，虽少而精，个个典型。族传：本用于修缮祖居的木料，因木匠不慎失火，张谦安抚匠工并未予以怪罪。族谱说：张谦乐善好施、秉性忠直，捐修县治明伦堂、文庙，筹建蜚英石拱桥。县志载，贡生张谦是乾隆戊辰版《永泰县志》的校订者之一。张谦是永泰第一进士张沃的后代，他善待他人，无"傲"

而"谦",无愧其名,留下一段历史佳话;张谦修史行德,其志日月可鉴;他热心公益,其"欲"实属"众欲",其"乐"实属"民乐"。故,民赞曰:"宁为张公所短,勿为刑罚所加。"

张谦其人其事映照出张氏先祖内敛而自律的修身家训。月洲张氏,名人辈出、继往开来,创造出经久不衰的"月洲文化"。这令人瞩目的文化积淀,归功于张氏严谨的家风,以及先人的言传身教。从张沃七岁赋诗到五十位进士诞生,从"二张文化"到"月洲文化",张氏一族无不从实做起,无论得宠、沐恩,无论失势、贬谪,都永葆初心、永存本色,宛如"十八条官带",条条艳丽、华而不炫。

诸葛亮于《诫子书》中言:"夫君子之行,静以修身,俭以养德。非淡泊无以明志,非宁静无以致远。夫学须静也,才须学也。非学无以广才,非志无以成学。"慎身修永、淡泊名利、笃志好学、宁静致远,即宁远庄名句之"傲""欲""志""乐"人生哲理寓意所在。

〔山乡风情〕

都说福建地貌是「八山一水一分田」，这山深林老、石奇岩峻的赤水，风光是无限的，但将之作为生齿繁衍地，要垦耕出「一分田」，其艰辛程度远比平阔地大。广袤森林更是无常，林中虎豹、野猪、山峭鬼、蛇蝎等魑魅丛生。圣君这个宋时孕造的神灵，曾经印痕在宋朝的赤水，那么圣君时代或者正是赤水人家生息的一个节点，甚至是一个大约的起点。赤水人家缘何入迁此老林岩山？圣君传说中语焉不详，不妨借用一下此地黄姓氏族变迁的史料来做点推敲吧。

赤水有过梁、郭、张等姓族，这些姓族如今已经罕见或不见。如今人口数最多的黄姓，是清初从仙游凤山乡东湖开迁而来的，在此繁衍只有三百多年的历史，但其家谱《东湖黄氏族谱》里有近千年的支脉迁徙的简约记录。

湖光山色喜相逢

□邵永裕

许多时候,来到一个地方不需要任何理由,抵达之后,都愿意相信一种叫缘分的说法。

二十多年前,在"远学美岭,近学大喜"的口号声中,一个名不见经传的小山村,以文字材料的形式映入我的眼帘,那种虚幻感就像儿时反复唱读"我爱北京天安门",而产生的未见真容却有硬生生植入大脑的概念符号一样。这是大喜留给我最初的感知。

后来调到乡下工作,那块立在203省道嵩口镇白湾段书写"大喜"二字的路标,一周里与我有了两次的邂逅。无缘对面不相识,似乎是某些不可思议的理由。"大喜"二字,就像路边店招呼客人的姑娘,在那热情地召唤了16年,终究没有把我引入,但"大喜"的概念开始具象起来,我认识了它的方位。

2015年立春前夕,我终于满腔热情地牵手大喜——这位遭我几度冷落而又突然被我念挂的佳人。看腻了涂脂抹粉的艳俗,大喜的质朴和清纯,撩得我怦然心动。刹那,我沉迷陶醉了。

顺着路标的箭头,从203省道折向大喜村道,平行于峡谷的山腰水泥路不断向前延伸。峡谷两旁满目苍翠,茂密的植被使得行驶于山道的小汽车仿佛跳跃于林荫的小鹿般时隐时现。山高林密,那荒凉让我怀疑走错了路。迟疑间,

大喜晨景

　　一辆从深处驶来的摩托车，让发毛的内心坚定了远方村庄的存在。

　　山路按同样的宽度继续蜿蜒，伴行的山势像村姑的臂弯，由拘谨变得舒展，而慢慢张开。远远望去，一条大坝，拦住了远眺的视野。升腾的山雾漂浮在山峦间，在光的照射下，不断变幻着光怪陆离的景象。雾霭衬着墨绿的群山，一幅在青山碧野间铺展开来的山水画卷。坝前小山岗被那簇拥着成各异造型的苍松，像因为望不见坝内景色而聚焦的凝眸。站在坝上，放眼望去，豁然开朗。一路走来，狭窄的峡谷，突然变得舒展开阔。一湖碧水居在村中央，收映着长天白云，荡漾着挺拔峰峦。水面宽阔，你不管站在哪一个位置，尽可感受在水一方的美妙。湖水把山脚下的农舍拢在了同一平面上，与盛开的灿白如雪的梅花交相辉映，迷离间仿佛坠入陶渊明笔下的桃源胜境。

　　群山环抱，白云蓝天。村庄四周黄墙黛瓦的房舍是那么的宁谧平静，那么的不与世争——一幅定格的水墨画，画中的烟云不会消散，画中的时光不会流转。慕名前来，抑或不期而遇的人，定会忍不住思索——这远离车马喧嚣的地方，是否也隐藏了人间最平凡的故事？

　　村庄里很难看到年轻人。店铺的大门敞开着，同行的朋友想买点充饥的食品，唤了许久，从旁边的门户里才探出一个头来。这里演绎着"夜不闭户，路不拾遗"的安详，似乎从来如此。想了解一些村庄珍藏的秘密，因为遇到的人不是语言不通，就是表达不清，只好把猜测留给了自己。

终于，村里有一朱姓老人为我解开了秘密。拓荒的先祖，为躲避战乱和兵匪，渴望寻个僻静安宁、可供安身立命的地方，遂携家带眷，顺着峡谷，攀爬于崖石和丛林。山穷水尽，正是惶恐时，眼前一片开阔，梦都不敢想的惬意，居然在面前呈现。愿望不期而至，心花怒放的他们，不禁仰天高呼："天赐啊，大喜！大喜啊！"定居后，先人便称此为"大喜"。后来，在附近又开发出一个小村落，被称为"小喜"。

从古至今，为了寻得安宁，多少仁人志士，甘愿舍弃都市繁华，携家带口，隐居田园。守着简朴的柴门，修几径篱笆，看三两桃李争艳吐芳。或荷锄在田埂间，牵一头黄牛，遥看天边的晚霞。乡村的宁静是造物主的安排。大喜留驻了11个姓氏，繁衍了600多人，村人围着一湖山水，和谐共处，履行着与生俱来不可言说的宿命。

大喜又名特喜，由大喜、岩富、陈坑三个自然村组成。立春前后，梅花、李花相继绽放。虽是春寒料峭，流动的风还透着冷，当你踏入大喜，将生命交付给乡间素朴的山水，那房前屋后，田野山头，一片清香的花白，便把村庄连

大喜溪天然泳池

同周围的青山点亮。素洁淡雅的花朵汇成花的海洋,青瓦白墙的民居古屋点染其间,倒映在蔚蓝的湖水中,微风吹拂,水纹荡漾出灵动的魅力。每一个来到大喜的人,若有幸遇上包围着整个村庄的芳菲花海,一定会抵达梦里的故乡。

　　大喜的村落依山傍水。村前是哺育生命并创造财富的水库。湖面散发着岁月的宁静和沉香。提起这个赐予大喜鲜活的水,便有让人说不完的故事:水库始建于上世纪70年代,坝高22米,蓄水面积2300亩,蓄水量222.4万立方米;利用水库发电,大喜办起了竹木厂,产品销售海内外,企业效益远近闻名。以"农副结合,畜牧并举"的大喜,建电站,造林,种橘子,村民收入不断增加。在缺衣少食年代,大喜村民粮仓有谷子,口袋有钱花,日子过得悠然自在,大喜成了许多人追逐的梦园。物质生活有了保障,他们也注重精神生活的追求:村里建有电影院,创办文艺队,举办夜校,是远近闻名的明星村。

大喜水坝

水库的湖底位置曾经有过一座寨，俗称大喜寨。因为村里有两个寨，此寨地势较低，被称为下寨。大喜的两座寨，都被兵匪头目陈梅芳占领，上寨作为指挥部，下寨驻扎部队。陈梅芳以此为据点，苛捐杂税、烧杀抢掠、作奸犯科、残害民众，1918年11月，蒋介石部队路过此地，清剿陈梅芳，这下寨就被用榴弹炮炸塌了。

湖水一如从前地澄澈，就像大喜人寻常的日子，波澜不惊。湖水除了灵动那里的山和水，坝底流淌的每一泓清澈，也滋养着嵩口千年古镇的繁华。

村庄的房屋也留存着闽中建筑素朴典雅的风格，房舍多为土木结构，注重依山面水，南北朝向。不管站在村庄的哪一方向，这古朴的错落有致的房舍，成了曾经的村民展示存在、表露喜悦的最好注脚。被岁月染霜的老宅，吸引人们想敲开它的门扉，打开一段大喜往事。错落在湖边、山腰的民房老屋，虽然多是人去楼空而显得荒凉，但也因花果叶树的精彩点缀，而丝毫不逊于精美的画面。

漫步于湖边农舍前的村道，不期然与供销社、礼堂、老人活动中心相遇。在大喜，礼堂是上世纪特殊年代大喜乡亲的精神寓所，是晾晒在村庄里的一幅古画，仿佛再现当年乡亲对精神食粮岁岁年年的渴望和等待。走出大喜或走进大喜的人，只要经历过那个文化生活匮乏的年代，稍微碰触这礼堂，那相同的记忆会抖落成一地的感动。

这个美丽的乡村，太多的风景令人流连。可以选择去大喜峡谷，让奔流的清涧洗去心间最后一抹浮华；也可以攀岩越涧，在艰难中悟得付出与收获关系的朴素道理；还可以在山间溪涧与飞越的大雁对话，衔一缕乡村的炊烟，踏梦而飞。

染过大喜的白云清风，此后的人生哪怕千回百转，这段缘分也不能轻易抹去。一剪闲云似乎望见故乡的溪月，一程山水如同误入桃源胜景的浪漫，一弯碧水揽着群山的画面，恰似世间最美山水画卷的铺展！

谁见了这样美景，不会从内心感激上苍的恩赐——"遇见大喜"！

山穷水尽便里洋

□邵永裕

到里洋之前,它是以"偏僻、原始、边界、匪窝"等词汇表达的印象嵌入我的大脑的。

过了大喜,前往里洋的路还有20里。沿途山高林密,僻静荒凉,车子在树梢里出没爬升。接近村庄时,好不容易见到一户人家,它却遥挂在对岸山腰的丛林深处。古朴的农舍,翠绿的背景,飘渺的山雾,织成了一幅诗意盎然的画卷。车里的好摄者异口同声"停车",都想把美景定格成永恒。兴奋之情,不亚于松林中寻找麻菇的山民得到意外收获的喜悦,收藏里洋的美丽从这悄然开始。

绕过一丛高大的树木,道路蜿蜒到了村口,抬头虽然还看不到村庄,凭感觉,车子已驶到了尽头。一路逶迤平行延伸的两列山脉,在这里慢慢收紧,并拢合聚成了山峰。疑惑间,村口一位老人告诉我:"里洋村到了,就在前面。"

转过一个小弯,上了一道斜坡,坡道尽头一座座蒙着岁月尘埃的古民居,赫然"张贴"在眼前,静默在苍烟夕照下,显得古朴,甚至有点沧桑。凝望着斑驳的色调,历史的沉香仿佛从眼前漫溢而来。沿着水渠边的小径往里走,半圆型路径两旁的房舍,或依壁而立,或翘岩而存。视野所及,巍峨的山峰像一扇高大的屏风,拦住了峡谷的延伸,成了里洋村庄的主体。

里洋一瞥

山乡风情

　　峭壁上挺拔的房舍，有一种直冲云霄的高旷力量，用沉默的方式丈量着里洋文化的坚毅与顽强。踏上通往各户民居用石头铺成的小径，迎面仿佛飘荡着拓荒者筚路蓝缕的回音，令人探究，催人揭秘。那被年轮风蚀的门环，冥冥中见证着村庄从无到有，从有到旺，从旺转微的轨迹。立于盘山石径，沉思着"拓

壁上里洋

荒"与"弃荒"的因果关系。

　　房舍依山而建，错落在山壁上，层层叠叠仿佛向天际伸展。山坳里土木、砖木结构的房舍，各自按照主人的意愿，选择暖阳、添丁、生财的风水宝地，肆意地铺展着他们的创意与任性。透过斜阳的炊烟，逶迤成群的房舍，迷离之间总觉得似曾相识，又似乎很遥远。一种怀旧的气息，裹着一幅浸染过岁月尘埃的水墨壁画，扑面而来。感动之余，有谁不想剥开它潜藏在年轮深处的秘语？

　　像内地人向往海洋一样，九寨沟把大大小小的湖、塘、池、泊命名成"海"。先民希望栖息于平坦的，甚至是广阔的天地，便把内心的愿望寄托给了地名，把略微平阔地称为了"洋"。也许，这地处偏僻崎岖的"里洋"，是到了山穷水尽处，便被冠了个"里"字。

　　就因为这个"里"字，里洋文化多了许多传奇色彩。1918年11月6日，蒋介石路过梧桐镇白杜村时，与总部设在里洋的陈梅芳土匪进行了交战。由于蒋低估了对手，再加上武器没有优势，人生地不熟，在永泰吃了个败仗。意外的打击，给蒋介石上了一堂一生难以忘却的课，也让他记住了"里洋"的名字。

俗话说"狡兔三窟"。陈梅芳据点有三：大喜下寨（今淹没于水库之中，水枯时依然可见轮廓）驻扎部队，上寨是指挥作战机关，里洋为其老巢。其中里洋是最后一道防线，也是最隐秘的指挥所。陈梅芳被十九路军封为团长后，带回两把手枪，举行庆典，另立山头，招兵买马，苛捐杂税，残害民众。

据80岁的朱朝炳先生介绍：自从大喜下寨被蒋介石用榴弹炮轰倒"左耳"后，陈梅芳就退回里洋保存实力。生性暴戾的他六亲不认，回到里洋继续作恶，残害村民。朱家全是陈梅芳的秘书，他有个8岁的孩子，由于天冷用火笼取暖不慎失火，陈梅芳因此生恨，抓来秘书的父母，把其母溺水残害，后来奸污其妻子，最后把全家5口全部杀害。

陈梅芳苛捐杂税手段残忍。除了自己私设税馆强征外，还到处抓人勒索。最惨的可算陈吓油，抓回后，用木头绑住他的双脚，羁押在阴暗的房间里，摧残身心。寒冬的一天，陈梅芳在屋外晒太阳，其他兵丁出外勒索去了，身强力壮的陈吓油挣脱了手脚束缚，冲出门外用柴刀劈坏了陈梅芳的脑袋，从此，陈梅芳落得个残疾。陈梅芳的匪兵到1933年，穷途末路之际才解散了部队。

里洋既是匪巢，又是先民避匪的天堂。村落的正前方是一岭巍峨的山脉，密不透风的丛林，把它从头到脚裹得严严实实，无人逾越的原始，顺理成章地成了地理分界线。由于三面山高林密，人烟荒芜，兵荒马乱的岁月，这里成了安身立命的最佳去处。拓荒的先民，就是从对面山麓下的仙游，披荆斩棘迁徙而来。

这里的姓氏宗族繁杂，依此可以回溯当时先民逃荒避难的情景。不拘姓氏，不问何来，为了求生，他们走到了一起。来到这里的先民，心有灵犀地遵从着"爱天主在万人之上，爱人如己"的信仰理念，把无尽的忧愁与希望，寄托给了拯救心灵苦难的天主。里洋因此成了信奉天主教人的乐园。蒙尘的天主教堂，见证了迁徙于此不同姓氏和谐共生，合力构筑家园的心灵救赎历程。

拓荒先民如何结缘于此，没有人讲得清楚。村里的老主任陈诸党告诉我，祖先在此安生立命繁衍至今，已有十三代，三百年左右。这个以层叠垒构为特征的小山坳，鼎盛时有50多户400多人口，学校、店铺、教堂一应俱全。如今走进路边的房舍，许多农户生活设施依然完好，但走廊上的苔藓，台阶间的野草告诉人们，村庄已人去楼空，村里连老带痴的八九个人，衬着蒙尘歪斜的老屋，留下死寂一般的荒凉。

　　俯瞰山坳，那些沉睡在夕阳下的古民居带着朦胧的醉态，好似浓郁的水墨，缭绕在风烟中，化也化不开。墨色的瓦，黄色的墙，碳色的木屋是闽中民宅质朴的灵魂。它不施粉黛，黑得坚决，黄得透彻，以朴素的大美，平和的姿态，掩映自然风采，融入生活百态，静静地搁置在清雅如画的秀水灵山中。

　　目光穿透与村庄同样久远的矗立在村头的树木枝叶，跳跃的思绪在瞬间凝固。于熙攘的街市走来，里洋的原始是一种生态，里洋的古朴是一种文化。保存也是在传承，特色即是潜质。它不再是挂在荒凉偏僻山野上的一幅画，而是一个顽强求生的群落的典型标本，在我们沐浴盛世太平时，这个标本将备受瞩目，众所追寻。

　　于是，壁上里洋，不管以何种元素融入人们的脑海，它注定在芸芸众生心中留下清净明丽的涟漪。

千嶂里，一川奇石枕赤水

□张玉琳

戴云苍苍，赤水涣涣。奇石岫岩，漱水枕山！

永泰西南边隅这与德化石牛山近邻的赤水村，辖区面积48.5平方公里。山从西南处石牛山逶迤而来；水往西北向大樟溪奔流而去。

作为大樟溪分水岭的戴云山东带山脉，如同昂首收翼的巨鹏：石牛山是雄起的鸟首，大樟溪两侧山峦是翅翼，溪水顺着鹏背倾流向闽东平原。赤水村版图的轮廓，像一片外缘带齿的芭蕉扇叶。叶尖向南，叶柄朝北。境内的山峦从西北倾向东南层层跌落，犹如巨鹏的脖颈向脊背的滑落。紧蹙的火山岩山、高山草甸大洋面、海拔达1682米福州地区最高峰东湖尖，绿色的屏障彼此夹峙，峡谷、沟壑纵横，清流淙淙、急湍翻腾。众水归一，便是赤水溪。

赤水溪从西南往东北贯注，支流黄溪、后溪与金潭溪，三溪流成"芭蕉叶"中的"叶脉"，两侧的涧流就是侧脉了。作为大樟溪上游支流的赤水溪，它的河床身量是很秀气的，但是它流经的区域，两岸崖壁林立，巉岩突奔；河床里不时突兀起嶙峋的石岩，如阵如林排列的巨石。

夹峙着河流的峰峦峻秀葱茂，却也不时坦裸出粗粝岩体，狂纵犹如绅士偶作成少年样。山峦间四处散落着披萝蒙薛的巨石，如天神纵横过的古战场遗留下的兜鍪甲胄。

神蛇出洞

  这一带山脉属于早白垩世石牛山组地质构造,石牛山是核心区域。如此看来,这锦绣山水里布满奇岩巨石的天机,是曾经在它所属的山脉遭遇了山崩地裂、地火喷涌的创世运动?造物主在亿万年前,乾坤挪移建立成的山水秩序,一定是突兀与生涩的,造物主又以万物相生相克的方式,用亿万年光阴的行走和解了它们。这赤水之石,在溪流中的,水安抚、雕琢了它;在山林之中的,木秀于上,土拥其间。然后,眼前的一切就如此地生机而和谐了。

  "赤水"之名,源于近千年前的闾山派道教法主公张圣君一场除蛇妖的传说。蛇血染赤此溪或只是历史中的某一刻,甚至只是人们想象的某一刻。这赤水之流,如同它的原名"锦水",其实是如此的清净活泼,如此的温婉锦绣。

  "芭蕉叶"上这潺潺的"脉流",经年活泼泼地向低处运送着。多数时候,它温柔如同少女的纤手,拿两岸的峭壁、河床的岩石做琴键,一路俏皮地划弹,欢快地敲击。偶然它也会手插腰间、圆睁杏眼甩个泼,让不逊的石块挪移,让

香嶂里,一川奇石枕赤水

赤水溪

顽劣的山岩摧崩。

顽石接受秀水万千百年的漱洗与驯化，竟是着上了一段风骚气韵。一段河床中的石头们，在相同的地貌中，风韵相似，如同一个村落里有共同文化基因的乡邻一样。那水流缓宽处，溜圆如恐龙蛋的石头们成群地匍匐着，它们有着相近的流水弧线，如同昂首静默着的秦俑，或是像被魔法定格的跳蛙。它们似乎在等待一场山洪来复苏自己血液，等待实现那滚爬潜泳到山下大千世界的梦想。

狭窄陡弯的山崖地带，横七竖八地拥堵着或浑圆或扁长的巨石。尽管形骸不一、高低错落，彼此之间却有着某种默契。譬如近村口处溪中段的河床中，有一个列阵百多米长的巨石群。这些直径在三五八米之间的庞然大石，或者重叠交颈如情人厮磨；或者犄角相对似猛兽斗架；或者受困一隅，眈眈虎视。不同侧面，不同眼力，可以幻化成各种象形：海龟探颈、海狮伸腰、马头饮水、螃蟹舞爪等等，整一个海陆空巨兽云集的侏罗纪公园！而石的各侧面都有水流侵蚀成的婉转弧线，迎水一面光滑干净。

水以自己的洪荒之力，在千百万年里为岩石们载歌载舞，让这天神放逐散养的"巨兽"们，面目并不狰狞，也少有蛮横，却有些拙朴的憨态，甚至一点灵秀。

岩石因为水的滋养而平添柔情，与石一路厮磨的水，也生出了风情万千。

石卵丛上，碎浪手拉手轻快跃过，闪成一簇簇白亮亮的花。陡石之间，水流挤成束状飞射而出，得意洋洋地与被抛在后面的石岩道声"再见"；高岩上，灵动的流水遇上高冷孤绝的岩壁，生出了一种决绝的气势，瀑流因此而孕产。往金潭方向以及粗坑方向人迹罕至的涧流中，都是有瀑流群的。金潭村狮子岩，岩前十几棵千年古松，岩上半含悬棺，在悠远神秘之中，五级瀑流百米潇潇布却抖落成珠帘幽梦、舞女蹁跹衣袂，俏皮而轻灵。

瀑流涌荡的是吟唱《上邪》的村野女子般的激情，潭水则静雅羞涩如《红楼》黛玉。山弯的陡崖、河床的巨石们，伸出粗壮的臂膊、坦开厚实的胸怀深情挽留，那被求爱的女子就羞成了碧潭。潭的青碧色因为水的深浅而有浓淡。这碧色有那么一些故作的深沉，水质却无一不如少女般清纯：浅潭里，拇指大小的游鱼轻盈翻游，鳞片忽闪着银白亮光；深潭的凝碧浓稠如丝锦。水的柔软摇醉了坚毅的河石，瞧，连那岸石也投影入她怀中缠绵去了！

　　上游黄溪的龙潭，景致最是奇绝：圆形岩壁环岸成桶状，上游水流漫浸而来，挂在岩壁上，如小瀑流一样跌宕着白色水花，注入潭中；在进口的对角处破开一个小缺口，跳着往下游岩石流去。晴日里，这潭铺着软软幽幽的碧，衬着点白色浪花；山野宁谧恬静，衬着点流湍浅浅的声响，这不是一个眼波流光的典雅仕女吗？十五之夜，幽潭邀得明月款款而来，这是相互倾慕的高士之间月满之约？

　　赤水溪流这十几公里的河床，水石相依，奏唱这如此欢畅的水石恋歌！

　　石漱水而温婉，石拥土则生成了一副温和敦厚貌。

　　溪岸的山峦间，巨岩半掩半裸，硕石四下散落。它们或者孤独耸立，或者累叠成洞，更有漫山成群结队者。它们经历了亿万年前造山运动时的撕扯断裂，火山喷发时的融化、聚合，造物主又给予它们无休止的骄阳、烈风、暴雨的敲打、磨蚀的炼狱历程，然后土壤渐生，植被渐披，然后它们被裹进这绿色生机的世界中来。

　　苔衣最是殷勤，只要不受烈日这个巫婆的阻挠，铮铮岩石也难以抵挡得住它们的魅态。背阴的石面上，葱茂滋润的青苔如理得齐整的绿发，生机盎然；向阳处则爬援着一圈圈皮样的黄绿色蜈蚣衣科苔衣。然后是顽童一样的爬山藤类，不由分说地骑墙上马，枝叶招摇蓬蓬地长着。再接着，大树遒劲的根系盘旋而来，把石头当作顽劣孩童来捆绑训斥。

　　荦确山石，因为顶上了绿植，因为被环周的灌木高树温柔爱抚，竟然少了孤绝生硬气味，有了些侠骨柔情，甚至有着若同含饴弄孙的老者的呆萌味。

　　斧头山一带，巨石各抱地势，浮突地面的，村人据形给起了名字：酒桌洞、石桌洞、空调洞、金牛鼻孔、船帆、天门石、斗笠石等。聚群累列的，其上蒙

长苔衣、藤萝、草木，其下则石石横竖欹突，连成洞天，洞洞相连，在其间探险，或者要绕上两天才能走完。

山野里如断蛇的巨大奇石，激发起先民的想象力。在斧头山一带，蛇头形状的巨石，被演绎成张圣君斩蛇妖的神威而浪漫的故事；金牛鼻孔石，说是张圣君化石牛山之石为牛，欲驱往塘栖前莒口一带，以填川流为平地，经过斧头山，被观音菩萨点破，牛顿时现回了石形。漫山巨石，造型各异，可供观者幻想。

而1918年冬月，赤水这漫山的石洞，留驻了行军路过的历史名人蒋介石的一队人马。斧头山上的坚石，牵惹起这位正准备与驻永泰北军一争高低的粤军长官满腔的救国豪情，他在这石洞壁上题写下《征途》一诗："吾领粤军南入闽，中华山川人未醒。日照卧石暖枕眠，月盱杲星旷路行。"

这里的人们向石而生。他们依着石岩修造自己的屋宅，绕开岩石来垦荒种植。他们在一分水田中播种庄稼，在九分山地里开垦出竹园、李园、油茶园。他们上山采食灵芝、红菇，下水捕捞游鱼、草虾。溪里游着白得触目的番鸭，人家门前游荡着拖儿带女巡游家园的母鸡，屋旁角落养着哼哼唧唧的猪。

时移境迁，如今这山乡的人口大量外迁，留守的原住民不多了。除了近国道的中心村有新房建起，多数自然村已经青苔漫浸，封冻成了历史画册。但是，这个村落里有着亿万千年缓缓行走时光烙印的原生山川奇石，却正深深吸引着远近的外方之人——这里的山水，只需瞥见或听闻，就会让人心生念想，魂牵梦绕。

审美洁癖、意念坚定的驴行军们，从四方涌来，一波又一波。他们溯溪观瀑、赏玩奇石，探秘深林、挑战高峰，道听传说、领略神威。他们在这几近原始的山水中，观照着生命的本真；在满途疲惫后的欣喜中，净化去城市生活的喧嚣和纷扰。

赤水村支书黄玉兴、村主任黄开慧有一张一平方米见方长方形手绘"赤水旅游地图"。在那像被风吹拂而略微翻卷动感"芭蕉扇叶"上，几十张彩色缩微的风物照片，被黏贴在相应山水的位置区域。几年来，他们走遍了这近五十平方公里的村域，收集了各方人物到赤水留下的图片、文章，梳理了这个村落的自然人文资源，总结成可以对外推介的赤水风情：福州地区最高峰东湖尖、近万亩草场大洋面，五万亩苍茫原生态林、近万亩潇潇毛竹林，水石映趣的赤水溪（龙潭、鸳鸯池），金潭、后溪、黄溪三线十一个可承纳休闲度假游的空心自然村，斧头山磊石群，张坑半边字石寻宝、奇形石磨，粗坑峡谷原始森林、瀑流，金潭瀑流、狮子岩悬崖含棺，赤水溪与大樟溪汇流处湖边水上乐园……

一叶江山是画册，更着风物万种情！

站在这赤水溪与大樟溪的交汇口，看那赤水千嶂到此逐渐低矮下来，如曲膝而立、提裾谢幕的舞者。它们谦恭地退让出一个大舞台，好让它们一路相送的水石能从容谢幕。

赤水溪中那被运送、打磨的奇硕石头，经历了一路的惊心动魄，到了这里，碎解成了一滩迤逦数里的卵石，等候着水流给予继续前行的时机。厚载着山石之望的赤水溪，此时却矜持着步履，细碎地款款流着。西来东去的大樟溪水流则一把挽起这秀美的女子，昂首浩浩向前。

看呐！这汇流处，北面以崖为岸，南面横着线条粗犷岩面却细滑的突兀裸岩。它们对立着，握紧这汇合的水流，水流顿时狂野起来，一团团的涛浪轰鸣如雷，汹涌向前。

依然千障里！这抱石怀沙的樟溪水流，浩荡曲折，入闽江，向东海……

农神圣君赤水纪

□张玉琳

这个以赤水小山村为背景的斩蛇故事,插着翅膀飞掠闽台,绣上风帆漂洋去到东南亚。故事主人公是农业神祇张圣君。

故事有多个版本,细节略有不同,但主要情节基本相同:赤水村境盘踞一巨蛇蟒,索人命为祭品,据要道吞噬路人。得道的张圣君用观音所赠柳剑,与此妖蛇苦斗三昼夜,最终剑斩蛇身成三段。三段蛇体被圣君挑落到不同地方,幻化成石:蛇头落于近后溪西侧山半之处,蛇身在后溪龙潭附近,蛇尾落于金潭紫云寨山岭下。

这三段象形蛇石,"蛇头"最是具象:三角尖嘴微开,蛇信若现,眼睑翻白,颈脖断面处平整若斩削,还挂有一道道毛刺样纹路——是圣君那斩妖剑不甚锋利?血战之中,飞溅的蛇血染赤溪水,于是那条本来叫"锦水"的溪流,被改名叫"赤水","锦水乡"的村名也相应改称"赤水乡"。

蛇头落地处上行千百多米,有一面面积千多平方米的陡斜壁岩,一壁石岩上列排着一道道至少有十几公分深度的直沟,此岩壁被称"张圣君拉尿沟"。传说圣君修道,本想寻居于赤水,但赤水的小鬼叨扰阻挠,于是张圣君与小鬼斗法,看谁法力更甚。张圣君拉尿落岩,神力把这一壁坚硬的岩石炙灼出一道道深沟,小鬼自知法术难及,不敢明阻,却依然暗中作祟。暗鬼难防,圣君最终放弃于此建庙修行，改址于石牛山。

蛇头石、拉尿沟所在的斧头山，山上巨石遍布。其中有一巨石，朝空面的石壁似印上人体痕迹，头与四肢身体分明，传说是张圣君靠壁休憩而印记。又有一金牛鼻孔石，说是当年张圣君欲要促成在塘前莒口一带建城的大业，想搬来石牛山巨石填彼段大樟溪川流为平地，就化一山石头为群牛来驱赶。牛群经过斧头山，观音菩萨说了一句："这是石头，哪里是牛？"法术被点破，牛现回了石形，也就永远守望在这儿了。

村南边与仙游交界处有个十里长的古寨岭，高陡的山路上铺就了3400级台阶，每个台阶上还留有防滑的扒痕。两境村民世代传说：路过此境的张圣君，眼见两地百姓翻山越岭，心力劳苦，就施展法力，一夜铺就此阶梯。

往黄溪路上有一当路巨石，石上凿开十三个台阶供人攀行。传说圣君在嵩口郑姓财主家做长工，年终讨工钱不得，但得允挑"一挑"粮食，圣君"一挑"就挑走两个粮仓，郑财主抢回了一仓，另一仓粮食被圣君挑到赤水，藏入这开凿了十三个阶痕的巨石中。有村人受到圣君的隐示，每日里赶早到十三阶，可以在巨石旁侧的一个小口处盛得一小截竹筒量白花花的大米。一段时间后，得米人嫌盛到的白米太少，动了心思，把漏米口给凿成了大口，第二天，米就不再淌出。村人后悔不已，却也只能望石兴叹了。

修道得法的张圣君游经赤水境域，留下了这些斩妖斗鬼、开路建城、济民惩贪的神奇传说。这些神力故事，以其超自然的宗教语言表达人神相能的诉求，后人品味之，甚至还可以读出一些地理环境的现实乃至历史社会的事实。

地方神话故事发生的场景，是有现实地理环境为依托的。永泰、闽清、仙游、德化、尤溪等各县域都有张圣君圣迹传说，其中不少的故事情节是相当的，只是发生地不同，配角也就各有其人，场景也各因其状。比如这斩蛇镇妖故事，发生在仙游县西苑乡仙西村观音山时，场景是一个山洞。那山洞，洞外峭壁有岩壁似斑斑血染，说是妖蛇溅血处；远处路两边山坡上，以及百米外低洼田里，有三截巨大蛇形石，就是镇妖而成的化石。发生在赤水，则就以赤水奇石做了依托。也就是说，近千年之前，亦即凡人张锄柄所生存的南宋初年时代，赤水

张圣君拉尿沟

村那漫山遍川的象形石和千年之后今天所看到是一样的奇幻。它们本是亿万年前经山脉断裂运动与火山喷发，再历风腐水蚀而成的自然产物。怎奈微渺的个体生命难以理解这种宏伟，反借此来挥洒人类童稚时代的浪漫想象。

再说这神话主人公张圣君，也非只是想象。作为草根神灵，他萌芽于真实的历史人物。月洲张姓族谱《永泰县志》《闽清县志》《福建通志》等史料，还有南宋洪迈的《夷坚志》以及张世南的《游宦纪闻》等文学类作品，都不约而同地记录了凡胎张圣君的怪异、神奇。

细品圣君神迹灵异故事，其中约略可洞见赤水人家甚至四方境域的创世纪场景。

都说福建地貌是"八山一水一分田"，这山深林老、石奇岩峻的赤水，风光是无限的，但将之作为生齿繁衍地，要垦耕出"一分田"，其艰辛程度远比平阔地大。广袤森林更是无常，林中虎豹、野猪、山魈鬼、蛇蝎等魑魅丛生。

圣君这个宋时孕造的神灵，曾经印痕在宋朝的赤水，那么圣君时代或者正是赤水人家生息的一个节点，甚至是一个大约的起点。赤水人家缘何入迁此老林岩山？圣君传说中语焉不详，不妨借用一下此地黄姓氏族变迁的史料来做点推敲吧。

赤水有过梁、郭、张等姓族，这些姓族如今已经罕见或不见。如今人口数最多的黄姓，是清初从仙游凤山乡东湖开迁而来的，在此繁衍只有三百多年的历史，但其家谱《东湖黄氏族谱》里有近千年的支脉迁徙的简约记录。

其中一条目：东湖黄姓始祖逢圣公，南宋理宗朝任职，因为堂兄诤言上书被贬谪偏远之地，恐怕自己受累而迁居东湖。另一条目，是迁居永泰梧桐三富洋的始祖、第三十六世的邦如公妻子吴氏的传略："吴氏，仙游人，生于大明崇祯壬申……行年37岁，因家贫子幼守贞节，族心世乱时非，抚孤而延祀，继遭无道妖精日夕忧害，甚至于无地容身，爰于康熙中，领三子而播迁于本邑廿八都而居，求为躲身之计。"

黄氏先祖逢圣公迁莆仙是南宋末年，源于躲避可能降临的牵连之祸；而多

灵蛇出山

支脉迁永泰赤水、月洲、三富洋等地的时间，是在清初。其中迁居赤水的，有三支同宗族裔。他们从仙游顺着赤水溪的流向翻山越岭，分头在黄溪、路下、下歧、金潭、山头等地安营扎寨。这两代人的迁移，分别发生在王朝的末期与初年。这样的时代中，人群密集处往往祸乱丛生。

在分分合合的封建王朝史上，退居僻远山林的姓族，虽偶有仰慕渊明菊香者，但更多是身处动荡不安或昏聩时局中，因为身如洪流蚁穴、风中鸟巢，而希求挪活求生而为。就连吴氏这样妇道人家，也因为"世乱时非"与"无道妖精"的"日夕忧害"，恐怕"抚孤延祀"不得，才有那跋山涉水寻找新生地的孤绝之举。如此，黄姓的入迁缘起，很大可能是唐宋开始，历经元、明、清代，一千多年之间入迁或出离赤水的族姓的缩影。

生息于赤水的人家，定是希求有桃源安居的。但是从来就没有桃花源，也没有世外。千年以来，一代代徒手跣足的开荒者前赴后继。有牛鬼蛇妖要斩除、要驱赶；有山岭要开路，有荒地要建城；有贫苦之人要救济，有贪恶之人要警示。

且看这被尊为农神的张圣君的各种神异传说：施法驱石，让光山变油山；斗法观音，开出九十九丘梯田；茅叶接水，水自下向上流；五雷天心法，雷公令行令止。淳熙癸巳年，漳州大旱，"圣君顷刻行文法，须臾降下滂沱雨"；绍兴壬午年，闽清大旱，"牵牛创凿水枧际，穿通灌溉旱水田"；淳熙戊戌年，尤溪"黎民患瘟疫"，"寻找草药救病民"。

故事里，这位农业神四境奔忙，为农人谋福祉，对应社会现实，不就是农人在劳作中对自然的开发与征服吗？如此，赤水的圣君行纪勾画出的圣君形象，分明就是唐宋时期以降，在闽东南各个偏远山岭间，开发着一处处生地的拓荒人、建设者呀！他们寄宿过山野石洞，斩除蛇蝎虫害，荆莽付锄，燔黍捭豚，斩木搭桥。旱灾四起年，聚人力找水源，通沟渠助灌溉；瘟疫流行时，亦医亦巫，采草、施法祛病。

且看"赤水"之名的另一说法。某大旱之年，山野田园一片焦渴，龙王爷不知缩到哪里，不管这人间疾苦。某日，一个农人在焦渴土壤中劳作，结果铁犁被犁成了烫红烧铁板。农人把它扔进尚有积水的龙潭里去冷却，不料击中了酣眠潭底一只潜龙。这被飞天而降的犁钉穿透身体的龙难忍疼痛，它挣扎着腾跃上空，下落跌地时断为三节，断体分散抛落在附近山坡上。被龙血染红的潭水，流往下游溪流，一带红赤迤逦。

此一溪"赤水"，其实源流于人们对天灾中袖手之龙无意却痛快的惩戒。与斩蛇而流赤的故事相较，两个故事角色主体不同，但反映的民情意愿是相同的：人对威胁自身生存发展的天威或人祸的反抗。断龙之说，曲折表达对人间苦难视而不见的愤怒；斩蛇之说，则是直接惩戒造成人间苦难的行为。前者的惩戒借用了偶然的天意，人的反抗意愿就显得曲折，人的意志略显弱小。到了后者的圣君神话，鲜艳蛇血裹染的斩妖剑依然寒光泠泠，人驯化自然与除暴安良的意志则明显强大了。那原本是一个个一代代垦荒人、建设者除暴安良、消灾驱邪的意志，被凝聚到了人群中孔武智慧又人格高伟的"张锄柄""张圣者"身上。于是这宋时月洲的张圣君，在一代代信众衍育、演化下，从凡人伟力的胚芽，成长为保境安民的地方神灵。

退守赤水的先民，就这样在农神张圣君的护佑下，在这崇岭叠嶂、岩山奔流间，构筑起家园，燃起袅袅炊烟，扬开了姓族生命的旗帜……

村庄在水之上

□赖 华

龙漈溪在村尾处跌下20米深的山崖,形成一道瀑布,溪流以站立的姿势,向世间宣告它的存在。一座500多年的村庄在瀑布上头悠然而立。当地人称瀑布为漈,那道陡然下跌的山崖为崖漈,村庄则叫漈头村。

大山深处的漈头村,占地面积800多亩,当地户籍700多人,却有20多座瑰丽的古民居,5座固若金汤的铳楼,数量众多的古文书。这些物证无言地诉说着村庄昔日繁华富庶与风云激荡。500多年时间,这个小山村曾经演绎过怎样惊心动魄的故事?承受过多少悲欢离合?好奇心令我不顾夏季炎热向它奔去,一探究竟。

漈头村隶属永泰县嵩口镇,位于镇东北部,海拔300多米。下辖三个自然村:羊角墘、半岭、漈头村。前往漈头村的公路从山底盘山而上。倏忽间,摩托车载我遁入崇山峻岭,仿佛越过山峦,穿过时空,进入桃源之境。

站在村头山岗上,俯视被心形小盆地拢在怀里的小山村,安宁静谧。正值盛夏,天空蓝得透亮,群山、翠竹、密林环绕村庄。村里花果树木肆意疯长;夏蝉在浓阴里唱着长短句;黄瓜、葫芦瓜探出身子,挂在篱笆外诱惑着行人。若有一间瓦房,几尺竹篱,荷锄篱下,"久在樊笼里,复得返自然"的舒心,唾手可得。

月溪花渡夜景

　　一条龙漈溪从村中蜿蜒而过，将小村庄一分为二。村头溪中龟蛇戏水石迹不但形象逼真逗趣，而且据说灵性十足。《礼记·礼运》云："何谓四灵，麟凤龙龟，谓之四灵。"可见自先秦，龙、龟即被赋予灵兽之说。龙漈溪里的龟蛇戏水也有个美丽的传说：古时候，洪水肆虐，村庄被淹，灵龟奋力救下数个遇险村民。逢大旱年，村民则到灵龟前围堰祈雨。只需用石块将溪水拦截，让水漫过龟鼻，即风云四起，天降甘霖，一解旱情。唐代诗人刘禹锡说："山不在高，有仙则名。水不在深，有龙则灵。"难道救人的是龟，降水的是蛇？龟蛇戏水中的那条蛇难道是传说中的小龙？它们下凡千年卫守村庄的秘密，难道被古人参透，即用龙、漈命名溪流？瘦弱的龙漈溪在我的眼里瞬间灵性十足。

　　漈头村到底藏着多少神秘过往？我踩过村中的每一块石头是否都藏着一个远古传说？遇到的每一只山间动物皆有灵性？我紧张而兴奋地寻寻觅觅。

　　漈头村目前两个最大姓氏是"陈、林"，他们从永春迁居而来，另一个曾姓只有几户人家。相传1735年，林姓先祖出外做生意回到永春县呈祥东溪老家，遇到陈姓先祖。林姓先祖向他邀约一起到永福谋生。陈姓先祖二话没说，收拾

起打铁工具，用担挑着，一起到永福来。陈姓先祖定居潦头村。林姓先祖先在佳洋村定居，后搬到潦头村。

我的脚步踏进闻名遐迩的"潦头东街口"——吴氏商业街。眼前一派荒败景象让我莫名心酸。环顾，青松翠柏，百年香樟，遮天蔽日；古道幽幽，青苔苍苍；十米街市，荒草萋萋；商铺林立，却已倾圮。望着群山凝神，恍惚间，昔日繁华仿佛——在我眼前鲜活起来。

潦头村是佳洋、霞拔、东洋前往月洲村、嵩口街（镇）的必经之地。每个月的初一、十五日，天刚蒙蒙亮，村里古道上人影绰绰，嘻笑有声，是周边各

嵩口梧埕

村的村民去嵩口街"交流"（赶集）路过的声音。村民挑去田里、山上生产的花生、山茶籽油等农副产品，卖了，换回生活、生产必需品。天亮了，街上七八家食杂店、布店也在木门开阖的咿呀声里开了张。饭店伙计更是早早地忙碌起来，交流日，在此打尖吃饭的人比平日多了许多。村头、村尾的水碓房的水闸门已打开，石臼舂米错落有致的嘭嘭声响起。吴氏商业街醒了过来，开始一天热气腾腾的生活。每年山茶籽收成之后，羊尾厝里的榨油行该忙上一段时日。通往月洲村的古道旁，一座染布坊日日晾晒着染成靛青色的土布，迎风招扬，煞是好看。

整个村庄弹丸之地，献宝厝、礼棋厝、沙洲坂厝、陈氏祖祠、林氏祖祠等20多座古民居拔地而起。厝内精美绝伦的石雕、木雕、彩绘尽显绝代风华。村里250亩梯田层层叠叠，秋收时节，稻浪滚滚。

我不禁由衷感叹：好一副繁荣的街市景象，好一个富庶的村庄！

据说早年村庄才200多人口时，就有6户地主，2户富农。最富的一个地主可年收千担粮，后来，因财招灾，被土匪打死家中，家产被抢掠，落得人财两空。《永泰县志》记载:"永泰地硗民贫,宋元以前,无苦大盗者。明祚中衰,倭患遂烈。薮泽之雄,又啸聚任陵……丑类杂居,淫虐并起,恃险阻,聚亡命,出则劫掠,居则吞噬,比比皆是。"

清末,王纲解纽,土匪蜂起。村里财主及客商经常受到土匪勒索,甚至危及生命。据村里老辈人说横行于漈头村的土匪来自本县东洋村或尤溪县。

站在寨下铳楼前,直面历史刀光剑影时期留下的物证,心情渐渐沉重。恍然明白,世外桃源的闲适意趣只有在现世安稳里构筑。现世安好,是因为有人在替你负重前行,为你挡风遮雨。

斑驳厚重的墙体、错落有致的瞭望小窗、隐约可见的枪口,铳楼在我的眼里一点一点化成结结实实的碉堡。我用力推开厚实的木门,木门发出暗哑的咿呀声。包在木门上的铁皮锈迹斑斑,似一个沉寂太久、历尽沧桑的老人向我诉说流年往事。

110多年前,清末,王朝气数已尽,匪寇横行。百姓不得安宁,只好自建防御土楼,购刀、铳,全民武装,以求自保。据寨下铳楼建造者陈大经的后人回忆,每年春耕时分,土匪即挨村挨户上门,他们从后山古道而来,荷枪实弹,背着大刀,走到他们家,不偷不抢,却是往门锁上挂纸条,一张通知。通知当年秋收后需上交多少块银圆,多少担谷子,多少牛羊、鸡鸭。

漈头村村民,素来纯朴,勤劳能干。他们认为只要肯出力气,用心伺候农活,田里山上都会有回报。脑了灵活或心灵手巧的人,则亦农亦商亦工。有的做买卖,有的开榨油作坊,有的靠手艺编草垫,有的酿地瓜烧(白酒),有的当"柴夫"。因此,村里好些人家生活富足,这个村庄也因此被各方土匪盯上。村里陈姓族长说,春耕时节来派"奉"(供奉),秋收后来收"奉",不抓人的土匪来自本县东洋村。秋收后临时突击既抢东西也抢人的土匪来自尤溪县。漈头村有两个财主曾被土匪抓走,绑票,勒索赎金,一个被打死,另一个逃了回来。

陈大经是村里德高望重的贡生,年轻时务农经商,家境优渥。年近古稀的他决定带领4个儿子,在年底土匪来收"奉"前,建个土碉堡——铳楼。

铳楼选址正屋左后侧,占地60多平方米,高三层,每层可隔4个小房间,建筑面积200平方米。用鹅卵石砌地基,田土夯墙。春耕结束,他们马上请来砌地基师傅,约好夯墙师傅。挖土、挑土、挑石头等活计靠村里乡亲帮忙。村里遇到建房子之类的大事,村民都互帮互助。人们听说陈大经家要在秋收前建一座铳楼避匪祸,全村男女老少几乎都出动了。大家纷纷挽起袖子,帮忙挖地基,捡石头,起地皮,挖土,挑土……全村人铆足了劲。陈老先生知书达理,急公好义,土匪再来时,周边无处藏身的村民都得到他的铳楼庇护。这样淳朴厚道、守望相助的民风,至今犹存。

在稻谷半黄之时,三层铳楼拔地而起。

铳楼下宽上窄,无比坚固。地基露出地面部分近1米,深入地下部分还有1米多。底层墙体部分最厚处达80多公分,向上逐渐变薄,三楼墙体最薄亦有50公分,青瓦为顶。以为房顶最是薄弱,土匪可从上而下进攻。然而,你错了。屋瓦底下还藏着一层40公分厚的土筑防御平顶,防土匪炮轰,瓦片只

水 车

是遮雨。铳楼四面墙皆有瞭望小窗,枪眼设在窗旁,从上而下斜向固定位置。如:欲保护最为薄弱的大门,就在紧贴门眉处斜置枪孔。人躲在二楼小窗旁,无须枪法,只要将铳筒放入墙内枪孔,闭着眼睛放枪,子弹也会顺着墙内弹道,飞向大门口,站在门前的人则非死即伤。所有枪孔皆按防御需要布置,全面保护铳楼与大厝安全,让土匪无法靠近。

铳楼配有两个占地四五平方米的小侧翼,与主楼同高,朝外三面墙均有瞭望小窗,有枪孔。为了防土匪挖墙攻入铳楼,侧翼的第一层为实心,用土夯实,人躲在二楼侧翼小房间里,从三个方向的瞭望小窗观察敌情,并实时阻击。因此,要想进入二楼侧翼小房间需从三楼搭个梯子下去。

在清末时期,漈头村共建了5座铳楼。它们像一群铜墙铁壁般卫士,守护着这个生活富裕的村庄。家园恢复安宁,村民们从此不再日日胆颤心惊防土匪。

世事难料,如今的漈头村虽历经沧桑归于平凡,却有着洗尽铅华后,世外桃源般安宁。在外面朝着现代与后现代一路狂奔的人,如果有机会到漈头村,暂住几天。在这年均气温15℃,年均降雨量1300毫米,森林覆盖率达到85%的村子里逗留,呼吸着"云深不知处"的山野气息,涤荡身心。

摘几个老乡家的梨子,咬一口,带着山里的清香;喝一碗家酿地瓜烧,让龙漈溪从你胸中奔腾而过;在垫着手扎草垫的床上躺一躺,整个山野将你抱在怀里,安然入梦,一夜香甜。 在此中国古传统村落的绿野仙踪处,暂且抛却凡尘俗事,搁下无尽烦忧,安安稳稳地做个好梦吧。

梦见村庄在水之上,龙、龟守护,溪流化作一匹白练挂在村庄下面……

诗词十二首

□许鸿松

下漈寺

自古名山释道耘，从来福地业超群。
凤山耸秀呈新景，漈水长流转法轮。
千载传承唐季远，万年延续善缘殿。
高僧频出声名显，禅寺能仁美誉闻。

閤殿寺

蟒蛇出洞势超群，山体后沟原不分。
殿宇幽深钟磬响，佛心传送梵音闻。
閤潭水涌天心月，玄武石邀岭上云。
胜迹脚痕泉汩汩，游人朝拜意殷殷。

注：民间传闻，石牛寺不置扫帚，閤殿寺不设后沟。

嵩口尾寨（万安堡）

当年十九路军途径嵩口，在嵩口尾寨后门门后浓墨大书：倭寇不灭，军人大耻；还我河山，抗战到底。

月洲溪清幽静谧

十九路军来尾寨,抒情题字志昂扬。
河山还我抗倭寇,黎庶翻身振国光。
华夏从来多健将,神州自古有贤良。
东方腾跃巨龙日,放眼环球鳞甲张。

月洲宁远庄
谁把玉环分两半,半沉溪坂半浮空。
绵延山脉铺毡席,明现官星入眼瞳。
虎豹守衙多吉庆,象狮把口建奇功。
文儒道者齐昌盛,千古流芳大不同。

石牛山上演法场
巅顶石牛演法场,圣君斗魅美名扬。
石窟磊磊藏魔怪,芳草青青牧鹿羊。
云淡天高清气爽,烟含雾罩瘴霾狂。
斩妖宝剑留山上,古刹钟声奏乐章。

嵩口庄寨
倭寇犯边欲逆天,乡村匪患苦相煎。
寨庄嵩口山间建,卫国保家勇向前。

张圣君赤水斩蛇
毒蛇吞噬路行人,法主真功举世惊。
山麓蛇头依旧在,黄溪赤水响泠泠。

爱国词人张元幹
立身治国平天下,行路艰难佞贼猖。
忠义有声天地老,高歌一曲贺新郎。

岱仙漈瀑布
岱仙油漏瀑依依,法主悬崖水圳犁。
空谷传声疑虎啸,松篁交翠影迷离。

古厝沧桑

石牛山

石牛山上众石牛,山麓草坪任意游。
更有石牛池里卧,为栏天地夜不收。

谒方壶岩

得道金沙畔,祖居方壶岩。
斩蛇赤水麓,斗魅石牛巅。
岱仙犁水圳,笼口做长年。
剑出妖氛靖,兰心民瘼恬。
效忠仁智勇,结义张萧连。
敕封曰普济,香火五湖间。

步张元幹渔家傲·题玄真子图韵
渔家傲·夫妻渔者

溪港弯弯茅屋绕,炊烟袅袅山岗渺。白鹭翱翔风满棹。收网了,鱼虾跳跃夫妻笑。

国策惠民常拱照,安居乐业东方晓。家宅兴隆孙辈闹。人虽老,身轻体健无烦恼。

附:渔家傲·题玄真子图韵
张元幹

钓笠披云青障绕,绿蓑细雨春江渺。白鸟飞来风满棹。收纶了,渔童拍手樵青笑。

明月太虚同一照,浮家泛宅忘昏晓。醉眼冷看城市闹。烟波老,谁能惹得闲烦恼。